# AUTRE PART

Alexis Schaitkin

# AUTRE PART

Traduit de l'anglais (États-Unis)
par Alice Delarbre

LES ESCALES

Titre original : *Elsewhere*


Édition française publiée par :
© Éditions Les Escales, un département d'Édi8, 2024
92, avenue de France
75013 Paris – France
Courriel : contact@lesescales.fr

ISBN : 978-2-36569-790-3
Dépôt légal : mai 2024
Imprimé en France

Couverture : Hokus Pokus Créations
Mise en pages : Nord Compo

*Pour Emerson et Johanna*

# I

Nous vivions en hauteur, au-dessus du reste du monde. Notre bourg était situé dans un col étroit entre deux montagnes, des montagnes couvertes de forêts, des forêts impénétrables. Un lieu froid et humide : les fougères poussaient entre les rochers, la mousse sur les toits, les toiles d'araignée aux fils perlés d'eau sous les corniches. Chaque jour au crépuscule, les nuages faisaient leur apparition, surgis de nulle part et s'épaississant jusqu'à nous envelopper de leur beau blanc sinistre. Ils s'immisçaient partout, s'enroulaient autour des cheminées, rôdaient dans les rues et se faufilaient parmi les arbres de la forêt. Ils alourdissaient nos tresses d'humidité. Si nous oubliions de décrocher notre linge à temps, il se retrouvait à nouveau trempé. Nous nous retirions dans nos maisons, ouvrions les fenêtres en grand pour inviter les nuages à entrer ; à chaque inspiration ils nous emplissaient, à chaque expiration ils nous possédaient : nos rêves, nos souvenirs, nos secrets.

Nous ignorions qui avait déboisé le col pour y établir notre bourg, et depuis combien de temps. Nous devions nous contenter de déduire nos origines des traces subsistantes, qui suggéraient que les fondateurs de cet endroit venaient de très loin. Nos rues, notre parc et notre rivière portaient des noms dans une langue que nous ne parlions pas. Une digue en terre s'étirait le long de la rivière pour nous protéger des inondations, même si c'était inutile. Ici, il ne pleuvait pas assez pour que celle-ci déborde, nous n'avions droit qu'à de petites averses d'une durée prévisible. Nos maisons et boutiques étaient coiffées de toits très pentus à cause de la neige, alors même qu'il n'en tombait jamais. Nous n'avions pas de saisons, notre climat était constamment tempéré et agréable. Qu'est-ce qui les avait conduits dans un lieu aussi reculé ? Y avait-il eu un temps où les gens vivaient ici comme ils vivaient ailleurs ? Ou cet endroit était-il déjà touché par l'infortune et était-ce précisément ce qui les avait attirés ?

J'ai du mal à déterminer le moment précis où, dans notre enfance, nous avons pris conscience de tous les aspects par lesquels notre infortune nous distinguait. Même lorsque nous étions trop petits pour la comprendre, elle transparaissait dans nos jeux et notre imaginaire. On voyait souvent de jeunes garçons à la lisière de la forêt, réunis autour de tas de branches, de feuilles et de papiers, qu'ils enflammaient avec des allumettes dérobées puis qu'ils regardaient brûler. Des fillettes se cachaient à l'arrière des maisons, accroupies au milieu des digitales, ensevelies sous les lourdes courtepointes recouvrant les lits de leurs parents, et s'amusaient à disparaître. Avec Ana, nous jouions sans arrêt aux « mères ». Nous nourrissions nos poupées avec des petits morceaux de mousse et de lichen, nous les emmaillotions dans des morceaux de mousseline. Nous nous approchions discrètement du bosquet pour dérober des fruits-carapaces par terre ; nous leur frottions les joues avec la pulpe rouge pour leur donner de la fièvre, que nous guérissions avec des « teintures » de notre fabrication, à base d'eau de la Graubach. Nos mères formaient un duo, et nous étions, Ana et moi, inséparables depuis la naissance. Nous vivions l'une en face de l'autre dans l'une de nos courtes ruelles, Eschen. Les fenêtres de nos deux chambres étaient vis-à-vis, ainsi, elle était la première personne que je voyais au réveil, et la dernière au moment de me coucher. Nous pressions nos paumes sur nos vitres, et j'aurais juré sentir la sienne contre la mienne, comme si nous avions le pouvoir d'abolir la distance entre nous. Autrefois, nous aimions raconter que nous étions jumelles, un de ces mensonges flagrants dont les petits enfants raffolent ; tout le monde en ville nous connaissait, connaissait nos mères, et de surcroît nous n'aurions pas pu être plus dissemblables. Ana était la plus grande fille de notre classe, et tout en elle était solide : ses jambes, puissantes et rapides, ses tresses, aussi épaisses que des cordes à nœuds, ses grands yeux ronds qui fixaient résolument ce qu'ils souhaitaient. J'étais assez efflanquée pour porter ses vieux vêtements, mes tresses étaient si frêles qu'elles rebiquaient vers l'extérieur comme des haricots verts, et mes yeux regardaient vers le haut, vers le bas, au loin, sans jamais se poser longtemps quelque part.

Ma poupée s'appelait Walina, et celle d'Ana, Kitty. Elles étaient très sales. Nous essuyions nos nez dans leurs cheveux emmêlés. Pour leur tresser des berceaux, nous chipions à nos mères des vrilles desséchées de fruits-carapaces dont les épines leur égratignaient les bras et les jambes. Armées des épingles d'argent plantées dans nos tresses, nous utilisions leurs pointes acérées pour nous piquer mutuellement, puis, avec le sang, nous faisions sur leur buste en tissu des traces qui symbolisaient la vérole. Un jour, nous avions léché ce qui restait de sang sur la peau de l'autre, en gloussant nerveusement, car c'était interdit. Nous étions censées garder les pointes de nos épingles propres, bien fichées dans nos tresses, jusqu'à ce que nous soyons adultes et prêtes à piquer la peau d'un homme. Le sang d'Ana avait laissé un goût puissant et âcre sur ma langue, que j'avais gardé plusieurs jours.

Souvent, nous abandonnions nos poupées dans l'herbe pour la nuit. Lorsque nous venions les chercher le lendemain matin, elles étaient trempées, aussi lourdes que de vrais bébés. Elles restaient humides pendant un moment.

Nous pressions nos visages contre elles pour respirer leur puanteur exaltante, qui rappelait celle du pelage mouillé des chèvres dans la forêt. Il nous arrivait de soulever nos chemises pour presser nos mamelons dans leur bouche en forme de bouton de rose, et j'imaginais qu'un lait sucré, aussi chaud que le sang, s'écoulait de mon sein dans la gorge de Walina. Nous nous en occupions très mal, mais nous les aimions. Je me suis demandé, plus tard, si nous avions pressenti que nos mères partiraient, et si c'était ce qui nous avait poussées à traiter nos poupées de la sorte ; ou si, au contraire, c'était ces mauvais traitements qui avaient attiré l'infortune sur nos mères.

Quand nous étions en vadrouille en ville, Ana et moi, nous nous efforcions d'observer les mères comme les adultes le faisaient, comme elles le faisaient entre elles, mais nous ne savions pas vraiment quels indices nous devions chercher. Nous les croisions seules, ou en trios. À la boutique de bienfaisance, nous les voyions essayer des robes et insérer des crochets en or dans les trous de leurs oreilles, nous les regardions se regarder dans les miroirs. Nous collions nos nez contre la vitrine de la salle du restaurant de l'Alpina à l'heure du thé, nous observions leurs mains qui portaient les tasses en porcelaine bleue de l'hôtel à leur bouche, leurs lèvres qui articulaient en silence, entre deux gorgées, commérages et théories. Nous nous tapissions près du bosquet où elles ramassaient les fruits-carapaces dans leurs paniers et arrachaient les vrilles sèches. Parfois une mère ouvrait l'un des fruits noirs pour le manger sur place, aspirant la pulpe rouge et croquant dans les graines en forme de larmes blanches. Elles disaient que ces fruits n'avaient pas leur pareil. J'essayais de recourir à mon imagination sans y parvenir, mon esprit se heurtait à un mur dès qu'il cherchait à concevoir un goût qui lui était inconnu. Nous voyions les mères sur leurs perrons, arrachant les épines des tiges pour tresser des paniers. Nous les voyions bercer leurs bébés dans leurs bras, côte à côte tels des métronomes battant la mesure pour une chanson qu'elles étaient les seules à entendre. Parfois une mère nous apercevait. Ana lui tirait la langue, alors que je restais paralysée par l'idée qu'elle voyait en moi tout ce que j'allais devenir et ne pouvais encore deviner.

C'était Ana qui m'avait appris à manger de la terre le matin suivant le départ d'une mère. Nous le faisions lorsque tout le monde était réuni sur la pelouse. Il y avait tellement d'agitation avec la mise en place du rituel qu'il était facile de s'éclipser. Le reste du bourg était désert ces jours-là. Nous l'avions pour nous. Nous piochions dans les pots d'orchidées sur les marches des perrons. Nous arrachions des brins d'herbe sur les terrains de sport de Feldpark pour lécher la terre qui restait accrochée à leurs racines blanches. Dans la forêt, nous récupérions avec nos langues la terre qui se cachait sous les feuilles noires et luisantes au sol. Ana ne m'avait jamais expliqué pourquoi nous faisions cela, et je ne lui avais jamais posé la question. Je la suivais toujours dans ses projets avec plaisir. Quand j'ingérais la terre, j'imaginais qu'une forêt poussait à l'intérieur de moi, identique à la nôtre, jusqu'à la moindre feuille du moindre arbre. C'était une façon de nous lier à ce lieu, voilà ce que je comprenais. Mais je ne savais pas si Ana attribuait à cette habitude une vertu préventive ou si elle espérait, ainsi, enraciner en elle une chose ténébreuse, la nourrir et la faire croître.

À l'exception des « mères », le seul autre jeu auquel nous jouions avec régularité était celui des « étrangères ». Nous n'en avions jamais vu de nos propres yeux, c'était donc un terrain fertile pour notre imagination. La dernière femme venue d'autre part était arrivée dans notre bourg bien avant notre naissance, et personne n'en parlait. Bien sûr, nous avions M. Phillips, mais c'était différent. Nous n'avions pas connu d'autre fournisseur. Il nous rendait visite quatre fois par an. Il vivait ailleurs, néanmoins ce n'était pas un étranger.

Nous jouions dans la forêt et incarnions tour à tour l'étrangère tandis que l'autre restait elle-même. Nous en avions chacune une interprétation très différente. La mienne était pitoyable et intimidée. Je m'étalais de la terre sur les joues, je défaisais les tresses que ma mère avait nouées bien serrées. J'avais des mouvements imprévisibles, filant d'un côté à l'autre, me pétrifiant telle une biche sidérée chaque fois qu'une brindille craquait sous mes semelles, comme si j'étais terrifiée par ma propre présence. Lorsque j'apercevais Ana, je lui tendais la main et murmurais :

« À l'aide, à l'aide... »

Sa version était violente. Elle traversait la forêt en se démenant, avec des yeux aussi exorbités que ceux des chèvres. Elle me montrait les crocs et recourbait les mains en forme de serres pour me griffer. J'essayais d'oublier que c'était Ana, qui n'avait jamais été une inconnue pour moi, et parfois j'y arrivais presque, je ne remarquais plus que sa sauvagerie et le vide qui se cachait derrière, et je me persuadais qu'ayant aperçu une étrangère je ne serais plus jamais la même.

Nos approches si différentes s'expliquaient parfaitement : nous n'avions qu'une compréhension basique de l'inconnu. Nous savions seulement que les étrangères qui étaient venues ici par le passé s'étaient toutes révélées des déceptions, comme autant de leçons douloureuses sur les conséquences de la vie ailleurs. Les existences de ces gens étaient régies par un calcul plus simpliste et plus médiocre. Ils ne recherchaient que les plaisirs évidents et fuyaient la douleur, prêts à tout pour parvenir à ces fins. C'était plus fort qu'eux. Ils ne connaissaient pas notre infortune, ils ne pouvaient donc pas tirer parti de son enseignement, ils étaient privés de sa richesse.

Et pourtant, le jour où une étrangère a fini par se présenter ici, elle n'avait rien en commun avec ce que nous avions pu imaginer, Ana ou moi. C'était à la fin de la dernière année d'école, j'avais seize ans. Nous ne formions plus un duo depuis longtemps. Ana avait rompu soudainement et brutalement avec moi après le départ de nos mères. Le souvenir de notre amitié subsistait en moi à la manière d'un rêve si puissant qu'il m'était difficile de croire à sa réalité.

L'étrangère est arrivée un après-midi, moment de la journée où je travaillais chez Rapide Photo. C'était le magasin de mon père. Il se chargeait des portraits officiels pour tout le bourg : école, mariages, nouveau-nés. Il passait l'essentiel de son temps dans la chambre noire au fond de la boutique et je tenais la caisse après mes cours. Comme tous les commerces, nous n'étions jamais très occupés – notre population était trop restreinte pour ça. Je passais le temps en gribouillant dans les marges de mes cahiers au lieu de faire mes devoirs. Je travaillais mon violon. Je prenais des pièces dans la caisse pour acheter des bonbons au distributeur devant la vitrine. Je les laissais se coller aux dents du fond pour ensuite triturer la coque en sucre rugueuse avec ma langue. Je tournais lentement sur mon tabouret en m'efforçant de caler la vitesse de mes rotations sur celles du ventilateur au plafond tout en regardant le magasin tourbillonner. Et j'étais justement occupée à ça quand un mouvement derrière la vitrine a attiré mon attention. Je me suis arrêtée pour regarder dehors, et je l'ai vue, tout en bas de Hauptstrasse, qui remontait sur le trottoir. Dans nos jeux de fillettes, Ana et moi avions imaginé les étrangères comme des personnages extrêmes. Cette femme semblait presque ordinaire. Et pourtant j'ai aussitôt su, alors qu'elle se trouvait encore assez loin, qu'elle n'était pas d'ici. Ça se devinait à son maintien, à son allure, différente de façon subtile bien que profonde. Elle se tenait très droite, ce qui avait paradoxalement pour effet de lui donner l'air non pas hautain mais au contraire circonspect et vulnérable, comme un petit oiseau gonflant ses plumes. Elle portait une robe de crêpe sombre avec de minuscules fleurs blanches, des bottines souples marron aux pieds et, sur la tête, un chapeau de paille avec deux rubans noirs. Elle n'avait pas pris la peine de les nouer sous son menton et ils flottaient dans son dos, le long de ses cheveux. Elle tenait une mallette en cuir, qu'elle laissait rebondir contre sa cuisse en remontant la rue, le regard attiré par les vitrines. Un appareil photo pendait à son cou, je n'aurais donc pas dû être aussi surprise de la voir franchir le seuil de notre boutique.

Elle s'est approchée du comptoir les yeux baissés. Lorsqu'elle l'a atteint, elle s'est tenue bien droite et immobile devant moi, malgré la nervosité électrique qui se dégageait d'elle. J'ai attendu qu'elle parle, mais elle a continué à se taire pendant un laps de temps inconfortable, se contentant de fixer le sol. Je me suis interrogée : les boutiques fonctionnaient-elles différemment ailleurs ?

« Est-ce que je peux vous aider ? » lui ai-je demandé avec douceur.

Elle a redressé la tête. Nous sommes restées ainsi, très proches l'une de l'autre, à nous dévisager en silence. Quand je m'imaginais une rencontre avec une étrangère, petite, c'était le simple fait d'en voir une qui comptait, de laisser son étrangeté opérer sur moi. Or j'ai pris conscience que ce qui importait le plus en réalité, lors de ce premier contact, c'était non de la voir mais d'être vue par elle, cette inconnue qui ne me connaissait pas. Sous son regard, je me suis aussitôt sentie emportée tel un débris ballotté par la Graubach. L'espace d'un instant extatique, je n'étais plus du tout *moi*, j'étais n'importe qui et personne.

Elle m'a considérée avec un sourire laborieux, comme si elle s'efforçait de toutes ses forces de me démontrer son absence d'hostilité, à moins qu'elle n'ait craint que je ne puisse, moi, en avoir. Ça a été la première leçon que j'ai tirée de l'étrangère : chacune de ses actions, jusqu'aux gestes les plus minuscules, suggérerait deux interprétations possibles et opposées.

« Un rouleau de pellicule, s'il te plaît. »

Elle devait avoir la gorge serrée parce qu'elle parlait d'une voix toute douce, aux sons retenus.

« Qu'est-ce qui vous amène ici ? » ai-je repris avec un entrain affable en décrochant une pellicule sur le présentoir au mur.

Elle avait l'air de ne pas très bien savoir où elle se trouvait, et je voulais la rassurer sur le fait qu'elle n'avait rien à craindre ici. Ma question a toutefois paru avoir l'effet inverse. Une expression terrifiée s'est peinte sur ses traits, à croire que la vie l'avait conduite à assimiler la moindre question, même simple et amicale, à une intrusion, peut-être bien dangereuse.

« Je suis en vacances », a-t-elle répondu de façon peu convaincante.

Elle avait l'habitude, je commençais à le remarquer, de caresser l'un des longs rubans noirs qui pendaient de son chapeau comme s'il s'agissait d'une créature qu'elle cherchait à apaiser. Elle avait dû prendre le train et, en apercevant l'unique route qui montait jusqu'ici en serpentant dans les montagnes, décider sur un coup de tête de descendre à la gare suivante. Qu'avait-il bien pu lui arriver ailleurs pour qu'elle atterrisse ici toute seule et dans un tel état – même s'il était peut-être courant pour les femmes d'être aussi fébriles et agitées ?

Pendant que j'encaissais son achat, elle a balayé la boutique du regard.

« Si vous avez besoin de quelque chose en particulier qui nous manquerait, nous pouvons passer commande auprès de M. Phillips. Enfin, si vous comptez rester un petit moment, bien sûr. »

J'espérais qu'elle me dirait combien de temps elle projetait de passer chez nous, parce que j'étais curieuse et parce que cette information me donnerait de l'importance le lendemain à l'école. Mais elle ne semblait pas avoir entendu cette partie de ma phrase.

« M. Phillips ? a-t-elle répété.

— Notre fournisseur. Il peut tout vous avoir. Dites-moi ce que vous voulez, et la prochaine fois il vous l'apportera. Il vous plaira beaucoup, M. Phillips. C'est un vrai professionnel. »

J'ai grimacé intérieurement en m'entendant répéter bêtement des mots que j'avais entendus dans la bouche d'adultes. Même si c'était la vérité. Il s'acquittait de sa mission avec zèle et discrétion, nous approvisionnant puis repartant avec les paniers que nos mères tressaient, pour les vendre en ville, sans préciser leur provenance. Nous lui faisions confiance pour ne pas parler de nous ailleurs. Il ne s'immisçait pas dans nos vies, pas plus qu'il ne nous accablait avec ses ennuis personnels. Nous avions conscience que cela devait être difficile pour lui d'apercevoir, à chacune de ses venues, la beauté de ce lieu et la grandeur de l'existence que nous y menions, mais il n'en laissait rien transparaître. Il était notre fournisseur depuis que le précédent, un autre M. Phillips, avait cessé de venir à l'époque où mon père était petit garçon. Il était si discret que nous ne savions même pas si son prédécesseur avait pris sa retraite ou était décédé, ni si l'actuel M. Phillips était le fils de l'ancien, s'ils portaient le même patronyme par pure coïncidence ou s'il avait décidé de changer le sien en prenant ce poste. D'après les adultes du bourg, l'ancien M. Phillips était d'un tout autre genre, excessif et confus, toujours pressé. Ses papiers étaient systématiquement en désordre et il se trompait souvent dans les commandes ou entassait avec si peu de soin nos paniers dans son wagon de marchandises que certains étaient abîmés et par conséquent invendables. Certains, plus âgés, affirmaient qu'il n'avait pas toujours été ainsi, qu'il avait même été, dans sa jeunesse, presque aussi professionnel que notre actuel fournisseur, avec des costumes repassés et non froissés, des cheveux bien coiffés et brillants et non une touffe d'aigrettes grises. Voilà quel effet la vie ailleurs avait sur les gens. Ils accumulaient les années sans but ou presque, si bien qu'ils ne parvenaient pas à exhumer progressivement leur moi profond et authentique mais étaient au contraire peu à peu dépossédés d'eux-mêmes.

L'étrangère a ri, amusée de m'avoir entendue qualifier M. Phillips de « vrai professionnel ». J'ai rougi.

« Tu es toute seule ? m'a-t-elle demandé.

— Mon père est dans la chambre noire.

— Alors il n'y a que vous deux ? »

J'ai hoché la tête et rougi de plus belle. C'était la première fois que j'adressais la parole à une personne qui ignorait notre situation, et j'étais mal à l'aise, pour ne pas dire un peu blessée, d'avoir à faire cette confession. Il n'était pas habituel pour un père de rester seul après le départ d'une mère, et c'était mal vu. Celui d'Ana s'était remarié moins d'un an plus tard, et il avait eu trois autres enfants avec elle. L'étrangère ne savait rien de tout cela, et à mon grand soulagement elle s'est contentée de me répondre d'un sourire à la fois vif et vague.

Quand je lui ai annoncé le prix de la pellicule, elle a ouvert sa mallette pour en sortir un porte-monnaie et a empilé les pièces sur le comptoir. Je me suis figée un instant, avant de me ressaisir rapidement. Je ne voulais pas qu'elle se sente mal à l'aise. Avec une main, j'ai poussé les pièces vers le bord pour les faire tomber dans l'autre afin de les ranger dans le tiroir-caisse.

« Eh bien merci, a-t-elle dit.

— À bientôt. Je m'appelle Vera. »

J'avais ajouté ces mots le plus naturellement possible.

« Et moi, Ruth. À bientôt, Vera. »

Pendant le reste de l'après-midi, j'ai entendu l'écho de sa voix inconnue prononçant mon prénom, *Vera, Vera, Vera,* jusqu'à ce que ces syllabes deviennent incongrues et impénétrables.

Les jours suivants, chaque fois que je racontais aux gens ma première rencontre avec l'étrangère, je revenais sans arrêt aux pièces, à la façon dont elle les avait empilées sur le comptoir. C'était un exemple on ne peut plus parlant des minuscules gestes qui en disaient long sur elle et l'endroit d'où elle venait. Ici, lors des échanges d'argent, nous nous touchions, le bout de nos doigts s'effleurait brièvement au moment où les pièces passaient d'une main à l'autre. Et ça ne valait pas seulement pour l'argent. Nous nous touchions chaque fois que nous donnions ou prenions quelque chose, lorsque nous partagions un thé avec une amie, que nous ramassions la chaussette d'un bébé tombée sur le trottoir pour la rendre à sa mère. Même Ana, qui se montrait souvent cruelle avec moi, ne se contentait pas de poser ses pièces sur le comptoir quand elle faisait un achat chez Rapide Photo. Nous permettions à nos doigts de se frôler, mouvement dénué de toute rancœur personnelle, parce qu'il n'avait rien de personnel justement, il était collectif, ces centaines de petits contacts ponctuant nos journées aussi naturellement que ces gestes inconscients à travers lesquels on touche son propre corps. L'étrangère n'avait jamais connu ça, et elle n'avait même pas conscience d'en avoir été privée.

Ce soir-là, en remplissant nos bols de louchées de ragoût, en brossant les minuscules dents perlées de nos enfants et en leur chantant des berceuses, nous avons senti la présence de l'étrangère ; nous avions l'impression d'accomplir ces gestes pour elle, comme si, alors que la population de notre bourg n'avait augmenté que d'une âme, elle avait aussi doublé, puisque nous étions devenus à la fois nous-mêmes et la perception de nous-mêmes, à présent qu'il y avait, parmi nous, une étrangère pour nous voir.

Une fois les enfants couchés, les ébats amoureux ont commencé, corps pressés sous de lourdes courtepointes humides. Maris et femmes se sont, cette nuit-là, unis non pas comme des gens qui n'avaient jamais été des inconnus l'un pour l'autre, mais avec la passion et l'appétit de ceux qui l'étaient. Un mari ne voyait plus sa femme avec la cicatrice rose que leur fils aimait à caresser et appeler « le ver de maman », ne sentait plus les callosités au bout de ses doigts dues à son instrument de musique, ne respirait plus l'odeur d'huile de friture dans ses cheveux ou de talc sur ses cuisses, il découvrait un mystère. Il se laissait recouvrir par sa part d'inconnu, oubliait presque entièrement la connaissance précieuse qu'il avait d'elle.

L'atmosphère a été festive le lendemain, chacun désirait partager des informations sur l'étrangère. Sally s'est arrangée pour que nous sachions tous qu'elle avait été la première à l'apercevoir. Elle tenait le kiosque à l'entrée de Feldpark, où elle vendait du thé, des sablés et des sandwichs toastés. De son poste d'observation, elle avait un point de vue dégagé sur la dernière portion abrupte de la route de ravitaillement. Elle l'affirmait, l'étrangère lui avait dit qu'elle n'avait jamais vu un plus bel endroit. Si nous étions heureux de l'entendre, nous ne souhaitions pas accorder trop d'importance aux dires de Sally. C'était une femme superficielle et frivole, encline à l'enjolivement, qui n'aimait rien tant que faire autorité sur les sujets suscitant l'intérêt collectif. Les adolescentes que nous étions quittions souvent le kiosque en gloussant avec nos achats. Elle était assez âgée pour avoir les cheveux argentés, et nous ne nous remettions pas du soin qu'elle apportait à ses tenues, composées de blouses en dentelles et de jupes à volants, ni de son usage du fer à friser qui lui donnait toujours un air apprêté. Les garçons de notre âge adoraient la faire tourner en bourrique – il faut dire qu'ils y parvenaient facilement. Un jour, Di, Marie et moi attendions dans la queue derrière Nicolas, et nous l'avions entendu dire à Sally que ses sablés étaient les meilleurs du bourg, surpassant même ceux de sa mère. Il s'était penché au-dessus du comptoir pour lui murmurer :

« Ce petit secret reste entre nous, d'accord, Sally ? »

Ça n'avait pas raté, elle avait ajouté, en battant des cils, un sablé gratuit à ceux qu'elle s'apprêtait à emballer dans le papier paraffiné, et au moment où leurs doigts s'étaient frôlés, elle avait ajouté :

« C'est notre petit secret. »

Pour être honnête, les adolescents n'étaient pas les seuls ; Sally était l'une des rares femmes sans enfants du bourg, et les mères se plaignaient constamment de sa manie de les harceler de questions et de sauter sur le moindre petit bout de ragot, tant elle était désespérée de trouver sa place, n'importe laquelle, dans la communauté.

À la cantine ce jour-là, tout le monde décrivait sa première vision de l'étrangère. J'ai raconté à Di et Marie comment elle avait posé ses pièces sur le comptoir. Nous formions un trio depuis des années. Je m'étais attachée à elles peu de temps après qu'Ana eut mis fin à notre duo. Notre groupe avait quelque chose de surprenant, Di la frivole, Marie la rigide, et Vera la discrète, même si, comme n'importe quel groupe d'amies, nous faisions tout ensemble. Di nous a raconté qu'elle avait remarqué que l'étrangère ne portait pas le moindre bijou dans ses cheveux. Marie nous a relaté son expérience avec beaucoup de délectation. Elle travaillait son violoncelle près de la fenêtre du salon quand, quittant des yeux sa partition, elle avait aperçu l'étrangère sur le trottoir. Au début, elle l'avait prise pour la femme de l'affiche encadrée qui ornait le mur du glacier.

« C'est fou ce qu'on peut s'imaginer, non ? »

Marie n'était pas la seule à avoir eu cette réaction. Nombre d'entre nous avaient en effet associé dans un premier temps cette étrangère à une autre femme, figurant sur un tableau ou l'emballage de tel ou tel produit.

Des récits ont commencé à circuler chez les grands, à l'école, sur les rencontres les plus mémorables. Jonathan s'était retrouvé tout près d'elle. Il était dehors, occupé à dépouiller et nettoyer le lapin que sa mère cuisinerait pour le dîner. Il l'avait tué la veille et le sortait de la bassine d'eau salée, devenue rose foncé, sur le perron de sa maison, lorsqu'elle était passée par là. Il disait qu'elle en avait eu la chair de poule ; elle devait être si habituée à la chaleur accablante des plaines que son corps ne savait comment réagir à notre climat rafraîchissant.

Liese racontait que l'étrangère s'était arrêtée juste devant chez elle dans Gartenstrasse pour respirer la julienne des dames qui poussait le long de la clôture. La journée touchait à sa fin et les nuages s'amoncelaient peu à peu, les fleurs diffusaient leur parfum sucré telle une offrande. L'étrangère avait fermé les yeux et son visage s'était plissé de ravissement, à croire qu'elle n'avait jamais humé d'odeur aussi puissante et délicieuse.

Nous restions sur nos gardes. Tout ce que nous savions des étrangères nous laissait penser que celle-ci n'était pas davantage digne de confiance. Et pourtant Ruth semblait inoffensive : un être pitoyable et non dangereux. Les jours qui ont suivi, nous avons découvert qu'elle était routinière. Tous les matins elle descendait de sa chambre, à l'Alpina, juste avant 8 heures. Nous étions si heureux que l'hôtel ait une véritable cliente, qui avait fait le voyage pour venir jusqu'ici, et pas seulement l'un de nos couples de jeunes mariés qui séjournaient dans la suite nuptiale. Dans la salle du restaurant, elle prenait un petit déjeuner composé d'un yaourt et de fruits en compotée. Elle buvait son thé avec du lait et quatre morceaux de sucre, plus que nos enfants les plus jeunes, comme si les seuls plaisirs à sa portée étaient rudimentaires. Ensuite, elle se promenait dans les montagnes, disparaissant pendant des heures. Elle revenait en début d'après-midi, ses chaussures en toile crottées, ses lacets constellés de boules de bardane. Les bottines qu'elle portait le jour de son arrivée possédaient un petit talon, et avec ses chaussures de marche nous mesurions à quel point elle était fluette. Elle consacrait le restant de sa journée à ce qu'on pourrait appeler fouiner, flânant dans Hauptstrasse et faisant un saut dans les boutiques pour regarder la marchandise. Elle caressait les articles en cuir souple à la maroquinerie, s'émerveillait devant les pâtisseries dans la vitrine de la boulangerie. Elle s'attardait longuement devant la crémerie et observait notre fromager verser du lait de biche dans des bassines, puis découper le caillé et retirer le petit-lait, aussi pâle et translucide que des nuages. Sa mallette était petite, et nous n'avons pas tardé à connaître l'étendue de sa garde-robe. Les bottines marron et les chaussures de marche en toile, la robe en crêpe sombre à petites fleurs blanches, une chemise en batiste et un pantalon, un châle gris en laine légère et fragile, le chapeau de paille à rubans noirs.

Elle avait presque toujours son appareil photo sur elle, pendu à son cou par une lanière. C'était pour nous une source d'intérêt. Nous ne réalisions que des portraits, alors qu'elle immortalisait de toutes petites choses. Quand elle s'arrêtait pour faire une photo, une vague de chaleur se diffusait en nous, il y avait un plaisir presque érotique à la voir nous voir. En dépit de sa grande timidité, Ruth l'étrangère possédait une forme de pouvoir. À travers l'attention qu'elle leur portait, elle attirait la nôtre sur des détails de notre quotidien si familiers que nous avions cessé depuis longtemps de les apprécier. Par sa simple présence, elle transformait nos lieux de vie.

Arpentant Gartenstrasse au crépuscule, lorsque les nuages commençaient tout juste à apparaître, elle photographiait la julienne des dames qu'elle avait pris le temps de respirer le jour de son arrivée. Ces fleurs poussaient inexorablement, envahissant tout le reste. Lassés de les voir partout où nous posions le regard, nous les considérions avec un œil neuf et redécouvrions leur beauté, car oui, même elles, si encombrantes, étaient parées de pétales mauves qui semblaient soudain luire dans la lumière tamisée par les nuages. Dans le bosquet, l'étrangère photographiait les fruits couleur de nuit. Elle a même pris en photo une photo, un cliché sépia accroché dans le couloir qui menait au hall de l'Alpina : une rangée de filles devant notre école en pierre. Il était si vieux que nous ne savions plus qui elles étaient ni si elles étaient nées ici ou comptaient parmi les fondatrices de cet endroit. Elles portaient des blouses assorties, blanches à boutons noirs, des jupes jusqu'aux chevilles, des tresses avec des épingles d'argent placées à leur extrémité et non plus haut, vers la nuque. Elles avaient ce regard un peu inquiétant qu'ont souvent les gens sur les tirages anciens. À l'extrémité de la rangée, la plus jeune, bien plus petite que les autres, fixait le sol l'air renfrogné. Son image était floue, dédoublée : on la voyait, elle, mais aussi un vague fantôme qui semblait vouloir se dissocier d'elle. Ça nous plaisait que l'étrangère ait remarqué ce cliché ; elle ressentait le pouvoir de notre bourg même si elle ne le comprenait pas. Nous avions la croyance que notre infortune avait débuté avec cette fille floue et dédoublée, qu'elle était devenue une épouse, puis une mère, et enfin la première d'entre nous à partir.

Il faut bien reconnaître que cette croyance au sujet de la fille sur la photo était surtout partagée par les enfants. Cela tenait à une légende populaire, qui prétendait qu'une mère sur le point de partir n'imprimait plus la pellicule, ou alors de façon brouillée, transparente. De temps en temps, un enfant angoissé ou une jeune mère se laissait gagner par cette superstition et développait une relation obsessionnelle avec elle – j'étais bien placée pour le savoir, car ils nous apportaient des rouleaux de pellicule ne contenant que des photos de la mère de l'enfant angoissé ou des autoportraits pris dans un miroir. Ils ne pouvaient s'empêcher de chercher des preuves, de vérifier que tout allait bien.

Peut-être en raison du métier de mon père, j'étais particulièrement perméable à cette légende. Dans certains de mes premiers souvenirs je me revois dans la chambre noire, son obscurité hermétique et rougeoyante semblable à l'intérieur d'un corps. Pendant que mon père développait des photos, j'observais les bandes de négatifs accrochées à un fil avec des pinces à linge, se balançant dans la pièce où ne circulait pourtant pas d'air, comme agitées par les souvenirs des brises qu'elles contenaient. Sur les négatifs, les gens devenaient les opposés d'eux-mêmes : dents noires, bouches tels des trous de lumière, yeux d'un blanc qui anéantissait tout, pareils à ceux des animaux la nuit. Ces négatifs me terrifiaient, et je ne pouvais m'empêcher de les contempler. J'observais mon père manipuler les instruments de son métier, bobines, pinces, bacs et papier, œuvrant avec une grâce sérieuse, comme si ses mains fines étaient le simple prolongement de son matériel, son corps un mécanisme supplémentaire dévoué à cet art mystérieux. Parfois il me soulevait d'un seul bras et je me penchais au-dessus des bacs en émail, effleurant presque les produits chimiques avec le bout de mon nez, le vinaigre du bain d'arrêt si acide qu'il me brûlait les yeux, et je voyais des visages apparaître à partir du néant, exhumés sur le papier d'un blanc nuageux. Qui avait bien pu avoir cette idée en premier ? Mélanger tel et tel produit, tremper ceci dans cela, enchaîner toutes ces opérations dans le noir et produire l'image d'une personne telle qu'elle avait été mais n'était plus. Retenir un moment dissous dans l'océan du passé et le figer à tout jamais.

Lorsque notre infortune touchait une mère, son départ était une sorte d'inversion du processus : un instant elle était là, aussi solide et réelle que n'importe lequel d'entre nous, et le suivant son corps s'effaçait, s'effaçait, jusqu'à s'évaporer dans les nuages. Partie. Nous avions tous entendu les histoires. Une femme réveillait son mari pour lui dire qu'elle n'arrivait pas à dormir. Il allumait sa lampe de chevet avant de se tourner vers elle et… rien, plus personne. En pleine nuit, une mère allait remplir un verre de lait pour son enfant. Quelques minutes plus tard, son mari était tiré du sommeil en sursaut par le fracas du verre brisé. Devant la chambre de l'enfant, il trouvait les débris, le lait tiède autour, et son épouse nulle part. Une mère donnait le sein à son bébé dans un fauteuil à bascule, et un père restait éveillé, bercé par le grincement régulier du fauteuil jusqu'à ce que, brusquement, celui-ci s'arrête, et que le petit soit tout seul.

Lorsqu'une mère partait dans la nuit, le lendemain matin, au réveil, nous le sentions. Les nuages qui l'avaient emportée nous touchaient tous, nous reliaient les uns aux autres, dans une intimité qui ne nous avait jamais été inconnue. Nous la sentions s'effilocher à la façon d'un fil, présence devenue absence.

Ana était près de sa mère au moment de son départ. Mon amie avait suivi le couloir à pas de loup en pleine nuit pour aller se glisser dans le lit de ses parents. Au matin, sa mère était partie. Le bras d'Ana avait conservé l'empreinte de ses doigts, car elle s'était accrochée à sa fille jusqu'au tout dernier instant. J'avais été réveillée, ce matin-là, par le claquement de sa porte moustiquaire, en face de chez moi. Je m'étais approchée de la fenêtre et j'avais vu Ana, sur la véranda, pieds nus, les contours de son corps tendu visibles à travers le tissu fin de sa chemise de nuit, les cheveux aussi emmêlés et ébouriffés que ceux de nos poupées. Elle s'était approchée du rebord de la première marche et avait poussé un cri. Une plainte qui semblait provenir de partout à la fois, des nuages en haut et de la terre en bas, mais aussi de l'intérieur de moi, comme si mes os étaient réglés sur la fréquence de ce son depuis toujours et se mettaient soudain à vibrer.

Le départ de ma propre mère, tout juste une semaine après celle d'Ana, n'a pas donné lieu à un récit aussi extraordinaire. Nous étions allés nous coucher à trois, et au matin nous nous sommes levés à deux. Je m'attendais à ce que la destinée commune de nos mères nous rapproche, Ana et moi, et je me trompais cruellement. Le lendemain du départ de la mienne, dans l'après-midi, lorsque le rituel a été terminé, j'avais coincé Walina sous mon bras et traversé Eschen en courant. J'avais besoin de quitter notre maison, si vide désormais, mon père et moi déjà installés dans le silence – nous ne savions rien faire d'autre ensemble. Au moment où je m'apprêtais à franchir le seuil de chez Ana, elle m'avait claqué la porte moustiquaire au nez. Elle ne m'avait rien dit, se contentant de me dévisager à travers le grillage avec une fureur qui semblait émaner d'elle en jets de fumée jusqu'à ce que je batte en retraite sur ma propre véranda pour jouer seule avec Walina, ce qui ne rimait à rien ; je n'y toucherais plus à compter de ce moment. Et je ne jouerais plus jamais avec Ana non plus. Elle resterait la première personne que je verrais au réveil, et la dernière avant d'aller me coucher, mais dorénavant il s'agirait de visions fugaces que je parviendrais à saisir : Ana étirant ses bras au-dessus de sa tête le matin, Ana défaisant ses tresses le soir et, toujours, Ana me tournant volontairement le dos, comme pour accroître la distance entre nous par tous les moyens possibles. Elle ne m'avait pas réadressé la parole avant plusieurs mois. À compter du moment où elle avait formé un trio avec Esther et Lu, elle ne s'était plus adressée à moi en tant qu'individu mais m'avait parlé d'une voix collective, qui me provoquait et me raillait pour des offenses qu'il m'était impossible d'identifier. Je comprenais seulement qu'on me haïssait, et que cette haine était aussi puissante et personnelle que l'amour qui l'avait précédée. Peut-être Ana me détestait-elle à cause de la semaine qui avait séparé les départs de nos deux mères, bref intervalle inaliénable pendant lequel j'avais encore pu profiter de la mienne. À moins que ce ne soit parce que, à la suite de ces événements, lorsque notre communauté avait fouillé dans leurs vies pour déterminer ce que l'infortune avait vu en elles, la raison pour laquelle elle les avait choisies, tout le monde s'était focalisé sur le duo qu'elles formaient. Les trios étaient monnaie courante ici, tandis que les duos étaient rares, et constituaient un risque : se lier étroitement à une autre fille, c'était faire dépendre son destin du sien. Cela révélait une forme d'insouciance, et après leur disparition nous nous étions rendus à l'évidence : celle-ci s'était aussi manifestée dans leur amour maternel, à travers des détails qui n'avaient rien d'insignifiant. Ainsi, concernant ma mère, tous rappelaient constamment que j'allais souvent à l'école avec mes chaussures à boucles mal mises, la droite au pied gauche, la gauche au pied droit, ce qui me donnait une allure « bancale ». Elle me laissait me chausser seule et ne s'embêtait pas à rectifier mon erreur.

Ce qui peut sembler une vétille était pourtant suffisant : notre infortune ne détournait jamais le regard. Elle nous percevait avec une plus grande clarté que nous ne nous percevions les uns les autres, ou nous-mêmes, et les indices menant au départ d'une mère pouvaient être des choses infimes, si subtiles que nous n'en prenions conscience qu'après coup, lorsque la disparition éclairait le passé. Aucun signe ne devait être négligé. Une mère qui laissait ses enfants traverser la Graubach sur des rochers affleurants alors que l'eau était un peu trop haute, le courant un peu trop rapide. Sur le moment, nous y voyions seulement une imprudence, l'une des innombrables petites décisions que les mères sont amenées à prendre chaque jour et qui peuvent se solder par une catastrophe. Nous ne portions pas de jugement sur elles. Une mère trop précautionneuse étouffait ses enfants, nous le savions. Et néanmoins, après un départ, nous nous surprenions à revisiter ce moment : les jeunes enfants, les rochers glissants, l'eau affluant tout autour, et la mère, qui les surveillait avec flegme depuis la berge. Ce comportement nous apparaissait alors sous un autre jour, ce n'était plus celui de n'importe quelle mère, il déterminait la singularité d'un amour maternel, aussi personnel que des empreintes digitales, et qui avait valu à celle-ci d'avoir été choisie par notre infortune.

Une autre mère refusait de confier son nourrisson à une tierce personne durant quelques minutes, afin de pouvoir se laver ou faire des courses, pas même sa sœur, sa mère ou son mari. Elle ne faisait confiance à personne d'autre qu'elle. Elle avait toujours été très crispée, et nous avions vu dans ce comportement une conséquence inévitable et somme toute assez fréquente de ce type de tempérament confronté à la maternité. Après son départ, toutefois, nous avions compris le caractère unique de son rapport à son bébé, de son amour qui avait viré à l'obsession.

Une mère avait délaissé son jardin, autrefois impeccable, à la naissance de son enfant. Elle avait laissé la forêt reprendre ses droits sur les parterres de pois de senteur et de digitales, les mauvaises herbes étouffer les rosiers grimpants le long de la clôture. Une autre, qui n'avait jamais fait preuve de beaucoup d'assiduité dans aucun domaine avant d'enfanter, s'était consacrée corps et âme au tressage de paniers. Elle avait laissé son bébé dans sa balançoire pendant des heures, à côté d'elle sur la véranda, pendant qu'elle travaillait, confiant à la brise le soin d'apaiser le petit au lieu de le bercer dans ses bras. On avait vu une autre encore tirer les tresses de sa fille à cause d'une bêtise sans gravité. Et une demeurer d'un calme olympien lorsque son enfant lui avait craché au visage.

Quel était le lien entre ces mères ? Leurs comportements nous mettaient sur diverses pistes, imprudence et défiance, insuffisances et excès. Amour sublimé, endurci, amolli jusqu'à la pourriture. Les signes annonciateurs d'un départ lui étaient personnels. Ils ne s'additionnaient pas pour former une ébauche de critère, d'enseignement ou de règle. Et cependant une fois qu'une mère était partie, il nous sautait aux yeux, ce déséquilibre dans la nature de l'amour qu'elle portait à ses enfants et qui la distinguait. Était-il apparu progressivement, attirant sur elle l'infortune ? Ou était-elle née ainsi et l'avait-elle porté en elle tout du long, durant son enfance puis son adolescence, son mariage et ses grossesses, et enfin aussi longtemps qu'elle avait été mère ? L'avait-il pétrie jusqu'à ce qu'il n'y ait plus la moindre parcelle de son être qui y échappe ? Nous étions incapables de le dire. Nous savions seulement qu'elle n'était plus censée être là, que nous n'étions plus censés l'avoir parmi nous, la garder, et son départ en était la preuve irréfutable. Son absence laissait un vide, une blessure, comme si notre infortune nous avait incisés pour procéder à une extraction nécessaire. Mais à l'instar de toute plaie, elle finissait par guérir. Pendant un temps, nous continuions à en voir des traces, à conserver une sensibilité aux endroits où la mère s'était trouvée. Et néanmoins rapidement venait le jour où, nous tâtant, nous découvrions que la sensation avait disparu et que nous en avions même oublié jusqu'à son souvenir.

Chaque année, pour mon anniversaire, mon père nous emmenait, Di, Marie et moi, prendre le goûter à l'Alpina. Nous le faisions depuis que j'étais petite fille, car c'était ce que faisaient les petites filles pour leur anniversaire. Cette tradition était toujours d'actualité l'année de l'arrivée de l'étrangère chez nous. J'avais fêté mes seize ans le mois précédent. Mon père ne s'était pas rendu compte que j'étais devenue grande, et je n'arrivais pas à trouver le courage de le lui dire. Comme à l'époque où nous étions encore gamines, Di, qui empestait le parfum à la bergamote de sa grande sœur, avait raflé les meilleures pâtisseries avant que nous ayons eu le temps de mettre la main dessus, tandis que Marie jouait les guindées, en chassant des miettes invisibles au coin de sa bouche. J'avais tellement fait infuser ma boisson chaude qu'elle était presque noire. La dernière livraison remontait à plusieurs semaines, et l'Alpina n'avait plus un seul des sachets de thé que nous apportait M. Phillips, glissés dans un emballage en papier bleu pâle décoré de feuilles de thé embossées dorées. Nous avions dû nous contenter de boire une infusion locale, à base de feuilles de framboisier et d'orties, qui gigotaient dans l'eau chaude comme des créatures mortes de longue date et ravivées. Au milieu du goûter, à mon habitude, je m'étais absentée prétextant une envie pressante, mais je ne m'étais pas rendue aux toilettes. J'avais pris le couloir d'en face pour aller regarder la photo des filles. Je l'avais scrutée, je les avais scrutées, et j'avais songé qu'elles étaient décédées depuis longtemps à présent, toutes sauf la toute petite à l'extrémité, la lilliputienne floue, qui avait, peut-être, connu un autre destin que la mort. Puis je m'étais demandé ce que notre infortune avait vu en elle, ou cultivé en elle, jusqu'à finir par la coloniser entièrement.

Nous tournions autour de l'étrangère. Beaucoup d'entre nous avaient soudain pris l'habitude de faire des balades matinales dans les montagnes, et les sentiers autrefois déserts ont littéralement été envahis. Un jour à la cantine, Marie nous a appris, à Di et moi, que l'après-midi précédent, « comme c'était une si belle journée », elle avait décidé d'emporter son violoncelle à Feldpark pour répéter le morceau que les grands interpréteraient lors du prochain récital, or l'étrangère « qui se trouvait justement là pour faire des photos » l'avait complimentée sur sa technique. Di s'était mise à porter un chapeau de paille déniché dans la commode de sa sœur, subterfuge peu subtil pour faire passer le message qu'elles avaient les mêmes goûts. Un jour j'ai repéré Ana, Esther et Lu assises sur le banc sous la fenêtre de la chambre de l'Alpina occupée par l'étrangère ; leurs bavardages étaient ponctués d'éclats de rire tonitruants censés démontrer à quel point elles s'amusaient. On voyait souvent les mères avec leurs poussettes sur les trottoirs de Hauptstrasse, notre principale rue commerçante, pendant les heures de l'après-midi où Ruth déambulait en centre-ville. Elle souriait aux bébés, qu'elle appelait parfois « trésors » ou qualifiait d'« adorables », et les mères la remerciaient poliment, même si le caractère vague et distant du sourire de Ruth et ses remarques insipides ne faisaient que confirmer à quel point elle était limitée, cette femme en âge d'être mère et qui se retrouvait ici toute seule. Les maris traînaient autour d'elle sans jamais entrer dans son champ de vision et, en fin d'après-midi, à l'heure où les nuages s'amoncelaient, ils l'abordaient comme s'ils étaient là par le plus pur des hasards et lui proposaient de la raccompagner à son hôtel. Ils étaient les plus discrets dans leur approche. Ils ne tenaient pas à ce que leurs épouses soupçonnent l'effet que cette étrangère avait sur eux. D'autant qu'ils le comprenaient à peine eux-mêmes. La nuit, pendant qu'ils faisaient l'amour, au moment où les épouses retiraient leurs épingles d'argent de leurs tresses pour percer leur peau, ils s'imaginaient de plus en plus souvent que l'étrangère occupait leur place.

Je lui tournais autour moi aussi. Je cherchais constamment à croiser sa route, et notre bourg était suffisamment petit pour que j'y parvienne. Je la suivais chez l'épicier, j'observais le contenu de son panier de courses. Des crackers, un kit de couture, un bocal d'olives. Je détestais ça, et pourtant, après l'avoir vue en acheter, je l'ai imitée. Ce soir-là, enfermée dans ma chambre, je les ai mangées une par une. Je les ai mastiquées lentement et méthodiquement, j'ai aspiré l'huile qui les recouvrait, aussi salée que l'eau de mer dont on se servait pour désinfecter une gorge irritée, et j'ai recraché les noyaux dans la paume de ma main, m'efforçant de leur trouver le goût qu'ils devaient avoir dans sa bouche, comme si la mienne m'était étrangère, comme si elle lui appartenait.

Un après-midi, je me suis évadée de la boutique pour me rendre à Feldpark, où bien sûr elle se trouvait, sur l'un des bancs entourant la fontaine avec, au centre, la statue d'une femme en pleurs. Je me suis assise à côté d'elle et j'ai sorti de mon cartable la partition pour le récital. J'ai fait semblant de m'absorber dans son étude, alors que toute mon attention était en réalité focalisée sur Ruth. Je brûlais d'envie d'engager la conversation avec elle, mais je ne voulais pas passer pour intrusive ou désespérée… Heureusement, c'est elle qui a rompu la glace.

« Qu'est-ce que c'est ? » m'a-t-elle demandé.

Je lui ai indiqué le titre du morceau.

« C'est le nom d'un fleuve, ailleurs », ai-je ajouté.

Une brève note introductive, au sommet de la partition, l'expliquait. La mélodie était censée évoquer le voyage de ce cours d'eau, qui partait d'une petite source de montagne, traversait le village où avait vécu le compositeur, à moins qu'il n'y vive encore, avant de se jeter dans la mer.

« Ah vraiment ? »

Ça semblait l'amuser. J'ai songé que ce fleuve était peut-être très connu ailleurs, auquel cas, en voulant me montrer savante, j'avais précisément produit l'effet inverse.

« Oui, un endroit loin d'ici. Un endroit avec des saisons. »

C'était plus fort que moi, je voulais qu'elle sache que nous avions des connaissances sur le reste du monde. Nous étions peut-être privés de certaines choses, comme leurs films et leurs magazines, nos bibliothèques ne contenaient que l'indispensable, des livres d'images et des manuels d'apprentissage de la lecture pour les petits enfants, des ouvrages d'arithmétique, de médecine et de botanique, mais c'était par choix. M. Phillips nous aurait apporté ce que nous lui aurions demandé. Si nous souhaitions un roman, un livre d'histoire ou un film populaire et un projecteur pour le regarder, il nous aurait suffi de les commander, et nous les aurions reçus lors de la livraison suivante. Toutefois ce n'était pas notre désir. Qu'avaient donc à nous offrir les récits sur le passé des gens d'autre part ? Seule leur musique, dépourvue de mots, nous était utile.

« Je viens d'un endroit de ce genre », m'a-t-elle répondu.

J'ai aussitôt été intimidée. M. Phillips ne nous parlait jamais d'autre part, et s'il n'y avait sans doute aucune règle contre, si j'étais heureuse qu'elle m'ait fait cet aveu, je ne pouvais pas non plus m'empêcher d'avoir l'impression qu'elle n'aurait pas dû me parler de ces choses, et je n'ai pas su comment réagir.

« Ça te plairait beaucoup de voir le changement des saisons », a-t-elle poursuivi.

Par chance, les nuages commençaient à apparaître, ils s'immisçaient entre les arbres et se répandaient au-dessus des champs. J'ai porté mon regard dans leur direction.

« Nous ferions mieux de rentrer. »

Puis j'ai rassemblé mes affaires et je me suis empressée de partir.

Notre conversation de cet après-midi-là a fait remonter à la surface un souvenir auquel je n'avais pas repensé depuis une éternité. J'ai dit plus tôt qu'il ne neigeait jamais ici, mais ce n'était pas entièrement vrai. Peu après le départ de ma mère, un air froid et inhabituel avait enveloppé les montagnes. Ça avait duré, les températures avaient baissé de jour en jour. Nous nous blottissions sous des couvertures en serrant des tasses de thé fumant entre nos mains pour nous réchauffer. Le quatrième jour, au réveil, nous avions trouvé notre bourg saupoudré de blanc. Nous étions sortis dans les rues, et nous avions observé ce décor en silence. Nous savions qu'il s'agissait de neige, même si, dans mon souvenir, aucun de nous n'avait prononcé le mot. Avant que mon père puisse m'en empêcher, j'en avais ramassé. Pure légèreté, pur froid. Je voulais y goûter, mais je n'avais pas osé, et de toute façon, mon père ayant remarqué mon geste, j'avais ouvert les mains afin de la laisser retomber. Nous avions respiré profondément, pour tenter d'identifier l'odeur particulière et puissante de la neige. Il nous avait fallu un certain temps pour nous rendre compte qu'elle n'en avait pas, et qu'en recouvrant tout elle avait effacé les parfums familiers de notre bourg : ce n'était pas une présence que nous humions, c'était une absence. Nous étions allés chercher des pelles, des paniers et des brouettes ; les enfants avaient sorti leurs seaux en plastique. Nous avions rempli ces contenants de neige pour les apporter à la Graubach. Nous étions descendus sur la berge, avions jeté la neige dans la rivière et l'avions regardée se dissoudre dans l'eau qui l'emportait.

Une autre fois, un oiseau bizarre avait fait son apparition au bourg, un grand volatile blanc avec des ailes grises et des yeux jaunes translucides. Quelqu'un avait émis l'hypothèse qu'il venait de la côte. Un goéland. Il sautait de toit en toit en lançant des cris perçants et fébriles. Les enfants avaient ramassé des cailloux et dégainé leurs lance-pierres, et il n'avait pas fallu longtemps pour que l'un d'eux atteigne la cible. L'oiseau était tombé à terre, bien qu'encore vivant. Un père l'avait ramassé et bercé dans ses bras, car il était aussi grand qu'un bébé. Sa poitrine meurtrie se soulevait par à-coups, ses plumes blanches étaient rosies et le père avait eu du sang sur les doigts, huileux et éclatant. Nous l'avions suivi jusqu'à la Graubach. Il avait tenu l'oiseau à deux mains et s'était agenouillé au bord de l'eau froide et transparente. Il l'y avait plongé et avait patienté jusqu'à ce que celui-ci devienne inerte. Alors il l'avait lâché, et le courant l'avait entraîné en aval.

Je ne partais pas tous les jours à la recherche de Ruth. Il m'arrivait de rester à mon poste, derrière le comptoir de Rapide Photo, ce qui me conduisait souvent à la voir malgré tout, car elle passait régulièrement acheter des pellicules. Di et Marie étaient folles de jalousie parce que mon travail me donnait un accès supplémentaire à l'étrangère, qui était par conséquent plus à l'aise avec moi. J'avais eu la joie de voir Ana tenter d'engager la conversation avec elle à la boulangerie, elle avait parlé avec un enthousiasme insolite des biscuits dans la vitrine. Elle était allée jusqu'à lui en offrir un morceau, que Ruth avait mis dans sa bouche sans poursuivre l'échange pour autant. Tandis qu'avec moi, elle était presque devenue bavarde. Pendant que j'encaissais ses achats, elle me posait des questions. Nous habituions-nous à elle ? Nous semblait-elle aussi étrange qu'à son arrivée ? Notre bourg était un petit lieu habitué aux commérages, et elle me faisait assez confiance pour ne pas aller répéter à droite et à gauche ses interrogations, le réconfort qu'elle cherchait à mon contact.

Lorsqu'il nous entendait, mon père sortait de la chambre noire avec son tablier noir pour se joindre à nous, ce qui n'était pas dans ses habitudes. Il ne venait jamais parler aux clients. Il était satisfait, ou peut-être résigné, de passer ses journées à développer des images d'autres vies, manipulant ces tirages avec une tendresse qui, petite, me faisait regretter de ne pas en être la destinataire et me demander pourquoi il en allait ainsi – en était-il incapable avec moi ? Pourtant même lui ne parvenait pas à résister à l'attrait de la nouveauté. Ruth semblait percevoir sa réticence naturelle et s'adaptait en se faisant plus douce. La photographie était seulement un passe-temps dans son cas, elle n'était pas une experte comme lui, et elle avait toujours beaucoup de questions. Elle lui demandait comment tirer le meilleur parti de la lumière diffuse des lieux, si différente de l'éclat vif qu'elle connaissait et qui s'accompagnait d'ombres, comment utiliser les différents angles et perspectives, comment saisir le mouvement et les reflets. À mesure que les jours défilaient, l'aisance de mon père grandissait et il lui répondait plus en détail. Il lui a ainsi expliqué la règle des tiers, les vertus des motifs et de la symétrie, l'importance de trouver un point de fuite, grâce aux clôtures, aux sentiers ou aux ombres, pour attirer le spectateur au cœur de l'image.

Sa confiance avait toutefois des limites. Elle nous achetait si souvent des rouleaux qu'elle devait en avoir une pile immense de terminés dans sa chambre à l'Alpina, pourtant elle ne nous les apportait pas.

« Nous proposons aussi un service de développement, lui ai-je dit un après-midi, pensant que, peut-être, elle n'était pas au courant. »

J'étais impatiente de voir ses photos, de nous voir tels que nous lui apparaissions.

« Formidable », a-t-elle répondu.

J'ai compris qu'elle n'avait aucune intention de nous les confier. Je voulais lui préciser que ce n'était pas comme l'endroit d'où elle venait, que nous étions fiables et discrets, que je ne dirais à personne ce qui se trouvait dessus, mais je ne savais pas comment le formuler.

« C'est joli », a-t-elle repris.

Elle parlait du jonc à mon poignet, en or incrusté de petites pierres rouges. À l'instar de toutes les autres filles, j'apportais plus de soin à mon apparence depuis son arrivée.

J'avais acheté ce bijou à la boutique de bienfaisance avec mon argent de poche quand j'étais petite. Je ne le portais presque jamais, il était massif et me gênait, mais je l'avais mis exprès pour elle, et justement elle l'admirait.

« Merci, ai-je répliqué aussi froidement que si son compliment m'importait à peine.

— J'avais presque le même bracelet autrefois. »

Je doutais que la babiole qu'elle avait possédée ailleurs ait vraiment pu être « presque » identique, ce qui ne m'a pas empêchée de lui sourire avec chaleur.

« Tiens. »

Je l'ai retiré pour le lui tendre.

Elle en a été ébahie.

« Je ne peux pas, non.

— S'il te plaît. Ça me fait plaisir. »

Elle a hésité, puis a fini par céder. Elle m'a tendu son bras et je lui ai passé le jonc au poignet.

J'étais loin d'être la seule à lui offrir des cadeaux. Les enfants se présentaient devant elle, timides mais fiers, avec des couronnes de fleurs, des bracelets et des dessins colorés aux pastels. Au grand désespoir de Marie, son petit frère lui avait remis un crapaud dans un bocal, encore tout plein de la boue de la berge. Et nous, pourtant plus grands, ne montrions pas plus de retenue que les petits. Tess lui avait fait présent d'une aquarelle de la Graubach, dont la surface réfléchissait des arbres et des nuages, tandis qu'un poisson argenté glissait dans ses profondeurs. Esther lui avait donné un mouchoir sur lequel elle avait brodé un brin de julienne des dames, qui l'avait tant fascinée. De la part d'Henry, elle avait reçu une bouteille de notre liqueur locale, dans laquelle il avait fait infuser des cynorhodons du jardin de sa mère. De celle de Peter, des figurines d'animaux de la forêt, une chèvre, un guêpier, une vipère enroulée sur elle-même, si bien polies qu'elles étaient aussi lisses que du lait. Tous les matins, lorsque Ruth longeait la boulangerie, la propriétaire des lieux se précipitait dehors pour lui offrir une pâtisserie différente : brioche aux framboises un jour, part de cake au citron le lendemain. Quand elle confiait son linge à l'Alpina, la blanchisseuse reprisait les talons usés de ses chaussettes. Même mon père lui avait fait un petit cadeau symbolique, un manuel de photographie qui se trouvait depuis toujours sur l'étagère de notre salon. Elle avait lentement feuilleté ses pages jaunies, effleuré ses coins cornés, ses passages soulignés et ses commentaires au crayon argenté.

« Mais il vous est précieux, avait-elle protesté. Je le vois bien. Regardez comme vous l'avez annoté. »

Elle avait voulu le lui rendre, et il avait secoué la tête. Elle n'était pas habituée à tant de générosité, nous voyions bien que cela la mettait mal à l'aise. Elle a tenté de refuser bien des présents, cependant nous ne voulions rien entendre. Nous souhaitions qu'elle possède de belles choses. Cela nous plaisait de la regarder voir, goûter, toucher tout ce que nous avions à offrir. Nous avons fait sauter le couvercle d'un tonneau contenant notre fromage frais, nous avons vidé la saumure et lui avons servi la première tranche. Celle-ci concentrait toutes les saveurs des lieux : le lait des chèvres qui se nourrissaient de fougères, d'arbrisseaux et de champignons dans la forêt, le tonneau fabriqué à partir du bois des immenses arbres des montagnes et dont les fibres étaient gorgées de nuages. Réunis autour d'elle, nous l'avons regardée manger.

Elle apprenait. Elle avait commencé à ouvrir la fenêtre de sa chambre à l'Alpina, le soir, pour laisser entrer les nuages. Nous les imaginions remplissant la pièce, planant au-dessus d'elle pendant son sommeil, et elle, cheveux lâchés – elle portait désormais une tresse, la journée –, qui les inspirait et les expirait. Un jour, lors d'une de ses venues chez Rapide Photo pour une pellicule, elle n'a pas empilé les pièces sur le comptoir mais les a déposées dans ma main, en veillant à ce que nos doigts se touchent. Les siens étaient à la fois doux et rugueux, comme ces galets que nous lancions dans la Graubach, enfants, et je me suis efforcée de contenir ma réaction, de ne pas trahir à quel point ce contact m'enchantait.

« Quel âge as-tu ? m'a-t-elle demandé ce jour-là.

— Seize ans. Je suis chez les grands. Je finis les cours le mois prochain.

— Et ensuite ? »

Sa question m'a un peu déconcertée.

« Ensuite, tout. Ma vie entière.

— Tu es impatiente ?

— Bien sûr. »

Je lui ai souri. Je ne voulais pas qu'elle voie combien je trouvais triste qu'elle éprouve le besoin de poser cette question, signe qu'ailleurs il n'allait visiblement pas de soi que les filles attendaient avec empressement la suite de leur existence.

« Chez les grands, on est tous d'avis que c'est une chance pour nous que ta visite tombe au moment où nous avons cet âge. Il s'agit d'une période cruciale pour nous. Et ta présence la rend encore plus spéciale.

— C'est gentil », a-t-elle dit en souriant, mais d'un sourire contenu qui m'a appris qu'elle ne comprenait pas complètement mes mots.

Ce n'était pas tout à fait exact que « chez les grands » nous étions tous de cet avis. En réalité, il s'agissait d'une réflexion que je m'étais formulée, moi, à savoir que la présence de l'étrangère allait rendre le passage de ce cap encore plus intense. Bientôt, nous en aurions fini de l'école. D'ici quelques années, la plupart d'entre nous seraient des époux et des épouses, puis des pères et des mères. À la cantine, Di, Marie et moi discutions sans arrêt de nos attentes. Quels garçons rêvions-nous d'épouser ? À quel âge pensions-nous devenir mères ? Combien d'enfants souhaitions-nous ? La sœur aînée de Di nous avait poussées à nous exercer ensemble pour apprendre à embrasser. Elle insistait sur la nécessité de nous préparer, même si je restais sceptique : comment cette activité à laquelle je me livrais avec Di et Marie sur un tapis jonché de miettes de biscuits que nous avions croqués à minuit, cet emmêlement mécanique de nos langues, pouvait-il ressembler aux baisers que j'échangerais avec un garçon qui ferait peut-être de moi une mère ?

Même si je prenais une part active aux conversations avec mes amies, et aux « leçons » de la sœur aînée de Di, j'étais en réalité terrifiée à l'idée que mon épingle d'argent ne quitte jamais ma tresse pour percer la peau d'un homme, terrifiée à l'idée de connaître le destin d'une vieille fille sans enfants. C'était Ana qui avait semé la graine de cette peur en moi. Et ce sans prononcer un seul mot, trois ans auparavant. On nous avait assigné des bureaux côte à côte. Depuis peu, elle portait une tresse unique dans le dos, le visage encadré de quelques mèches libres. C'était la première d'entre nous à avoir opéré ce changement. Elle m'ignorait superbement, et je m'efforçais de lui faire subir le même traitement, mais je ne pouvais pas m'empêcher d'observer à la dérobée sa tresse, si épaisse et massive que mes mains en étaient parcourues de picotements, envahies du désir de s'y emmêler et de tirer. Un jour, son cahier s'était retrouvé un peu plus près de moi, et je n'avais pu me retenir d'y jeter un coup d'œil. Mêlée aux spirales et aux fleurs dessinées dans les marges, se trouvait une liste de noms. *Nadia. Daphne. Teresa.* Ana avait surpris mon regard et posé son bras sur la page pour la cacher, en roulant les yeux. J'avais d'abord pensé qu'il s'agissait de prénoms qu'elle aurait préféré porter, moins quelconques que le sien, mais quelques jours plus tard j'avais repéré une autre liste. *Raphael. Gregory. Daniel.* J'avais alors compris que c'était des idées pour ses futurs enfants. Et tout à coup j'avais pris conscience que les autres filles faisaient des choses que je ne faisais pas. Elles imaginaient leur avenir. Di avait un carnet rempli de croquis pour sa robe de mariée. Marie observait souvent les autres élèves avec sévérité et déclarait que lorsqu'elle serait mère elle ne laisserait jamais ses enfants faire ceci ou porter cela. Marie était née pour devenir mère, songeais-je avec agacement, et jalousie. Moi, je n'avais envisagé ni mon mariage, ni les règles que j'imposerais à mes enfants, ni les prénoms que je pourrais leur donner. Et Ana l'avait toujours su, toujours senti en moi. Elle avait réagi comme si je m'étais montrée indiscrète en regardant son carnet, alors qu'elle l'avait positionné de sorte que je le voie ; elle voulait que je regarde, que je sache qu'elle m'avait cernée. Comment avait-elle fait ? Était-ce parce qu'elle avait goûté mon sang ? Parce que j'étais en elle et qu'elle était en moi ? Ce soir-là, dans mon lit, j'avais tenté d'imaginer les différentes étapes de la vie qui m'attendaient, mais mon esprit était resté vide. J'avais passé en revue chacun des garçons de notre classe, puis ceux de la classe du dessous et de la classe du dessus. Me voyais-je en épouser un ? Non, impossible, pas même ceux qui me plaisaient, ils m'intimidaient trop. Le seul avenir dans lequel je parvenais à me projeter, pour la bonne raison qu'il n'exigeait pas la moindre imagination, était un avenir dans lequel je continuais à vivre sous le même toit que mon père et à travailler dans son magasin, jour après jour, année après année, jusqu'à devenir vieille. Comment l'expliquer autrement que par le fait que mon destin n'était pas de la même nature que celui des autres, que leurs futurs maris et enfants les appelaient, quand personne ne le faisait pour moi ?

C'était une crainte dévastatrice. Avec la maternité, une femme se révélait. Une fille docile devenait une mère qui criait sur ses enfants lorsqu'ils lui désobéissaient. Alors qu'elle se croyait incapable d'une telle rage, soudain, elle ne pouvait plus s'en débarrasser. Une fille qui avait toujours été froide et distante dorlotait ses petits. Elle les recouvrait de baisers, n'aspirait qu'à sentir leurs larmes la mouiller tandis qu'elle les consolait. Les filles devenaient des mères qui restaient ou qui partaient, ce dont nous étions ou non surpris. Il était impossible de prédire ce que la maternité dévoilerait d'une femme, ce qu'elle lui apprendrait d'elle-même, et où elle la conduirait.

De temps à autre, il y avait une fille qui ne se mariait pas, n'enfantait pas, s'exemptant des risques que nous courions toutes, et nous la prenions en pitié. Elle garantissait sa sécurité, mais elle était aussi privée de quelque chose. Ces femmes solitaires restaient entre elles. Elles vivaient seules dans des maisons en périphérie du bourg, tressaient les paniers nécessaires à leur survie et se dédiaient, autrement, à des passe-temps obscurs. M. Phillips leur apportait les plus étranges des commandes. Pour l'une, des sachets de graines qu'elle semait à tort et à travers dans son jardin, et qui se transformaient en tapis épais de plantes grimpantes s'accrochant à la moindre surface. Elle ne faisait rien pour contenir cette invasion, elle les laissait recouvrir la pelouse, escalader les murs de sa maison pour la dissimuler entièrement. Leurs racines se déployaient sous terre et, ainsi, elles se répandaient en ville, leurs vrilles montaient sur les murs et se fixaient aux pavés de nos rues. Nous passions notre temps à les arracher, à tenter de les faire battre en retraite, de crainte qu'elles n'envahissent tout. L'intérêt que cette femme trouvait à la culture de ces plantes demeurait, bien sûr, un mystère à nos yeux. Une autre commandait à M. Phillips une herbe sèche à l'odeur de moisi, qu'elle enroulait dans du papier blanc et fumait. Elle jetait les mégots de son addiction ici, là, partout, souvent encore fumants. Une femme négligente, sans enfants pour lui enseigner la prudence.

Puis il y avait les quelques femmes qui se mariaient mais auxquelles la maternité se refusait. Notre assistante médicale, petit bout de femme nerveuse et agitée qui se mordillait la lèvre avec voracité ; nous en avions déduit que le problème venait d'elle, qu'aucun enfant ne pouvait s'implanter dans un ventre aussi fébrile. Et bien sûr il y avait Sally, dont le mari, ivrogne notoire, avait trouvé la mort dans un accident stupide des années avant ma naissance, à l'époque où elle était encore jeune. Son comportement, sa soif désespérée d'attention, ses tenues de petite fille, tout était dû à son absence d'enfant et à la régression qui en avait découlé. Elle ne connaissait pas sa propre vérité, pas véritablement, parce qu'elle ne s'était jamais offerte à notre infortune, parce qu'elle n'avait jamais eu d'enfant pour lui apprendre qui elle était.

Ruth était parmi nous depuis plusieurs semaines maintenant, et nous commencions à nous enflammer. Avait-elle le projet de rester plus durablement ? Était-ce possible ? Il n'y avait sans doute pas de règle l'interdisant. Nous avions tenté, au début, de contenir nos attentes et de modérer nos sentiments, mais à présent nous nous autorisions à rêver qu'elle pourrait rester à jamais avec nous, qu'elle serait là pour les prochaines livraisons, pour nos mariages et qu'elle proposerait même de préparer des bons petits plats aux jeunes mamans. Nous voulions qu'elle nous aime. Nous voulions qu'elle soit notre étrangère pour l'éternité.

Nous avons alors eu le pressentiment qu'une mère allait bientôt partir. Le précédent départ remontait à plusieurs mois. Notre infortune était imprévisible. Elle ne suivait aucun schéma préétabli, aucun cycle. Elle semblait parfois suivre un rythme, un départ juste avant chaque livraison par exemple, puis tout à coup trois mères disparaissaient à la suite ou six mois s'écoulaient paisiblement. Malgré tout, en moyenne, nous en perdions trois ou quatre par an, et même si nous ne pouvions pas déterminer le moment exact d'un départ, nous le sentions approcher. Nous étions perturbés. Les nuages paraissaient porteurs de l'imminence de cet événement, d'une pression électrique, comme s'ils étaient en ébullition et que notre agitation n'en constituait que le reflet.

J'avais délaissé mon violon depuis l'arrivée de Ruth, et je devais m'y remettre si je voulais être prête pour le récital. Un jour, je suis descendue avec à la Graubach. J'ai escaladé la digue, retiré mes sandales, retroussé ma jupe et je suis entrée dans l'eau jusqu'aux chevilles. La rivière était froide et rapide, si transparente qu'elle grossissait les rochers de son lit, recouverts de mousse ballottée par les courants. La forêt se pressait autour d'elle des deux côtés, comme s'il s'agissait d'un secret qu'elle avait la ferme intention de garder pour elle. J'étais venue ici avec l'espoir d'y trouver de l'inspiration, puisque le morceau que nous apprenions parlait du cours d'une rivière. Je me suis mise à jouer et j'ai tenté de laisser la musique me pénétrer. J'ai pensé à Ana, qui ne travaillait presque pas son instrument mais qui restait l'une des plus douées de notre classe, une « musicienne née », nous le disions tous. Je me suis inspirée de ses violents coups d'archet, qui donnaient l'impression que son violon était une bête qu'elle cherchait à dresser, ou un amant qu'elle voulait soumettre. La musique semblait faire remonter à la surface son moi le plus profond, celui dont je gardais le souvenir depuis notre enfance et qui clignotait là, comme la lumière à la surface de l'eau, si fugace que je ne pouvais jamais vraiment le saisir. Et pourtant, même avec les pieds dans la rivière, je ne parvenais pas à comprendre comment faire. Mon jeu était beaucoup trop scolaire. Quand je cherchais à le pousser plus loin, je ne réussissais qu'à commettre des erreurs. Je ne jouais pas depuis longtemps lorsque Ruth m'a rejointe.

« S'il te plaît, ne t'interromps pas pour moi », m'a-t-elle dit en arrivant sur la berge.

Je me sentais trop mal à l'aise pour le faire, et j'ai laissé mon violon pendre au bout de ma main, juste au-dessus de l'eau.

« S'il te plaît, a-t-elle répété. Je n'ai jamais entendu ce morceau et j'aimerais beaucoup. »

Elle a retiré ses chaussures de marche en toile et les a lancées au sommet de la digue, puis elle a roulé le bas de son pantalon pour me rejoindre dans l'eau. En les voyant nus, j'ai mesuré combien ses pieds étaient petits. Elle m'avait menti. Elle avait déjà entendu ce morceau, Marie le lui avait joué quelques jours plus tôt dans Feldpark. Mais elle me considérait avec tant d'espoir, d'avidité presque, que j'ai compris qu'elle était prête à tout pour m'entendre. Elle aspirait désespérément à la beauté que nous avions à lui offrir, et elle pensait devoir mentir pour l'obtenir. J'ai glissé mon violon sous mon menton et repris le morceau du début. Elle a fermé les yeux pour écouter, en serrant ses bras autour de son buste. C'était un air triste, une mélodie en mineur qui succédait à un prélude aérien. Par moments elle passait en majeur, et on avait l'impression qu'elle allait rester dans ce ton, pourtant après quelques mesures elle retrouvait le mode mineur. Lorsque j'ai conclu le morceau, Ruth a vivement redressé la tête, comme tirée d'un rêve en sursaut.

« Tu joues magnifiquement bien. »

Il y avait des larmes dans ses yeux. Je n'ai pas eu le cœur de lui dire combien j'étais médiocre d'après nos standards. Je n'osais imaginer le niveau musical ailleurs pour qu'elle s'émerveille ainsi du mien.

Elle s'est un peu éloignée dans l'eau et a enfoncé ses orteils dans la vase veloutée. Elle s'est détournée de moi pour regarder en aval. Le bas de son pantalon était mouillé, mais elle n'avait pas l'air de s'en rendre compte.

« Tu te demandes parfois où elle va ?

— Je sais bien où elle va. »

J'avais répondu un peu sèchement et m'en suis aussitôt voulu, cependant j'étais surprise, et un peu vexée, qu'elle puisse penser que nous ignorions des choses aussi simples.

« Ah ?

— Elle descend de la montagne. Elle va ailleurs. »

Un après-midi que je travaillais mon violon derrière le comptoir de Rapide Photo, Ana, Esther et Lu sont entrées en se tenant par la main comme une guirlande de poupées en papier.

« Oh, tu fais vraiment des progrès, Vera, m'a dit Ana.

— *Bravo*, a ajouté Esther.

— Ce n'est plus que modérément pénible », a conclu Lu.

Elles avaient pris l'habitude de se tenir par la main plus tôt dans l'année, et maintenant toutes les filles de notre classe le faisaient. Liese, Rachel et Cecily. Julia, June et Lila. L'idée était de marcher du même pas, à l'unisson, et aussi de se déhancher ensemble, bien sûr. Cette tendance était le reflet des élans contraires qui nous animaient en cette période, celui de plonger dans nos vies d'adultes, de laisser l'enfance derrière nous, mais aussi de nous y raccrocher. Même moi j'avais pris l'habitude d'arpenter les couloirs de l'école et les rues de la ville en tenant d'un côté la main moite de Di, de l'autre celle ferme de Marie. Je me sentais mal à l'aise, parce que nous avions adopté la mode très en retard, et parce que je n'arrivais pas à savoir si nous avions l'air aussi ridicules que j'en avais le sentiment, si cela trahissait que nous n'étions pas aussi intimes que nous aurions dû l'être au sein de notre trio. Quand Ana, Esther et Lu le faisaient, c'était parfait. Elles évoluaient telle une seule fille à trois corps, même si je ne pouvais m'empêcher de me demander si Ana aussi jugeait son trio défaillant en comparaison de ce que nous avions partagé, si elle était simplement plus douée pour le cacher.

« Tu ne sens pas une drôle d'odeur, Vera ? » m'a-t-elle lancé.

Ses deux amies ont ricané. Elle faisait allusion à un épisode qui s'était produit l'année de nos sept ans et qu'elle ne se lassait jamais de me rappeler. Un soir, en balayant chez moi, j'avais ramassé, dans la pelle, un cheveu trop noir et trop long pour être le mien. Je l'avais intégré à l'une de mes tresses, que j'avais gardées pendant plusieurs jours – je ne les défaisais ni pour dormir ni pour me laver, terrifiée à l'idée de perdre ce cheveu qui, peut-être, oui peut-être, avait appartenu à ma mère. Au bout d'un temps, j'avais eu les cheveux si gras qu'ils en étaient brillants et que je n'avais plus besoin de rubans aux extrémités pour les empêcher de se défaire. J'adorais cette sensation, et ce long fil noir comme un secret que je portais sur moi, que je protégeais et qui me protégeait. Mais un jour à l'école, Ana était venue me trouver devant tout le monde à la cantine et m'avait déclaré :

« Ta tête pue. »

Dès qu'elle avait prononcé ces mots, j'avais compris quelle erreur terrible et humiliante j'avais commise. Était-ce le genre de comportement étrange que ma mère aurait pu avoir ? L'avais-je eu parce que je lui ressemblais ? Ou parce que je n'avais plus de mère pour me dissuader de le faire et corriger mes bizarreries d'enfant ? Étais-je ainsi parce que j'avais eu cette mère ou parce que je n'en avais plus ? Tous les élèves nous avaient regardées, pendant que nous nous regardions, Ana et moi. Nous étions les seules à savoir qu'une conversation silencieuse se déroulait entre nous, dans laquelle j'ai dit : *Je pourrais tout leur raconter maintenant, je pourrais hurler : Ana mange de la terre !* Et elle m'a répondu : *On sait toi et moi que tu n'oserais pas.*

À présent, face à Ana chez Rapide Photo, je voulais sortir une réplique cinglante. « Quelle remarque originale, Ana », ou « Je n'avais rien senti de bizarre avant ton arrivée », et une fois de plus je n'ai pas osé. Je me suis contentée de secouer la tête.

Ana s'est dissociée d'Esther et Lu pour s'approcher du comptoir. Elle me toisait. Sa grandeur et ma petitesse semblaient un signe du destin à l'époque où nous formions notre duo, la réunion des opposés, mais aujourd'hui cela ne la rendait que plus intimidante.

« Je viens faire un dépôt et récupérer des tirages », a-t-elle dit.

Elle a sorti de son cartable trois pellicules pour me les remettre, et comme chaque fois que nos doigts s'effleuraient j'en ai eu le souffle coupé. J'ai récupéré la pochette avec ses photos dans la corbeille dédiée et la lui ai tendue. Ana, Esther et Lu ne sont pas parties aussitôt. Elles sont restées plantées devant moi, en rang serré, et ont découvert les photos en gloussant, elles se sont souvenues de la fête pendant laquelle celles-ci avaient été prises, se complimentant d'être aussi jolies dessus. Elles avaient ce genre de conversation où l'on parle d'autant plus fort et de façon d'autant plus appuyée qu'on cherche à exclure quelqu'un. Soudain, Ana s'est interrompue pour se tourner vers moi.

« Tu ne les as pas regardées, j'espère, m'a-t-elle lancé d'un ton accusateur.

— Bien sûr que non. »

Peu importait qu'il soit impossible de ranger les photos dans leur pochette et de vérifier qu'il n'y avait pas de tirage défectueux sans y jeter un coup d'œil, ce qu'elle savait évidemment. J'étais d'ailleurs convaincue que si elle prenait autant de photos, c'était en partie pour que je les voie : Ana allongée dans un champ avec Esther et Lu au moment où le soleil perçait les nuages, elles trois avec un masque pour le visage à la lavande dans la chambre d'Ana ou qui s'aspergeaient au bord de la Graubach avec trois garçons plus âgés. En voyant cette photo-là, j'avais été parcourue d'un frisson, comme si je me réveillais d'un sommeil profond. Ana avait-elle déjà piqué un garçon et remplacé le goût de mon sang par le sien ?

« C'est clair qu'elle les a regardées, a assené Esther.

— Vous croyez qu'elle les emporte chez elle le soir ? » a demandé Lu.

La porte du magasin s'est alors ouverte et elles se sont retournées. C'était Ruth. Ana a soupiré et posé ses mains jointes sur le comptoir.

« Et ce sera prêt quand ? a-t-elle lancé en tendant le menton vers la corbeille où je les avais déposées.

— À la fin de la semaine. »

Je sentais les yeux d'Ana sur moi mais j'étais incapable de lever les miens pour les croiser.

« Quelle rapidité ! »

Le trio a salué Ruth avec une cordialité excessive, puis elles se sont prises par la main pour sortir. Elle était venue acheter une nouvelle pellicule.

« Qu'est-ce qui s'est passé ? s'est-elle enquise pendant que je l'encaissais.

— Oh, Ana est toujours comme ça.

— Vous n'êtes pas amies ? »

J'ai ri.

« Nos mères l'étaient, et nous aussi autrefois. J'imagine que c'est pour ça qu'elle me mène la vie dure, pour bien me faire comprendre que ce n'est plus le cas.

— Tu as dit qu'il n'y avait que ton père et toi, ta mère…

— Elle est partie.

— Partie », a-t-elle répété.

Je voyais bien qu'elle voulait que je développe, que je lui explique, mais je ne savais pas par où commencer. Alors je me suis contentée de hocher la tête.

Elle a fermé les yeux pendant plusieurs secondes avant de les rouvrir.

« Je suis vraiment désolée, Vera. »

Elle m'a considérée avec la plus triste des expressions.

J'ai fait de mon mieux pour lui adresser un sourire reconnaissant, tant il était évident qu'elle avait les meilleures intentions.

« Et voilà », ai-je dit en lui remettant la pellicule.

Ce soir-là, au dîner, nous avions de la soupe de légumes au bœuf en conserve, brièvement réchauffée sur la cuisinière et qui avait un goût de métal. À table, nous nous sommes interrogés mutuellement, mon père et moi, sur notre journée, qui avait été bonne, après quoi nous avons mangé en silence. Le repas a été terminé en quelques minutes, et nous avons rincé, essuyé et rangé nos bols, en veillant à ne pas les entrechoquer. Nous ne faisions jamais de bruit. Nous nous déplacions toujours comme s'il y avait un bébé endormi quelque part dans la maison et qu'il ne fallait pas réveiller. Après le dîner, nous nous sommes réfugiés chacun dans notre bulle. Mon père lisait sur le canapé du salon en s'assoupissant. Il s'asseyait toujours exactement au même endroit. Le tissu vert à fleurs roses y était usé. Je me suis retirée dans ma chambre. Quelques heures plus tard, j'ai entendu les marches grincer sous son pas silencieux et il est apparu dans le couloir, devant ma porte ouverte. Il est resté sur le seuil, tapant lentement d'une main en rythme sur le montant. Il était si grand que ce qu'il lui restait de cheveux fins sur le sommet du crâne effleurait presque le linteau. Il était aussi mal à l'aise avec sa taille et ses longs membres que s'il s'était réveillé le matin même dans un nouveau corps auquel il n'avait pas fini de s'accoutumer. Ses traits étaient, eux aussi, trop grands et saillants, si bien que son visage semblait constamment aux prises avec cette difficulté : que faire de tout cela ? Je ne lui ressemblais pas un seul instant. Mes traits étaient petits et pointus, on aurait dit « une souris », ainsi que j'avais un jour entendu Ana glisser à Esther et Lu à la cantine, assez fort pour que je n'en perde pas une miette. J'en avais déduit que j'avais pris de ma mère, et il m'arrivait d'étudier mon visage dans le miroir pour tenter d'y retrouver le sien, même si je ne savais pas très bien quoi chercher.

« Eh bien, bonne nuit », a-t-il lâché.

Il a tapoté le montant une dernière fois avant de s'éloigner dans le couloir.

Ce soir-là, je n'arrivais pas à me sortir de la tête ce que Ruth m'avait dit chez Rapide Photo. Elle avait eu l'air si triste pour moi. Ça me déplaisait vraiment que je lui inspire de la peine, qu'elle ne se rende pas compte que c'était moi qui aurais dû en avoir pour elle, même si je savais qu'elle n'y était pour rien, que sa vie ne lui avait pas donné d'occasions de voir les choses sous un autre angle. Quand je lui avais appris que je n'avais pas de mère, elle n'avait pas pu voir au-delà de cette privation personnelle. Elle n'avait pensé qu'au fait que je n'en avais pas eu pour apaiser mes fièvres et soigner mes égratignures, pour m'écouter lui parler de mes premières règles. Elle était incapable de saisir que le départ d'une mère nous concernait tous, que le sentiment de perte qui l'accompagnait n'en était qu'une infime part, parce qu'en la perdant nous accueillions tout le reste. Notre infortune nous ouvrait à la douleur, oui, mais aussi au summum de la beauté, et de l'amour, que les gens ailleurs ne connaîtraient jamais, eux qui ignoraient ce que c'était qu'aimer à l'ombre de cette infortune, cet amour rendu plus profond et plus sauvage par la menace qui planait dessus. Notre infortune était terrible, mais pas autant qu'une vie sans.

Ce qui ne signifiait pas pour autant que je ne ressentais pas l'absence de ma mère au quotidien. Lorsque je pensais à ce mot, *mère*, l'émotion qui me venait ressemblait à la sensation d'être blottie sous un édredon, la nuit, dans une chambre glaciale. Mon regard se posait parfois sur un objet chez nous, une assiette au centre de laquelle était peinte une rose et dont la bordure dorée était ébréchée, ou quelque part en ville, la balançoire du milieu de Feldpark ou le châle marron d'une femme, et ces choses semblaient lourdes, chargées d'un poids que je ne parvenais pas à nommer, comme Walina si je la laissais passer la nuit dehors et qu'elle absorbait les nuages. Parfois, quand mon ventre se tordait et protestait, j'avais l'idée étrange que ma mère vivait dorénavant à l'intérieur de moi. Elle flottait dans l'océan noir qui s'y trouvait, créature que je gardais en sécurité mais à laquelle je n'avais pas accès.

J'étais toujours à l'affût des tête-à-tête entre mère et fille, moments intimes qui laissaient deviner ce qu'elles partageaient. Elles agissaient comme un révélateur mutuel. J'avais vu des filles se déchaîner en présence de leurs mères, semblant avoir ingéré une potion qui les privait de leur capacité à se contenir. Ainsi, un jour, j'avais vu Rachel, la fille la plus timide de notre classe, hurler et agiter les poings en direction de sa mère, sur le perron de leur maison, jusqu'à en être haletante. Il y avait aussi la fois où nous nous apprêtions à monter sur scène pour un concert et où un oiseau sur une branche avait lâché une fiente blanche visqueuse sur une tresse de Di. Lorsque sa mère avait accouru sur la pelouse avec un mouchoir mouillé pour l'enlever, mon amie lui avait lancé d'un air exaspéré : « C'est bon, je me débrouille. » Elle avait retiré la fiente avec ses propres doigts plutôt que de donner la satisfaction à sa mère de se sentir utile. Un autre jour, j'avais aperçu à la boulangerie une mère et sa fille assises l'une en face de l'autre autour d'une petite table ronde, une part de tarte à la framboise devant chacune d'elles. J'avais entendu la mère dire sèchement : « Je ne te crois pas », et la fille lui murmurer avec une haine froide : « Je te déteste. » Et pourtant, tout ce temps-là, sous la table, leurs jupes étaient retroussées sur leurs jambes croisées de façon symétrique, leurs chevilles rebondissaient en rythme. Après cet échange hostile, elles avaient, l'une et l'autre, pressé leur index sur les miettes de tarte dans leur assiette pour les porter à leurs lèvres. Une mère, c'était une occasion de haïr une personne autant qu'une occasion de l'aimer, d'y tenir et de la blesser, un mouvement d'attraction et de répulsion qui ne faisait que resserrer le lien entre elles. Si j'enviais aux autres filles leur mère, il me paraissait naturel de ne plus avoir la mienne. Difficile mais réconfortant, comme sa propre existence aux yeux de chacun au fond. Et puis ça n'avait aucun sens d'envisager une autre vie dans laquelle j'aurais gardé ma mère, parce que dans cette vie-là notre bourg n'aurait pas été ce qu'il était.

Il aurait cependant été insensé d'attendre de Ruth qu'elle puisse saisir cela. Même M. Phillips, qui nous rendait visite depuis ma naissance au moins, nous comprenait mal et le laissait parfois transparaître. Je songeais à cette manie qu'il avait, par exemple, lorsqu'il arrivait pour une livraison, de nous passer en revue. Nous descendions l'accueillir, ces matins-là. Les mères portaient leurs bébés sur la poitrine, avec des écharpes en coton. Les pères poussaient des brouettes remplies de paniers que M. Phillips irait vendre. De vieilles femmes lui apportaient des cadeaux, un mouchoir avec un monogramme au point de croix, un sandwich au fromage et au cresson pour son voyage retour. Des enfants sautillaient d'excitation sur le bas-côté de la route de ravitaillement. Des fillettes se frictionnaient le crâne, leurs tresses étaient si serrées pour l'occasion qu'elles leur faisaient mal. Des petits garçons donnaient des coups de bâton dans les branches basses pour que l'eau en tombe. Des adolescents enfilaient des bleus de travail, impatients de faire valoir qu'ils étaient capables de remonter des charges jusqu'au bourg, tandis que nous, les adolescentes, nous nous faisions jolies, revêtant des tenues peu pratiques à la mode du moment, de longues jupes larges qui s'accrochaient à nos sandales légères, des blouses qui se laçaient dans le dos et dans lesquelles nous avions bien du mal à cacher que nous haletions sur la route escarpée. Nous nous mettions sur notre trente et un pour M. Phillips, désireuses de nous présenter sous un jour nouveau, de lui montrer combien nous avions grandi et changé depuis sa précédente visite.

Le train ralentissait avant de s'arrêter, puis l'une des portières s'ouvrait et il apparaissait, dans son costume en lin, avec sa moustache bien taillée, les pointes rouge vif de ses oreilles, la tonsure marbrée sur le sommet de son crâne qui évoquait du quartz rose. Il descendait prudemment et s'affairait pour tout installer le long des voies, la table pliante et son fauteuil, dont il calait les pieds dans le gravier, devant la bouche noire et béante du wagon de marchandises. Tout en vaquant, il nous lançait des coups d'œil réguliers. Ceux-ci, brefs, pouvaient être l'expression de sa joie de nous voir ou bien d'une gêne à se retrouver seul face à nous tous. Une fois, pourtant, je l'avais vu surpris : perturbé par ce qu'il avait aperçu, il avait aussitôt jeté un second regard pour en avoir confirmation. Peu après, il avait été prêt. Il s'était assis derrière sa table et nous étions passées, famille après famille, pour lui remettre nos paniers, récupérer nos commandes et en passer de nouvelles. La distribution était déjà bien entamée lorsqu'un père et ses enfants s'étaient présentés devant M. Phillips. Il avait alors demandé au benjamin : « Où est ta maman ce matin ? » Le plus étrange là-dedans, était qu'il avait posé la question comme s'il venait seulement de remarquer l'absence de la femme, alors que j'aurais juré qu'il l'avait déjà notée près d'une heure plus tôt, au moment de jeter son second regard. L'enfant avait répondu que sa mère était partie, et j'étais assez près pour voir l'expression de M. Phillips changer. Il avait fermé les yeux, de la même façon que Ruth chez Rapide Photo – pensaient-ils que l'on pouvait ainsi se couper d'une vérité et l'effacer par simple volonté ? Sa bouche s'était crispée, et il avait dégluti comme s'il avalait du pain sec. Sa réaction avait été exactement la même que s'il avait appris la mort de quelqu'un. Après tout, les gens mouraient ici aussi, et quand un décès survenait nous l'annoncions à M. Phillips, et souvent nous pleurions avec lui. Nous trouvions à son contact un réconfort difficile à expliquer ; nous nous sentions mieux, plus légers, après avoir partagé notre peine avec lui, à croire qu'il la chargeait à bord du train de marchandises pour l'emporter.

Ce jour-là, il avait compris que la mère n'était pas morte, mais il ne parvenait pas à saisir ce qui lui était arrivé au juste, ni à ressentir une émotion adaptée, si bien qu'il avait exprimé une tristesse naïve et pleine de regrets, identique à celle qu'il aurait eue si la mère avait contracté une fièvre ou fait une chute grave. La signification réelle de ces départs lui échappait et, puisque c'était le cas, il aurait été irrationnel d'attendre de Ruth, laquelle ne nous connaissait que depuis quelques semaines, qu'elle y parvienne au moins à moitié.

Cinq jours plus tard, je me suis réveillée troublée, avec la sensation que quelque chose avait changé dans la nuit, pendant notre sommeil. Je me suis approchée de ma fenêtre. En bas j'ai vu Eschen, semblable à ce qu'elle était toujours à cette heure matinale, avec ses pavés humides et luisants, des filaments de nuage planaient au-dessus de la rue et des toits. Personne, un silence total, à l'exception d'Ana, qui faisait les cent pas sur le trottoir. Dès que je l'ai vue, j'ai su avec certitude qu'une mère était partie. Depuis le départ de la sienne, elle était toujours la première dehors ces matins-là. Elle allait et venait sur le trottoir, bras croisés sous sa poitrine. Eschen était une petite rue qui ne comptait que quelques maisons, et chaque fois qu'elle en atteignait l'extrémité, elle se retournait lentement, comme si elle y était obligée et que ça l'ennuyait, puis elle repartait dans la direction opposée. Tout en l'observant, j'ai ressenti un étrange mouvement similaire en moi, à l'endroit précis de mon buste où Ana avait les bras croisés, un mouvement plus discret, une énergie qui faisait la navette tel un fil sur un fuseau. Et même si n'importe qui aurait pu la voir, je savais que je n'aurais pas dû la regarder, et pourtant je ne pouvais me débarrasser du sentiment, ou peut-être simplement de l'espoir, qu'elle se livrait à cette routine pour que je la voie, moi. Au bout d'un certain temps, elle a fini par s'arrêter. Elle s'est accroupie et a plongé la main dans les fougères qui poussaient le long du trottoir. Elle a ramassé une poignée de terre humide et l'a serrée dans son poing, puis elle s'est relevée et s'est remise en marche. Sans ralentir son pas, elle a porté la terre à sa bouche. Elle a alors levé les yeux vers ma fenêtre et m'a surprise. Elle m'a observée avec un petit sourire. Elle s'est ensuite penchée, a ramassé une pierre et l'a lancée. Un craquement retentissant a fait des ricochets dans le silence du matin. J'ai eu un mouvement de recul et quand j'ai été remise de ma surprise, j'ai aperçu une fissure délicate sur ma vitre, si fine qu'il fallait savoir qu'elle était là pour la remarquer. Ana s'était immobilisée en bas pour admirer son œuvre. J'apercevais des petits grains de terre sur ses lèvres, et je savais qu'à l'intérieur de sa bouche les interstices entre ses dents étaient noirs. Cesserait-elle un jour de me punir parce que je connaissais la fille qui se cachait derrière l'armure qu'elle avait revêtue après le départ de sa mère ? Le voulais-je ?

Une fois lavés et habillés, mon père et moi sommes sortis dans la rue. Le temps s'était radouci pendant la nuit, et il faisait presque chaud sans le moindre souffle de vent dans Eschen, où l'on n'entendait que le floc de l'eau tombant des arbres dans l'herbe. Presque tout le monde était dehors à ce stade, et nous nous sommes mis en route, de plus en plus nombreux à mesure que nous rejoignions les artères plus importantes et que d'autres venaient grossir nos rangs. Qui était partie ? Était-ce une de nos sœurs, une enseignante, un membre de notre trio ? Notre propre fille adulte ? Nous étions impatients de le savoir, mais tout autant de ne pas le savoir, de demeurer un peu plus longtemps dans l'ignorance. Ce matin-là, notre itinéraire nous a fait traverser le bourg, descendre Hauptstrasse et Gartenstrasse, puis enfin Bergstrasse, l'une de nos plus jolies rues, avec des jardinières de géraniums et d'herbe aux écus devant les fenêtres, des trottoirs bordés d'hibiscus blancs. L'assemblée en expansion s'est réunie sur une pelouse fraîchement tondue devant une maison. Le père et ses enfants sont aussitôt sortis, un petit garçon et sa grande sœur d'un an de moins que moi, identifiable à son implantation de cheveux en V. Le père, le fils et la fille ont considéré la foule avec la même expression ébahie, comme des animaux juste après avoir reçu une balle et juste avant de s'écrouler. La fille s'est assise sur la première marche du perron et a serré ses genoux contre elle, sur ses épaules tremblantes un châle rouge sans doute tricoté par sa mère. Le père a soulevé le garçon pour l'asseoir sur le garde-corps juste à côté et l'a fermement tenu par la taille. Celui-ci portait un débardeur côtelé, un slip et des bottes en caoutchouc jaune. Il donnait des coups de talons contre la balustrade, et elles sont tombées dans l'herbe. Le père l'a vu mais n'a pas bougé, et c'est sa fille qui est allée les chercher pour les remettre aux pieds de son frère. Il a à peine paru se rendre compte de quoi que ce soit.

Pendant que nous patientions sur la pelouse, guettant le début du rituel, les mères se balançaient d'avant en arrière et discutaient par trios ou par groupes plus importants. Au début, nous avons été d'accord pour nous dire surprises par l'identité de la mère. Puis, après en avoir parlé, nous avons fini par convenir que nous avions remarqué un léger changement en elle dernièrement. Nous identifions toujours les signes au bout du compte ; il suffisait de ratisser le passé avec suffisamment de soin. Dans ce cas précis, un incident récent se distinguait. Une semaine plus tôt, le garçon qui se trouvait assis sur le garde-corps en sous-vêtements avait sorti de sa boîte à repas, un midi, un trognon de pomme bruni. La boîte contenait également deux croûtes de pain et un morceau de fromage durci et jauni qui avait conservé l'empreinte de ses dents de lait. Il s'agissait des restes de son déjeuner de la veille. Sa mère avait oublié de vider la boîte et de la remplir. La maîtresse du garçon lui avait donné son propre repas, une salade au poulet, d'une belle couleur jaune vif et parsemée de raisins secs, qu'il avait picorée nerveusement. C'était une erreur que n'importe quelle mère aurait pu commettre. Qui n'avait jamais perdu la notion du temps et laissé son enfant patienter sur les marches en pierre de l'école longtemps après la dernière sonnerie ou rempli sa Thermos de jus de fruits et non de soupe ? Elles devaient penser à tellement de choses, leurs esprits étaient pleins à craquer. Elles étaient fatiguées et, ce mot je l'ai entendu, encore et encore, ce matin-là, *stressées*, ce qui m'a fait penser à la façon dont nous portions nos cheveux, comme si la maternité consistait à s'envelopper petit à petit dans une tresse géante. Avec le recul, nous avons fini par soupçonner que l'incident de la boîte à repas n'était pas un simple moment de distraction, que la mère avait commencé à sentir notre infortune rôder autour d'elle, et que celle-ci avait accaparé toute son attention. Les mères avaient souvent l'intuition de leur départ avant qu'il ne survienne, même s'il était difficile de savoir à quelle fréquence, étant donné qu'on n'abordait pas ce sujet, du moins pas ouvertement. Elles parlaient néanmoins tout bas entre elles d'étranges prémonitions et de changements déconcertants : un corps qui n'obéissait plus à l'esprit, un esprit obsédé par la dissolution du corps.

Nous nous sommes mis au travail. Les mères sont entrées dans la maison pour réunir les affaires de la femme : ses vêtements, ses bijoux et ses chaussures, les instruments de ses passe-temps. Pendant qu'elles les entassaient dans des brouettes, nous cherchions à les observer discrètement de peur de sembler intéressées, avant que nos jeunes hommes ne partent avec les brouettes. Une fois le domicile vidé de tous les effets personnels de la femme, les pères entraient. Si les mères s'étaient affairées sans aucune méthode, collectant les objets à mesure qu'ils leur tombaient sous la main, les pères se montraient plus scrupuleux. Ils sont passés de pièce en pièce, ont ouvert chaque armoire, chaque tiroir, chaque placard, à la recherche d'images de la femme. Un jour, une mère avait caché des photos d'elle dans toute sa maison, glissées derrière des pans de papier peint décollé, scotchées sous des chaises, désireuse de laisser un souvenir ; un acte égoïste, douloureux pour son mari et perturbant pour ses enfants. Les pères étaient beaucoup plus méticuleux depuis. Quand ils ont eu tout réuni, les tirages des albums, ceux dans les cadres posés sur des tables ou suspendus aux murs, ils les ont jetés en grande pile sur la pelouse. Les petits enfants aimaient aider. Ils s'approchaient de ce tas pour y ajouter des brindilles et des feuilles mortes blanchies. Nous allumions le feu. Je l'ai dit, c'était une journée humide, sans un souffle de vent, et le feu s'est consumé lentement sans la moindre étincelle. À mon habitude, j'ai choisi une des photos dans la pile pour fixer mon attention dessus. Celle-ci représentait la femme assise dans un fauteuil à bascule, un immense sourire aux lèvres et une main sur son ventre rond, une chaîne en argent avec un pendentif en cristal autour du cou. J'ai regardé le cliché, guettant mon moment préféré, ce quart de seconde entre l'instant où une photo était gagnée par le feu puis se consumait, où l'image semblait voyager dans le temps pour redevenir le négatif d'elle-même. Le pendentif en cristal a noirci. La bouche souriante de la femme s'est transformée en gouffre blanc.

Des volutes de fumée sont montées vers le ciel telles les vrilles d'une plante grimpante, et lorsqu'elles ont atteint les nuages elles s'y sont mêlées. Elle était partie pour de bon à présent. Les nuages l'embrassaient, comme ils embrassaient toutes nos mères parties, et le soir, quand nous ouvrions nos fenêtres pour les inviter à entrer, ils nous pénétreraient : souvenirs que nous ne pouvions pas toucher, sensations que nous ne pouvions pas nommer.

Je me suis alors rendu compte d'une agitation devant moi. Le petit garçon avait sauté du garde-corps et se frayait un chemin dans la foule avec ses sous-vêtements et ses bottes, jouant des coudes pour se forcer un passage. Au moment d'atteindre le feu, il s'est laissé tomber à genoux juste à côté et a plongé ses petites mains dans les braises ardentes, se saisissant de ce qui n'était plus, à ce stade, que les cendres de l'image de sa mère. Un père s'est presque immédiatement jeté sur lui pour l'éloigner. De tels incidents n'étaient pas rares, nous nous tenions prêts. Le garçonnet s'est débattu dans les bras du père. Il a donné des coups de pied, frappé l'air de ses poings et hurlé. Nous avons été incapables de nous détourner, son corps était si petit, sa souffrance si exquise.

C'est alors que j'ai aperçu Ruth, juste à côté du groupe. Elle portait la robe à fleurs blanches. Elle pressait ses mains contre sa poitrine et les tordait. Elle allait commencer à comprendre, à présent, la beauté et la brutalité de nos vies. Son regard s'est détaché du tohu-bohu pour glisser dans ma direction, elle m'a repérée dans la foule. Je lui ai adressé un petit sourire solennel. Je voulais la rejoindre et lui dire combien nous étions heureux qu'elle soit ici, toutefois elle ne m'a pas retourné mon sourire et je me suis alors rendu compte que son regard n'était pas exactement posé sur moi, mais légèrement derrière, sur mon père. Le garçon a poussé un gémissement, comme les cris qui s'échappaient de la clinique lors des accouchements, et Ruth et mon père se sont détournés l'un de l'autre, pour se concentrer à nouveau sur le petit garçon. Il a fallu trois pères pour le maîtriser. Il était roulé en boule dans l'herbe, le visage, le tricot de corps et le reste maculés de cendres, les mains rougies, à vif, tenues loin de lui, doigts recroquevillés. Un père a tenté de lui caresser les cheveux et, au début, il s'est dégagé plusieurs fois d'un mouvement brusque. Puis il a fini par détendre son corps et se laisser faire. Quand j'ai à nouveau regardé dans la direction où se trouvait Ruth, elle avait disparu.

Cet après-midi-là, avec Di et Marie nous nous sommes rendues à la boutique de bienfaisance pour voir les nouveaux articles disponibles. Il y avait beaucoup de monde, adolescentes et femmes les unes sur les autres, qui passaient tout en revue et n'hésitaient pas à arracher une trouvaille des mains de leur voisine : une paire de mocassins à peine portés, un soutien-gorge avec une jolie bordure en dentelle, du parfum dans un flacon violet. Marie avait repéré une blouse avec un col montant ; celle-ci avait une petite tache mais elle était « sûre qu'avec un peu de bicarbonate de soude », ça partirait « tout de suite ». Di a acheté un pantalon de sergé bleu qui soulignait ses formes. Je n'ai même pas pris la peine de fouiller dans les habits, puisqu'ils seraient trop grands pour moi. Ma taille était devenue un véritable handicap. Nous venions de nous séparer, avec Di et Marie, sur le trottoir, lorsque je suis tombée sur Ruth.

« Il y a de jolies choses, lui ai-je dit d'un ton guilleret.

— Je ne compte pas entrer. »

Je ne l'avais jamais entendue parler d'un ton aussi sec, et j'ai été heurtée, même si je savais que ça n'avait rien de personnel. Les événements de cette journée avaient dû la choquer. Elle a caressé les rubans de son chapeau.

« Je suis tellement heureuse que tu aies été là ce matin. Nous le sommes tous. On se sent au complet quand tu es présente. »

J'avais parlé à toute allure et je suis restée là, hors d'haleine, exaltée par les sentiments que je venais d'exprimer. Je m'attendais à une réaction de sa part, pourtant elle s'est contentée de me regarder avec une expression que j'avais du mal à déchiffrer, de peur, de confusion ou peut-être de désapprobation.

« Je sais que ça fait beaucoup à assimiler, ai-je ajouté.

— Elle est juste partie alors. »

Elle a joint les doigts d'une de ses mains puis les a écartés.

J'ai confirmé d'un signe de tête.

« Et vous laissez faire.

— Mais non, pas du tout. Ça ne dépend pas de nous.

— Vous vivez avec en tout cas. Vous l'acceptez. »

Elle ne voyait que l'horreur. Elle était aveugle au reste : cette chose qui arrivait ici n'arrivait nulle part ailleurs. Nous ne savions pas pourquoi elle se produisait ni comment. Nous n'exigions pas d'explications, parce que notre infortune elle-même nous avait appris qu'on ne pouvait pas arracher de réponses à un mystère. Nous nous y soumettions. Nous l'endurions, le supportions, afin qu'il y ait toujours sur cette terre un endroit où les gens vivraient comme nous vivions et sauraient les choses que nous savions. Nous ne le faisions pas seulement pour nous, mais aussi pour eux, pour elle, même si elle n'en éprouvait pas de reconnaissance. Nous étions nécessaires.

« Tu ne comprends pas encore, ça viendra, ai-je tenté. Il te faut juste être patiente. »

Je pensais parvenir à la rassurer et n'ai pourtant réussi qu'à la troubler davantage.

« Je ne t'avais jamais vue avec ce collier », a-t-elle observé.

Je me suis saisie du pendentif autour de mon cou.

« Je viens de l'acheter.

— Il lui appartenait ? »

J'ai hoché la tête. Une trouvaille incroyable. J'avais encore du mal à croire que j'avais été la première à mettre la main dessus. C'était le collier avec le pendentif en cristal de la photo, à la chaîne argentée si fine et délicate qu'elle avait formé une petite flaque liquide et brillante dans ma paume quand je l'avais trouvée à la boutique de bienfaisance.

« Et ça ne te fait pas bizarre ?

— Si tu entrais et que tu choisissais quelque chose, tu verrais qu'en le portant tu commencerais à ressentir la même chose que nous. C'est encore un peu la folie tout de suite, mais je pourrais t'accompagner plus tard. Ça ne me dérange pas.

— Non, merci », a-t-elle répondu laconiquement.

C'était vraiment terrible de la sentir fâchée contre moi, même si, en toute honnêteté, mes sentiments à son encontre étaient un peu moins cordiaux. Des semaines durant, elle avait savouré la beauté de notre bourg et des vies que nous y menions, et à présent elle ne cherchait même pas à comprendre. J'avais l'impression qu'elle nous avait caché quelque chose de laid qui lui échappait peu à peu.

« Il y a un concert ce soir, tu devrais venir. »

J'avais espéré, depuis son arrivée, qu'elle aurait l'occasion d'en voir un, de nous voir sous le jour où je nous préférais. Et pourtant, à l'instant précis où je lui ai suggéré de venir, je n'étais plus tout à fait aussi sincère que je l'aurais été encore cinq minutes auparavant, et lorsqu'elle m'a répondu qu'elle serait là, je n'ai éprouvé ni joie ni déception, simplement la sensation que nous nous trouvions dans une impasse, où nous ne pourrions pas demeurer très longtemps.

C'était une belle soirée pour un récital, fraîche et suffisamment ventée pour maintenir les insectes volants à distance et, sur la pelouse de Feldpark, où nous nous sommes réunis, devant la fontaine à la femme en pleurs, les nuages étaient particulièrement denses autour de nous. Nous nous sommes installés. Le sol était dur et froid, nous le sentions à travers les couvertures que nous avions étalées dessus.

Lorsque nous passions la main sur l'herbe, elle déposait de l'humidité sur nos paumes, que nous essuyions dans nos cheveux ou sur nos jambes. Nous avons sorti nos pique-niques. Les enfants les plus jeunes piquaient du nez, pesant lourd sur nos genoux, incapables de résister plus longtemps au sommeil pour entendre la musique ; à la fin du concert, nous les porterions à la maison, et le lendemain matin, au réveil, ils comprendraient ce qu'ils avaient raté et certains verseraient des larmes.

C'est pendant ce moment de la soirée, juste avant le début de la musique, que nous l'avons découverte en nous retournant. Elle se tenait au bord de la pelouse. Elle s'est déplacée parmi nous et nous lui avons offert à manger, de la salade de pousses de fougère, une tranche de rôti de bœuf froid, du pain avec du beurre à l'oignon, des biscuits aux épices dans une serviette en dentelle. Quelqu'un avait pensé à prendre une couverture supplémentaire pour elle, qu'elle a acceptée et étendue sur l'herbe.

Nous avons joué, classe après classe, en commençant par les plus jeunes. Le petit garçon de ce matin se trouvait parmi eux. Il avait les yeux bouffis d'avoir pleuré, mais il portait une chemise parfaitement rentrée dans son pantalon et ses cheveux étaient bien peignés. Le bandage blanc qui enveloppait ses mains semblait luire au crépuscule. Les enfants de cet âge n'avaient pas encore appris à jouer d'un instrument. Ils chantaient. Nous ne leur faisions pas pour autant interpréter des morceaux simples, ou mignons, mais des chants, des rondes et des mélopées en langues étrangères, et chaque année nous étions toujours surpris par la sensibilité musicale de nos élèves les plus jeunes. Le garçon aux mains bandées avait un solo. Il chantait les yeux fermés, visage levé vers le ciel. Sa voix tremblait. Il était si incroyablement petit, sa perte était si incroyablement vaste. Déjà, si tôt dans la soirée, le récital accomplissait son œuvre et embellissait les ténèbres.

Ça a ensuite été au tour des élèves du niveau d'au-dessus, avec leurs flûtes à bec dont ils tiraient des notes stridentes et discordantes. Et ainsi de suite, nous sommes passés d'une classe à l'autre. Je me souvenais d'avoir eu chacun de ces âges. Mes cheveux qui tiraient à la maternelle lorsque la mère de Marie avait refait mes tresses, nouées bien maladroitement par mon père. Le bois froid d'un bec de flûte entre mes lèvres. Les morceaux de scotch aux couleurs primaires sur le manche de mon violon à l'époque où je débutais. Les morceaux que nous jouions, ce que je ressentais en pénétrant à l'intérieur de chacun, et surtout l'alchimie grâce à laquelle les gestes laborieux de vingt enfants qui pinçaient des cordes se transformaient en musique, et les souvenirs. Ça me faisait mal de savoir qu'avec mes camarades de dernière année nous ne serions plus jamais réunis de la sorte. Quand notre tour est enfin arrivé, j'ai pris place sur scène avec tous les garçons et les filles qui n'avaient jamais été des inconnus, et nous avons joué. Au début, tout s'est déroulé comme je le voulais. Les mouvements de mon archet étaient dévorés par la musique que nous produisions tous ensemble, et c'était beau, nous ne connaissions rien de plus beau. Et pourtant quelque chose me retenait de m'y abandonner autant que je l'aurais voulu. Mes yeux ne cessaient de retourner se poser sur Ruth, dans le public. Elle piquait un morceau de bœuf avec sa fourchette. Léchait le beurre à l'oignon sur ses lèvres luisantes. Passait la main sur la couverture en laine douce. Elle fermait les yeux pour savourer notre musique, et pendant ce temps-là nos nuages lui caressaient la peau. Nous la couvrions de présents de toutes sortes, qu'elle acceptait sans exception. Nous l'aimions, nous l'accueillions, nous l'acceptions avec toutes ses limites. Mais que nous offrait-elle en retour ?

J'ai été réveillée en pleine nuit par des bruits étranges, ceux d'animaux nocturnes en pleine forêt. Ils provenaient de la chambre de mon père. J'ai collé mon oreille à la cloison fine qui séparait la mienne de la sienne pour écouter attentivement. Alors même que je n'avais encore jamais rien entendu de tel, j'ai su qu'il s'agissait des bruits d'un ébat amoureux : le choc rythmé de la tête de lit contre le mur, les grognements de mon père, le souffle court d'une femme, qui se précipitait jusqu'à ce que, brusquement, mon père pousse un cri de douleur et la femme un gémissement de plaisir éperdu.

Puis après, rien, le silence. Et ensuite des pas dans l'escalier. Je me suis approchée de ma fenêtre et je l'ai vue, Ruth, qui sortait de notre maison que, dans notre confiance aveugle, nous ne fermions pas à clé.

Je l'ai compris alors, même si ça a été une révélation douloureuse. Je n'avais jamais été spéciale aux yeux de notre étrangère. Elle ne m'avait pas davantage fait confiance qu'aux autres. Elle s'était juste employée à gagner ma confiance pour pouvoir s'introduire chez nous et arracher à mon père le plus immense des cadeaux, le plus grand des plaisirs. Elle avait dû établir son plan dès son tout premier jour ici, lorsqu'elle était venue chez Rapide Photo et m'avait demandé : « Alors il n'y a que vous deux ? » J'avais été obnubilée par ma propre gêne au moment de lui répondre, je n'avais pas envisagé un seul instant que j'étais peut-être en train de lui fournir une information qu'elle recherchait, de lui apprendre que mon père était seul. Avait-elle jamais nourri le moindre intérêt pour la photographie, ou s'agissait-il aussi déjà d'une ruse ? J'avais été si touchée par ses efforts pour se rendre plus douce, pour s'accorder à mon père. Comment n'avais-je pas vu de quoi il retournait, compris qu'il s'agissait de l'attitude d'une femme capable de se métamorphoser quand bon lui semblait, de devenir ce qu'il fallait pour nous soutirer le maximum ? Je me sentais ridicule. Nous avions entendu tant de récits sur les étrangères, et moi, je m'étais pourtant laissé duper.

Le lendemain après-midi, j'ai profité de ma pause pour quitter le magasin et sortir me promener. J'ai traversé le bourg jusqu'au kiosque de Sally, où j'ai commandé un sandwich au fromage et au chutney. Pendant que Sally le mettait à griller, elle a fait la conversation, à son habitude.

« On dirait que notre étrangère va rester dans les parages, a-t-elle lancé d'un ton guilleret. Tu sais, elle adore mon sandwich au fromage et au chutney, elle aussi. Et celui au jambon et aux cornichons. »

Sally m'a présenté son dos pour retourner le sandwich sur le gril.

« Elle est venue chez nous hier soir, ai-je dit. Elle a pris du plaisir avec mon père. Elle n'est pas celle qu'elle veut nous faire croire. »

Il n'a pas fallu longtemps pour que nous soyons tous au courant de la rumeur lancée par Sally ; on ne parlait plus que de ça en ville. Ruth l'étrangère s'était immiscée dans le lit d'un homme qui, nous étions tous de cet avis à présent, était l'un des individus les plus abjects de la communauté et n'aurait donc pas dû attirer une femme aux intentions pures. Au contraire, cet acte révélait une avidité égoïste et une indifférence, pour ne pas dire du mépris à notre encontre, ce qui nous a tout d'abord choqués. Mais plus nous y pensions et moins nous étions surpris. Comme si la rumeur de Sally avait confirmé une vérité que nous aurions toujours dû connaître et que nous n'avions pas voulu voir. Nous avons alors remarqué des choses à son sujet qui nous avaient d'abord échappé, ou peut-être serait-il plus juste de dire que nous avons commencé à envisager ses actes sous un autre jour. Les cadeaux, par exemple. Elle s'était toujours efforcée de les refuser, avant de ne les accepter qu'avec beaucoup d'hésitation, l'air de ne pas s'en penser digne, ce qui nous l'avait rendue appréciable, nous avait convaincus qu'elle n'était pas comme les autres étrangères, et nous nous étions donc empressés de continuer à lui en donner. Or à présent il nous semblait surtout qu'elle n'avait fait que prendre et prendre. Nous devions nous résoudre à envisager la possibilité d'une manipulation de sa part, d'une tentative de nous pousser à lui offrir ce qu'elle souhaitait nous arracher.

Et puis il y avait ses promenades quotidiennes dans les montagnes. Nous étions si heureux qu'elle soit témoin de leur beauté. Mais peut-être que ces balades avaient simplement été un moyen de nous fuir, de se rendre moins accessible et par-là même plus désirable ? Elle était tellement sur ses gardes le jour de son arrivée, elle nous avait paru si vulnérable et effrayée que nos cœurs s'étaient ouverts, toutefois à présent nous décelions dans cette attitude la preuve de ses efforts méticuleux pour nous tromper.

Nous nous répétions que tout cela était couru d'avance. Elle était une étrangère, conforme à toutes les étrangères : en découvrant nos vies ici et cette beauté qui leur était interdite, elles ne prenaient pas la peine de la comprendre mais pensaient uniquement à la part qu'elles voulaient prendre pour elles.

À présent, lorsque nous l'apercevions sur un banc dans Feldpark, nous l'évitions. Lorsque nos enfants lui faisaient des dessins ou des bracelets, nous ne leur donnions pas l'autorisation de les lui offrir. Nous les surveillions de près. Et pourtant, en dépit des preuves accumulées contre elle, nous conservions l'espoir faiblissant que nous nous trompions, qu'il s'agissait d'un malentendu. Jusqu'à ce qu'une femme de chambre de l'Alpina décide d'épousseter la pile de cadeaux qui s'étaient accumulés sur le rebord de la fenêtre, dans la chambre de l'étrangère. Parmi les dessins et les sculptures, les bracelets, les alcools et les bonbons, dissimulé dans le mouchoir brodé que lui avait offert Esther, elle a trouvé un petit objet qu'aucun de nous ne lui avait donné. Une épingle d'argent. La seule chose qu'en dépit de notre immense générosité à son égard nous ne lui aurions jamais offerte, parce que nous ne le pouvions pas : elle n'était pas l'une de nous et n'était pas censée en posséder. Quelques jours plus tôt, nous aurions pu voir dans ce vol le comportement d'une femme qui ne pouvait pas se faire meilleure qu'elle ne l'était. Nous aurions pu croire qu'elle avait simplement dérobé cet objet car elle n'avait pas su résister à sa beauté, et supposer qu'elle n'avait aucune idée de sa signification. Mais nous n'étions plus aussi naïfs. Ce vol jetait un éclairage cru et éclatant sur la rumeur que Sally avait partagée avec nous, et nous percevions enfin le projet de Ruth l'étrangère dans sa plus grande clarté.

Nous avions toujours remarqué sa façon d'observer nos mères, néanmoins jusqu'alors nous avions attribué son obsession au douloureux contraste entre leur existence et la sienne. Désormais nous voyions la rapacité flagrante qui filtrait des profondeurs de son être, derrière son attitude en apparence neutre, et nous comprenions que son véritable désir n'était pas de posséder ce que nos mères possédaient, mais de nous supplanter, de glisser une de nos épingles dans ses cheveux d'étrangère et de s'en servir pour piquer un de nos pères, de se coudre un habit trompeur à partir de la peau d'une mère et de ripailler à l'intérieur de cette enveloppe sombre et humide.

La femme de chambre lui a laissé un mot sur son oreiller. *Partez.* Elle ne l'a pas fait. Nous avons donc été contraints de prendre les choses en main.

À cause des événements récents, j'ai été surprise de voir Ruth débarquer chez Rapide Photo un après-midi. Elle portait son pantalon et sa chemise en batiste, aux manches retroussées avec soin jusqu'aux coudes. Elle avait des cernes foncés sous les yeux, une mine inquiétante, et ce spectacle m'a ravie autant qu'il m'a noué le ventre. Je me suis décidée à être courtoise, ni plus ni moins.

« Je peux faire quelque chose pour toi ? »

Elle a sorti un rouleau de pellicule de sa poche et l'a posé sur le comptoir.

« C'est pour un développement. »

Elle parlait vite, comme si elle avait une liste de courses à faire avant la fin de la journée, alors que nous savions aussi bien l'une que l'autre qu'elle n'avait aucune responsabilité, aucune contrainte, aucun endroit où se trouver.

« Juste celui-ci ? »

Elle avait dû en acheter dix depuis son arrivée.

« Oui. »

Dès le tout premier jour j'avais espéré qu'elle nous confierait ses pellicules, et à présent que ça arrivait j'étais déçue de n'en avoir qu'une seule. Cela ne faisait que s'ajouter au faisceau de preuves contre elle. Que pouvaient bien contenir les autres pellicules qu'elle ne voulait pas nous montrer ? Des photos de nous, prises sans notre consentement ? Ou d'objets qu'elle souhaitait nous dérober ?

J'ai placé la pellicule dans la corbeille. Je pensais qu'elle allait partir sans tarder, et pourtant elle restait là, hésitante. Elle a pincé les lèvres et fixé un point sur le mur derrière moi. Puis elle a fini par parler :

« Tu pourrais quitter cet endroit. »

C'était la dernière chose à laquelle je m'attendais et, l'espace d'un instant, je me suis contentée de la dévisager.

« Et pourquoi je ferais ça ?

— Ça pourrait être ta photo qu'ils brûleront un jour. »

Elle ne comprendrait jamais, je finissais par le saisir, pas même si elle vivait parmi nous cent ans. Et, pour la première fois, elle ne m'a pas inspiré le moindre degré de pitié. Au contraire, je l'ai considérée avec dégoût.

« Et quel est le plus grand événement qui pourrait bien t'arriver, à toi ? »

J'ai été sonnée de m'entendre, de constater ce qu'elle faisait sortir de moi. Elle s'est composé une expression peinée, blessée, mais je ne me laissais plus prendre à son jeu dorénavant.

« Les tirages seront prêts demain.

— Merci », a-t-elle murmuré avant de sortir.

Je ne pensais pas qu'elle oserait venir chez nous cette nuit-là, pourtant ça a été le cas et, une fois de plus, j'ai veillé pour écouter les bruits de son plaisir volé.

Nous étions dans un sacré pétrin. Elle ne pouvait pas rester ici, mais nous ne pouvions pas non plus la laisser partir. Avec elle, notre secret ne serait pas bien gardé ailleurs. Lorsque nous nous sommes réunis devant l'Alpina le lendemain matin, nous ne nous étions pas encore mis d'accord sur un plan. Nous savions seulement qu'il fallait prendre des mesures. Par les fenêtres de la salle du restaurant, nous l'avons regardée manger son petit déjeuner composé d'un yaourt et de fruits compotés, boire son thé avec du lait et quatre morceaux de sucre. Quand elle a eu terminé, nous sommes allés l'attendre devant l'entrée de l'hôtel. Elle avait dû nous voir, et comprendre ce qui se tramait, parce qu'elle n'est pas immédiatement sortie, elle est d'abord remontée dans sa chambre. Nous avons fait preuve de patience. Lorsqu'elle est enfin apparue, elle avait sa mallette en cuir. Et elle s'était également changée. Elle portait la même tenue que le premier jour, la robe en crêpe avec les petites fleurs blanches, les bottines en cuir souple marron, le chapeau de paille avec les rubans noirs défaits dans ses cheveux, eux aussi défaits ; elle ne s'était pas donné la peine de les tresser. Elle savait que nous avions compris la vérité sur elle, et qu'il ne servait plus à rien de chercher à nous duper.

La femme de chambre de l'Alpina l'a rejointe et a empoigné la mallette. L'étrangère n'a pas résisté. La femme de chambre l'a déposée sur les pavés, a ouvert les serrures et parcouru les objets fourrés dedans à la va-vite, les vêtements et les chaussures, nos cadeaux, les pellicules. Lorsqu'elle a trouvé ce qu'elle cherchait, elle s'est relevée et l'a brandie très haut. L'épingle d'argent brillait dans la douce lumière du matin.

« Voleuse », a dit la femme de chambre.

Ruth n'a fait aucune tentative pour démentir.

Une mère s'est alors approchée et a sorti les pellicules de la mallette pour les mettre dans son panier.

« On ne peut pas vous laisser les emporter. »

Elle a refermé la mallette, puis l'a rendue à l'étrangère.

Nous nous sommes mis en branle comme un seul être. Nous l'avons encerclée pour la forcer à marcher. Nous formions une sorte de flèche dont l'étrangère constituait la pointe, nous nous déployions tous derrière elle pour la faire avancer dans nos rues. En chemin, elle regardait autour d'elle nos boutiques et nos maisons, nos jardins, les montagnes, les vestiges des nuages nocturnes qui s'attardaient dans le ciel, toute cette beauté qu'elle ne reverrait jamais. Dans Bergstrasse, elle s'est arrêtée et s'est tournée vers nous.

« Pitié », a-t-elle imploré.

Ça a été un moment douloureux. Nous aurions tant aimé qu'elle soit la femme pour laquelle nous l'avions prise au départ, sincère et bien intentionnée, car dans ce cas elle aurait pu rester, nous aurions pu la garder éternellement. Mais ce n'était pas ce qu'elle était, nous ne le pouvions pas, et tandis qu'elle nous faisait face, la réalité de l'embarras dans lequel elle se trouvait, et du rôle qu'elle avait joué, a semblé lui apparaître.

Nous avons poursuivi, dépassé la statue de la femme en pleurs dans Feldpark, traversé la pelouse mouillée de rosée, pénétré dans la forêt, dépassé le bosquet de fruits-carapaces et les fourrés où paissaient les chèvres, pour rejoindre la Graubach. Au début, je me trouvais à l'arrière de la procession, mais à ce stade j'étais arrivée tout devant. C'était ma place, en raison du dévolu qu'elle avait jeté sur mon père, qui se tenait en retrait, les yeux rivés au sol.

Nous étions massés entre la digue et le bord de la rivière, qui nous léchait les pieds. La mère qui avait mis les pellicules dans son panier s'est avancée pour les jeter, une par une, dans l'eau. Celle-ci était inhabituellement haute ce jour-là, elle les a rapidement emportées.

Je l'ai dit, nous n'avions pas un plan bien dessiné pour notre étrangère. Il y a eu un étrange flottement, et je crois que tous, elle comme nous, ressentions la pesanteur du bourbier dans lequel nous étions empêtrés : nous aurions tellement voulu que les choses se passent différemment, et il était bien trop tard pour changer quoi que ce soit. Le regard de Ruth passait de visage en visage, incapable de se fixer quelque part, son expression aussi insondable que jamais, désespoir ou colère, jalousie ou révulsion. Ses yeux se sont alors posés sur moi.

« Vera ! S'il te plaît ! »

Une part de moi continuait à avoir besoin d'elle, continuait à se fissurer en entendant mon prénom dans sa bouche. Mais j'ai gardé mon sang-froid. Je me suis approchée et j'ai enserré sa main entre les deux miennes. Je l'ai sentie trembler comme un oisillon, et j'ai lu l'espoir dans ses yeux. J'ai attrapé mon jonc en or avec les pierres rouges pour le lui retirer et le remettre à mon poignet.

« Nous ne voulons pas d'étrangère ici. Nous avons déjà tout ce qu'il nous faut. »

Je l'ai forcée à reculer, imitée par le reste de la foule. Ce mouvement que j'avais initié l'a contrainte à s'enfoncer un peu plus profondément dans la rivière. Elle n'avait pourtant encore de l'eau que jusqu'aux genoux, le bas de sa robe était à peine touché. Toutefois les rochers verts sous ses pieds devaient être particulièrement glissants, car elle a perdu l'équilibre. Elle a poussé le plus discret des cris. Un petit glapissement, de surprise plus que d'autre chose. Un instant plus tard, la rivière l'avait attirée en son sein, à l'endroit où le courant était le plus fort, et emportée en aval. Elle a disparu en quelques secondes, transportée au-delà de nos frontières, dans un lieu où nous ne pouvions pas la suivre. Seul son chapeau de paille s'attardait, ballotté lentement dans son sillage, les rubans noirs flottant à la surface de l'eau. Avait-elle nagé ? S'était-elle noyée ? C'était hors de notre contrôle.

# II

L'école était terminée, et ceux d'entre nous qui n'y retourneraient plus ont commencé à se mettre en couple. Nous savions que la prochaine étape de nos vies allait débuter, nous l'attendions depuis toujours ; et pourtant nous, enfin moi au moins, avons été surpris par la rapidité avec laquelle elle est arrivée. Déjà, à la livraison suivante, plusieurs filles de mon âge passaient des commandes spéciales : parfums et bandes de dentelle à coudre sur leurs sous-vêtements. Quant aux garçons, ils demandaient des cadeaux pour faire plaisir à ces filles : lot de peintures à l'huile, châssis en bois et toile pour l'une, presse à fleurs pour une autre, afin de préserver les spécimens qu'elle aimait collectionner.

Ce jour-là, nous faisions la queue derrière Sally, mon père et moi. Lorsque son tour est venu, elle n'a pas pu s'empêcher de raconter à M. Phillips que nous avions eu une étrangère en ville, et qu'elle avait été la première à la voir.

« J'ai tout de suite senti qu'elle n'était pas digne de confiance », prétendait-elle maintenant.

Il a fait la moue.

« J'en suis désolé.

— Oh mais nous ne vous tenons pas pour responsable. »

Elle a recouvert la main de M. Phillips avec la sienne, sur la table. Je ne savais plus où me mettre, heureusement il a eu la politesse d'attendre quelques instants avant de se dégager.

« Et cette étrangère, elle risque encore de vous causer des ennuis ? a-t-il demandé.

— Il est permis de penser que non », a-t-elle assené en croisant fièrement les bras, comme si c'était grâce à elle.

Il a lentement hoché la tête. Sally restait postée là, le regard brillant, désireuse de répondre à ses questions, pourtant il n'a pas ajouté un mot. Elle nous faisait vraiment honte. Comment pouvait-elle penser que notre étrangère intéresserait M. Phillips, qui passait sa vie ailleurs, au milieu d'étrangers ? Malgré tout, quand elle a eu terminé de passer ses commandes et que notre tour est arrivé, je n'ai pas pu m'empêcher de tendre mon poignet, autour duquel se trouvait mon jonc en or, et de lui raconter que je m'étais laissé piéger par l'étrangère et le lui avais offert.

« Heureusement, je l'ai récupéré à temps. J'étais tout devant à la fin.

— Quelle chance », m'a-t-il dit, même si j'ai eu l'impression qu'il éprouvait surtout de la pitié pour moi, qu'il me mettait dans le même sac que Sally.

J'étais si mortifiée que je me suis surprise à lui demander d'ajouter à notre commande un baume à lèvres dont j'avais entendu les filles parler. Il était censé adoucir nos bouches, les préparer aux baisers. Je n'avais aucun garçon à embrasser, mais je ne voulais pas que M. Phillips le sache.

À la livraison suivante, quand il nous a apporté de la dentelle, le baume dont je n'aurais pas l'usage et le reste, Ana et Jonathan étaient en couple. Le soir, lorsque je regardais par la fenêtre de ma chambre, je les voyais ensemble, il lui touchait les cheveux, déposait des baisers dans son cou. Quelques années plus tard, ils ont été les premiers d'entre nous à se marier. Leur couple nous avait surpris.

Nous nous étions attendus à ce qu'elle choisisse un garçon avec un tempérament aussi confiant et dominateur qu'elle. Jonathan passait pour un drôle d'oiseau. La plupart du temps, il restait dans son coin. Il posait des pièges dans la forêt et chassait, lapins, biches et vieilles chèvres qui avaient cessé de donner du lait. Il vendait les carcasses au boucher, les peaux au maroquinier. J'avais beau être tentée de penser qu'Ana précipitait les choses, se jetait au cou de n'importe qui pour être la première, dès qu'ils ont commencé à s'afficher ensemble j'ai saisi ce qu'elle avait vu en lui. C'était si délicat de trouver la bonne personne : on espérait à son contact être délivrée des périls dont on était porteuse. Si nous aspirions toutes à embrasser notre infortune dans sa grandeur, à ressentir la moindre parcelle de son pouvoir et de notre vulnérabilité, nous voulions aussi être épargnées. Chacune recherchait donc un partenaire qui la verrait approcher du bord, qui saurait à quel moment très précis l'en éloigner. Un jour, juste après leur mariage, je suis passée devant la maison qu'Ana et Jonathan partageaient dorénavant dans Gartenstrasse, et je les ai vus ensemble dans leur jardin. Ana regardait Jonathan dépouiller une biche à la carcasse argentée ; ses gestes doux sur le corps de la bête étaient toutefois exécutés avec une étrange indifférence. Quant aux yeux d'Ana, ils étaient aussi impassibles et subjugués que les prunelles noires de la biche. Moins d'un an plus tard, elle avait donné naissance à une fille, Teresa.

D'autres filles ont rapidement pris le même chemin. Esther et Lu l'ont suivie de près, leur trio s'étant coordonné, comme il arrivait souvent, et leurs trois bébés ont vu le jour en l'espace de six mois. Di s'est aussi mariée, et avec son époux, qui avait un an de plus que nous, ils ont eu des jumeaux, un garçon et une fille, nés en avance et tout petits, avec des paupières closes de chatons. J'ai vu alors une femme nouvelle émerger de la Di que j'avais toujours connue, ou cru connaître en tout cas, avec des cernes sombres sous les yeux qu'elle ne prenait pas la peine d'estomper avec de la poudre, qui allaitait ses deux enfants en même temps sur un banc de Feldpark sans chercher à cacher sa poitrine, fendillée par des veines bleu sombre. Peu après Marie a épousé un homme plus âgé de plusieurs années dont la première femme était partie lorsque leur enfant était encore nourrisson, et elle s'est occupée de ce bébé avec le plus grand naturel, comme si cette mission l'attendait depuis toujours.

Pendant cette période, j'ai travaillé à temps plein chez Rapide Photo, même si je n'avais pas grand-chose à faire à part répondre présente derrière le comptoir – ce qui était le cas dans n'importe quelle boutique. D'anciennes camarades de classe passaient régulièrement pour faire développer des photos de leur mariage et de leur lune de miel dans la suite de l'Alpina : le lit à baldaquin avec le dessus-de-lit à pompons, le plat de fruits avec une coque au chocolat luisant de condensation sur une table basse, le tapis tressé devant la cheminée en pierre. Les mères venaient faire développer des photos de leurs bébés, ainsi qu'il en avait toujours été, sauf qu'à présent c'était des filles avec lesquelles j'avais grandi, des filles qui n'en étaient plus. Tout autour de moi elles se fondaient petit à petit dans leur destinée, et je redoutais que ce soit mon cas à moi aussi : vivre, travailler et dormir aux côtés d'un père plutôt que d'un mari, séparée de lui par des cloisons fines, entre la chambre noire et la boutique, entre sa chambre et la mienne ; le regarder vieillir ; m'occuper de lui et un jour l'enterrer, puis, n'étant plus jeune moi-même, prendre sa place dans la chambre noire et décliner seule dans cette petite pièce sombre, vieille femme qui serait encore une enfant parce que l'existence ne lui aurait rien appris de ce que les mères savent.

Je les voyais partout. Di et son mari qui marchaient main dans la main en ville, chacun un jumeau attaché sur sa poitrine. La docile Rachel, ancienne camarade, enceinte, devant moi dans la queue à la boulangerie, plaisantant sur le fait qu'elle mangeait pour deux avant de me complimenter sur ma ligne, moi qui avais réussi à rester très mince depuis la fin de l'école, sans jamais retirer la main protectrice posée sur son ventre. Ana, Esther et Lu qui poussaient leurs bébés dans Feldpark, les lèvres rougies par les fruits-carapaces.

J'observais ces filles, à présent mères, parader avec leurs enfants en ville, remplir pellicule après pellicule de photos d'eux, comme si c'était la seule option possible, et je me consolais avec la plus amère des pensées : *vous pourriez leur être arrachées.* Je songeais combien elles étaient négligentes et imprudentes d'avoir laissé ces petits sortir de leurs corps, tandis que je gardais les miens bien à l'abri en moi, me privant d'eux pour les protéger.

Pourtant, au bout du compte, je me suis mariée. Et pas à un âge si tardif d'ailleurs. Peter avait le même âge que moi, mais nous n'avions jamais été amis. Nous étions tous deux assez timides et attachés au confort offert par nos trios. C'est une rage de dents – eh oui ! – qui nous a réunis. Le père de Peter avait toujours été notre dentiste, et il venait de terminer la formation de son fils pour lui passer le relais. J'avais pris rendez-vous à cause d'une molaire sensible, et Peter, qui portait une blouse blanche sur sa chemise et son pantalon, m'a invitée à le suivre dans le couloir jusqu'à la salle de consultation. Il m'a indiqué d'un geste gêné le fauteuil beige. Je me suis allongée, m'offrant à son regard.

« Ouvre grand, s'il te plaît. »

Ses instruments étaient posés sur un tissu, sur une petite table. Il les a mis dans ma bouche. Ses doigts ont effleuré ma joue. Le métal cliquetait contre mes dents.

Il se trouve que ce n'était rien de grave. Il m'a préparé un cataplasme à appliquer deux fois par jour après un bain de bouche à l'eau salée. Il m'a raccompagnée à la porte, et je m'apprêtais à partir lorsqu'il m'a informée qu'il n'avait pas d'autres patients avant l'après-midi et m'a demandé si j'accepterais de l'accompagner pour une balade. À compter de ce jour, nous nous sommes souvent promenés ensemble en fin de matinée, quand l'activité était calme, pour lui comme pour moi. Au début, nous déambulions sans but, n'ayant pas assez de caractère pour vouloir imposer un trajet, mais rapidement nous avons eu « notre boucle » : de Hauptstrasse à Bergstrasse, puis à travers bois jusqu'à la Graubach, où nous aimions nous asseoir sur la berge, les pieds dans l'eau, remuant nos orteils en les rapprochant jusqu'à ce qu'ils se touchent. Ensuite, nous regagnions le centre-ville par une petite rue tranquille qui s'appelait Hinter der Wald. Quand j'ai confié à Peter que c'était ma préférée du bourg, que j'adorais ses jardins envahis de verdure et la façon dont la forêt semblait envelopper les maisons, il m'a répondu que c'était aussi la sienne, et la timidité nous a alors gagnés. Nous savions que nous venions de nous faire un aveu de taille, et intime.

Un jour, lors de notre promenade, comme nous traversions la forêt pour rejoindre la rivière, nous avons entendu un bruissement dans les fourrés. Peter a placé un bras protecteur devant moi, et nous avons vu un renard roux sortir des buissons puis s'éloigner en trottinant. Le lendemain, lorsque Peter est venu me chercher chez Rapide Photo, il m'a tendu une petite boîte blanche. À l'intérieur se trouvait la figurine d'un renard, ravissante et détaillée, à laquelle quelques copeaux de bois étaient restés accrochés.

« Ma main a dérapé, juste là », a-t-il dit en m'indiquant une entaille dans le bois avant de hausser les épaules avec bonhomie.

J'ai glissé le renard sous mon oreiller. Le soir je le sortais pour caresser le bois lisse, le frotter contre ma joue, dans mon cou et enfoncer mon ongle dans la rainure.

Notre lien s'est rapidement resserré. Nous avions moins l'impression de construire un édifice, pierre après pierre, que de le découvrir, caché dans la forêt, de le débarrasser de sa mousse et de ses fougères, de constater qu'il nous attendait là tout ce temps. Je n'avais jamais accordé beaucoup d'attention à Peter jusqu'alors. À l'école, il était apprécié sans pour autant se distinguer dans aucun domaine, élève appliqué, aussi bien avec son violoncelle qu'avec ses études, mais sans talent notable. Au fond, je savais seulement qu'il était le fils du dentiste et qu'il voulait devenir dentiste, à moins que ce soit plutôt ce qu'on attendait de lui. Et pourtant à présent c'était justement ces qualités, le naturel modéré et candide de Peter, la limpidité de sa vie intérieure qui m'attiraient en lui. Ça me semblait une sorte de petit miracle que l'on puisse exister aussi simplement, comme si le fait d'être qui l'on était ne représentait en rien un poids.

Peu après le moment où nous avions commencé à nous fréquenter, une mère est partie. Autour du bûcher, il m'a cherchée dans la foule.

« Tu la connaissais bien ? »

J'ai secoué la tête.

« Je ne lui avais jamais parlé.

— Quand même. »

Et il m'a pris la main. C'était la première fois, il avait choisi ce moment, à cet endroit, tandis que le feu crépitait, que la fumée s'élevait et que les mères murmuraient. Il ne m'a pas tenu la main avec la douceur à laquelle je m'attendais, mais avec fermeté au contraire, comme si elle requérait d'être tenue fermement pour ne pas glisser. J'ai alors compris qu'il était non seulement attiré par moi mais par la sombre destinée que toutes les femmes de notre bourg portaient en elles, et j'ai été surprise de me rendre compte qu'il avait un peu peur de moi. J'ai commencé à saisir ce que les femmes d'ici avaient toujours su : nous étions en danger, mais nous étions aussi dangereuses. La menace qui planait sur nous faisait notre force.

Nous avons fait l'amour pour la première fois quelques semaines plus tard. J'avais dîné chez lui – j'avais pris l'habitude de le faire régulièrement. Il était l'aîné de trois frères. Sa mère les nourrissait, son père, ses frères et lui, comme s'ils étaient des bûcherons et non des dentistes et des écoliers : rôtis, ragoûts et currys servis avec du riz si beurré qu'il en luisait. Les garçons aimaient se faire des farces, ils plaçaient des épines sur la chaise du voisin, cachaient du piment dans l'assiette d'à côté, et leur mère les réprimandait tout en riant, tant elle tenait à eux. Il n'y avait jamais un moment de calme à table, ils parlaient tous sans arrêt. Ils ne disaient rien de très intéressant ni de brillant, évoquaient simplement des choses ordinaires : anecdotes de la journée, projets, tâches domestiques et réparations à envisager. J'avais toujours cru que Peter était aussi réservé que moi, mais il ne l'était pas ici, au sein de sa famille si spontanée. Dans ces moments-là, je m'efforçais de ne pas penser à mon père, seul dans notre maison silencieuse.

Après le dîner, Peter m'a emmenée dans sa chambre au premier, et je me suis couchée avec lui. J'étais si nerveuse, je n'avais aucune expérience. Il avait une douce odeur de sueur dans la nuque, sous ses boucles, accompagnée des relents du savon rose dont il se servait pour se laver les mains entre deux patients. Débarrassé de son pantalon, il dégageait des effluves musqués que je chercherais sur mes doigts des heures durant cette nuit-là, une fois rentrée chez moi, incapable de dormir. Il y avait, surtout, le parfum de lessive dans ses draps. Sa mère les avait lavés pour son fils, avant de faire son lit. Elle avait toujours été là pour lui préparer le terrain, pour lui murmurer des mots d'amour à l'oreille, il ne connaissait pas autre chose, et cette fragrance a alimenté mon désir presque autant que Peter lui-même. Lorsqu'il s'est introduit en moi, j'ai retiré mon épingle d'argent de ma tresse ; pour cette partie-là au moins, je savais ce que je devais faire. Pendant qu'il allait et venait en moi, je lui ai piqué l'épaule, puis j'ai pressé ma bouche sur le sang qui perlait. J'ai reconnu toutes les saveurs qui le composaient, l'humus noir de la forêt, l'eau verte peu profonde en bordure de la rivière, le goût métallique des instruments avec lesquels il m'avait examinée.

Le lendemain, tout au long de la journée, chaque fois que mes doigts frôlaient ceux de quelqu'un d'autre, pour rendre de la monnaie à un client, pour acheter une part de cake à la boulangerie, pour prêter mon baume à lèvres à Marie, j'ai été parcourue d'un frisson ; c'était comme être touchée par Peter, encore, et tous ces contacts étaient chargés de nos ébats amoureux. Cet après-midi-là, quand il m'a conduite dans un coin reculé de la forêt, au milieu des vocalises des insectes, des cris des créatures perchées dans les arbres, du léger ébranlement du sol dû au troupeau de chèvres qui se déplaçait dans les fourrés, ses mains qui me touchaient étaient nos mains à tous. J'avais goûté son sang et il était entièrement en moi à présent : lui, ici, nous.

Pour notre mariage, nous avons eu une très belle fête. Nous étions tous présents, Di et Marie accompagnées de leurs maris et de leurs enfants, les amis de Peter, et même Ana, Esther et Lu ; nous invitions toujours nos anciens camarades de classe à nos noces. Les danses ont duré toute la nuit, Peter et moi au centre de la piste ; ses parents avaient retiré leurs chaussures, ses frères se relayaient pour venir nous interrompre et m'inviter, Ana se baissait malgré son gros ventre – elle attendait son second enfant – pour se trémousser avec la petite Teresa ; elle s'autorisait à profiter de la soirée bien que ce soit mon mariage. Pendant ce temps-là, mon père est resté assis seul à une table tout près de la piste. Il portait le costume dans lequel il avait épousé ma mère. Il n'avait pas pris un gramme depuis toutes ces années, son corps avait connu la transition de la jeunesse à la vieillesse sans changer de proportions. Je lui jetais de temps à autre un regard. Il triait d'un air absent des confettis, portait son verre à ses lèvres, roulait ses manches puis les déroulait. J'aurais dû aller le voir, bien sûr, passer du temps avec lui, mais je n'en ai rien fait. Après tout, c'était mon mariage, je ne voulais pas quitter la piste de danse. À un moment de la soirée, quand je me suis retournée pour le regarder, il avait disparu. Il s'était éclipsé sans un au revoir ; il ne voulait pas nous déranger. J'ai eu honte : la vie silencieuse que nous avions partagée, comme elle avait été insuffisante et comme je l'avais aimée ! À présent je la quittais, et lui avec.

Après la fête, nous avons rejoint, Peter et moi, l'Alpina pour notre séjour dans la suite nuptiale. Je l'avais vue d'innombrables fois en photo. À présent j'y étais, et je reconnaissais tout : le lit à baldaquin avec le dessus-de-lit à pompons, le tapis tressé devant la cheminée en pierre, les fruits au chocolat sur la table basse, leur coque brillante voilée de condensation. La semaine précédente c'était Susanna, et le mois d'avant, Klara, et encore avant Marie, Di, Lu, Esther, Ana. Ma mère et mon père avaient dormi dans cette chambre, et ils y avaient fait l'amour. Aujourd'hui c'était mon tour, ma robe de mariée jetée sur le dossier du fauteuil de brocart, les genoux irrités par le tapis tressé sur lequel j'étais agenouillée devant mon mari et sur lequel nous nous étions toutes agenouillées. Ça avait été elles, et maintenant c'était moi. J'aurais pu être n'importe laquelle d'entre nous.

Nous avons emménagé dans une belle maison de Hinter der Wald. Elle possédait un toit à pignons avec de grandes corniches, la véranda le long de la façade principale était bordée de magnifiques balustres, des étoiles étaient sculptées dans les cadres des fenêtres. Son seul inconvénient était de se trouver pile en face de chez Sally. Nous y vivions depuis moins d'un an lorsque le plus jeune frère d'Ana a frappé à notre porte un matin, essoufflé d'avoir couru depuis Eschen. Il m'a dit de venir vite. Le temps d'arriver, il était trop tard. Mon père était parti. Son cœur, sans doute ; il s'était effondré sur le trottoir au moment de quitter la maison pour aller chez Rapide Photo.

Pendant des jours, nous avons reçu, Peter et moi, des invités et leurs marques d'attention, tourtes, plats mijotés, pots de confiture de fruits rouges, que j'étalais sur des tranches de pain grillé sans pouvoir ensuite les manger, tant mes mains tremblaient. Sally a été l'une des premières à se présenter chez nous avec une fricassée. Elle s'était fait des anglaises pour l'occasion. Elle s'est rendue dans la cuisine pour déposer le plat sur le plan de travail, avant de me rejoindre dans le salon et de m'étreindre si fort que j'ai senti le talc sur sa poitrine. C'était bien Sally, ça, cet étalage excessif d'émotions qui suggérait une relation bien plus intime qu'elle ne l'était en réalité, qui lui permettait de revendiquer un droit sur cette tragédie.

« Je suis vraiment désolée, ma chérie, m'a-t-elle dit. Quelle chance que tu aies une raison de te réjouir ! »

Elle a posé une main sur mon ventre, et je ne m'y suis pas opposée, même si la présence de sa main à cet endroit a déclenché une possessivité féroce en moi. J'en étais à six mois de grossesse. Nous n'avions pas rencontré la moindre difficulté. Je n'avais même pas de nausées matinales. Marie me répétait sans arrêt combien j'étais vernie. Elle aussi était enceinte, de deux mois de plus que moi. Avec son mari, ils essayaient depuis des années, et maintenant que c'était enfin arrivé, la simple odeur de haricots dans une casserole suffisait à la rendre malade. De mon côté, j'avais une faim dévorante pour les aliments dont on dit qu'un futur enfant a besoin, patates douces, petits pois, herbes sauvages. Peter courait constamment chez le boucher pour aller m'acheter du foie, et même lorsqu'il déballait le papier brun paraffiné qui l'enveloppait, les tranches luisantes, du même rouge sombre que les pierres de mon jonc, loin de m'écœurer m'ouvraient l'appétit. Il les plongeait dans du lait avant de les faire frire dans du beurre, veillant à ce qu'elles soient bien grillées sur les bords, ainsi que je les aimais. Il me dorlotait, nous dorlotait, comme tous les maris, se subordonnant à leurs épouses et aux fardeaux qu'elles portaient, désireux de répondre au moindre de nos désirs, de nous épargner la moindre incommodité, afin de permettre à la maternité de révéler le meilleur en nous.

Je me suis efforcée de croire au verdict de Marie : j'avais de la chance, c'était une bonne chose que mon corps, qui semblait savoir comment réagir à cette grossesse, la vive si bien. Pourtant ce n'était pas aussi simple. La nuit, mon esprit était peuplé de rêves terribles. Dans l'un d'eux, la créature qui poussait à l'intérieur de moi n'était pas un bébé mais un petit adulte rabougri. Et je savais que son visage, aussi flétri qu'un vieux fruit-carapace, était celui de ma mère. Elle avait attendu en moi tout ce temps pour me voler le corps de mon bébé, et ce serait à elle que je donnerais naissance. Dans un autre, mon nouveau-né était parfait, il avait la peau aussi lisse et délicate qu'une poupée de porcelaine. Je l'emmenais partout. Jusqu'à ce que, soudain, en regardant dans le landau, à la place de ce magnifique enfant je découvre l'affreuse Walina, sale et profanée. Mon bébé n'avait jamais existé, il n'avait été que le fruit de mon imagination. C'était Walina que j'avais promenée partout, sous le regard d'effroi du reste d'entre nous.

Je racontais mes rêves à Peter et je discutais avec lui des angoisses qu'ils révélaient.

« Tu penses que je serai une bonne mère ? »

J'avais dû lui poser la question un millier de fois.

« Tu plaisantes ? Tu seras merveilleuse. Tu es patiente. Persévérante. Gentille. »

Il avait raison, j'étais tout cela, je n'en doutais pas. Et pourtant je suspectais qu'une maternité réussie n'avait que peu de lien avec ces traits de caractère que les bonnes mères se devaient de posséder, cela reposait sur tout autre chose et requérait d'autres qualités obscures qui ne pouvaient ni s'acquérir ni se perfectionner.

Comment une mère sans mère devenait-elle mère ? Comment faisait-elle pour savoir s'y prendre ? Devait-elle accepter de ne pas savoir ? Et dans ce cas, pouvait-elle apprendre toute seule, ou renoncer à tout apprentissage parce qu'elle n'avait pas de mère pour la former ? Je me répétais que ce n'était pas vrai, que je n'étais pas sans mère. Pendant que mon enfant poussait en moi, j'ai passé de nombreuses nuits éveillée, à résister au sommeil et aux rêves qui l'accompagnaient, à exhumer mes premiers souvenirs pour tenter d'y saisir ma mère. Je me revoyais sur la berge de la rivière, après que nous avions tiré sur le goéland, regardant le père qui le maintenait sous l'eau. Ce souvenir était lesté d'un poids, d'une force de gravité, et je savais qu'il fallait l'attribuer à ma mère, à sa présence à côté de moi sur la berge. Mais quand j'essayais de détourner mon attention de l'oiseau pour la regarder, pour la voir, le souvenir se dérobait, comme s'il devinait mon intention et me chassait.

Je me rappelais le matin après son départ. Le rassemblement sur notre pelouse. Je m'étais détournée. J'avais caché mon visage contre la poitrine de mon père et j'avais pleuré à chaudes larmes. Je me rappelais la sensation de mon chagrin à ce moment précis, mon besoin d'être consolée par la seule personne qui n'était pas là, la prise de conscience balbutiante qu'elle ne le serait plus, plus jamais. Mais quand j'exigeais d'obtenir davantage de ce souvenir, qu'il me montre la mère qui me manquait tant à cet instant, il me le refusait, encore et encore. Je revoyais le bûcher, je sentais l'odeur âcre du bois mouillé et je voyais la fumée monter vers les nuages jusqu'à ne plus être capable de savoir où elle se terminait et où ils commençaient. Je ne parvenais pas à voir les images que nous brûlions, et dont provenait cette fumée.

Pourtant il me fallait croire que son amour maternel était en moi, enfoui dans un recoin trop profond pour que je puisse y accéder, mais dans lequel je pourrais puiser le moment venu pour mon propre enfant. Sauf que j'aboutissais alors à une question à laquelle je ne pouvais répondre. Ma mère ne m'avait pas aimée comme d'autres mères, son départ en était une preuve suffisante. Il m'était donc impossible de prévoir si les traces qu'elle avait laissées en moi me guideraient ou, au contraire, me perdraient.

Avec Peter, nous avons pris la décision de fermer Rapide Photo. Depuis la disparition de mon père, j'étais la seule personne en ville capable de m'occuper de la chambre noire, et je n'aurais bientôt plus une minute à moi. Peter a d'abord suggéré que je forme quelqu'un, qui pourrait tenir la boutique jusqu'à mon retour. Adorable Peter, incapable de proposer la solution qui s'imposait, à savoir nous débarrasser du magasin. Nous l'avons rapidement vendu au mari d'Esther, Nicolas. Il ne comptait pas reprendre l'activité mais y vendre des articles de sport. À partir de ce jour, il n'y a plus eu d'endroit dédié à la photographie au bourg. Si l'on voulait acheter un appareil ou une pellicule, il fallait passer commande auprès de M. Phillips, qui pouvait aussi faire faire des tirages dans un magasin en ville. Il nous a fallu donc être très prudents sur ce que nous prenions en photo. Les gens venaient sans arrêt me trouver pour me dire combien ils regrettaient l'époque où ils pouvaient avoir leurs tirages en une semaine et n'éprouvaient pas le besoin d'être aussi vigilants. Avec Peter, nous avions récupéré quelques articles qui nous seraient utiles. Des albums que nous remplirions de photos de notre famille dans les années à venir. La table en bois de la chambre noire, sur laquelle étaient posés les bacs qui avaient servi à mon père pendant toutes ses années de labeur silencieux, et qui était à la hauteur parfaite pour une table à langer.

Dans la maison de mon père, peu de choses méritaient d'être conservées. Ses vêtements ont été rassemblés et apportés à la boutique de bienfaisance. Peter et ses frères ont sorti sur le trottoir le mobilier et les babioles pour les mettre en libre-service. J'ai jeté beaucoup de choses dont personne n'aurait voulu : son nécessaire de rasage, le contenu de son placard à provisions, notamment des flacons d'épices si vieilles qu'elles avaient perdu toute couleur. Les souvenirs que je voulais garder tenaient dans un seul carton. Walina, dont le buste en coton était moucheté de taches de sang séché, marron délavé. Le peigne de mon père, que je ne pouvais pas me résoudre à jeter parce que la graisse de son cuir chevelu s'était accumulée en traînées jaunes à la base de ses dents. L'alliance qu'il n'avait jamais retirée. Je l'ai tenue un long moment avant de la ranger. Je me souvenais de lui sur le seuil de ma chambre, tous les soirs de ma jeunesse, pour me dire bonne nuit, tapant en rythme de la main sur le montant, l'alliance produisant un bruit sourd contre le bois.

Il le caressait si tendrement, ce montant, comme dans l'espoir de me transmettre son amour à travers cette pièce de bois. Il n'avait jamais été capable de me l'offrir directement, s'était contenté de ce maigre gage, une main cognant le bois, quand j'aurais eu besoin d'une caresse pour dormir, de l'entendre me dire « je t'aime, Vera ». Je n'avais pas connu ça, et je ne le connaîtrais pas ; je devrais vivre ma vie sans.

Avant de quitter la maison, j'ai emporté une dernière chose. Sous une lame de parquet amovible de ma chambre d'enfant se cachait une mince pochette Rapide Photo. Lorsque Ruth l'étrangère était entrée dans la Graubach et avait été emportée, la pellicule qu'elle m'avait remise se trouvait dans la corbeille. Après son départ, j'avais attendu de voir ce que mon père en ferait, et il n'en a rien fait, elle est restée là, jour après jour. Au bout d'une semaine d'attente, je n'y ai plus tenu. Une nuit, je me suis forcée à veiller jusqu'à ce que tout le bourg soit endormi. Je suis descendue sans un bruit, j'ai pris le trousseau de clés dans la poche du manteau de mon père et je suis sortie. Je ne m'étais jamais retrouvée seule dans la rue de nuit, au moment où les nuages étaient installés, immobiles, dans le bourg, et je savais que je n'aurais pas dû, même si, comme pour la plupart des choses que nous savions devoir éviter, aucune règle explicite ne l'interdisait. Une règle n'aurait servi à rien, puisque les nuages remplissaient cet office en nous gardant chez nous. Ils étaient si denses que j'ai dû faire le trajet de chez moi à Rapide Photo de mémoire, à tâtons, et tandis que je pressais le pas, je les ai sentis pénétrer dans mes yeux, s'infiltrer dans les mèches de ma tresse. Je me suis mise à craindre de donner trop de moi-même aux nuages, de leur permettre de me connaître trop bien, mais je ne pouvais résister à l'appel de la pellicule de Ruth, qui m'attendait si patiemment dans le panier. Dès que j'ai été à l'intérieur de la boutique, je me suis sentie mieux. J'ai pris le rouleau, me suis enfermée dans la chambre noire et ai entamé le travail : le film sur la spire d'un rouleau, le rouleau dans le réservoir. Agiter, retourner, tapoter. Agiter, retourner, tapoter. Une fois les négatifs prêts, je les ai mis à sécher sur la corde, même si j'étais impatiente, bien sûr, de réaliser les tirages pour voir ce qu'ils représentaient. J'étais convaincue qu'ils contiendraient des traces des intentions les plus obscures de l'étrangère, des preuves de sa nature véritable, que nous avions mis tant de temps à détecter. Or le résultat a été une déception, à l'image de ce qu'elle avait été. Je l'ai su rien qu'en parcourant les petits négatifs à la lueur rouge de la lampe inactinique. Ces clichés n'auraient pas pu être plus convenus. Un gros plan banal de fleurs, aux pétales parsemés de rosée. La vue depuis la fenêtre de sa chambre à l'Alpina, le sommet des toits perçant les nuages. Les boutiques dans Hauptstrasse. Pris de face, sans aucune recherche d'angle, les sujets occupaient le centre atone de la composition. Elle avait posé tant de questions à mon père, et pourtant le résultat laissait penser qu'elle n'avait pas écouté un seul de ses conseils. Son « intérêt » pour la photo n'avait été qu'un simulacre, comme tout chez elle, un subterfuge pour séduire mon père, auquel nous nous étions tous laissé prendre.

Cependant, lorsque je suis arrivée au dernier négatif, et donc à la première image de la pellicule, j'ai aussitôt vu qu'il s'en dégageait quelque chose de différent, j'étais à court de mots pour la décrire ; mon esprit a paru en effet envahi par le vide en la découvrant. Je l'ai scrutée attentivement en essayant d'y déceler une forme cohérente, d'identifier la réalité qui y était décrite, mais celle-ci me résistait. Dès que les négatifs ont été enfin secs, c'est celui-ci que j'ai placé dans l'agrandisseur en premier. Au début, je n'ai vu qu'un ensemble flou de masses sombres et claires, et j'ai fait la mise au point, cependant, même avec des lignes nettes et précises je n'ai pas pu croire ce que je voyais : l'image était comme cryptée, elle s'apparentait à une illusion. Je me suis empressée de passer au développement pour en avoir confirmation. Soudain il est apparu, noircissant le papier blanc : souvenir évanoui d'un lieu que je n'avais jamais vu. Ruth avait dû acheter cette pellicule ailleurs et faire cette unique photo avant d'arriver ici. Elle avait été prise d'un balcon. Au premier plan se trouvait une balustrade constituée d'arabesques en métal noir, sur laquelle était perché un oiseau inconnu couleur de suie. Au second plan, plusieurs étages plus bas, s'étendait un vaste espace dégagé entouré de bâtiments, pavé de pierres grises lisses. Cet espace était presque vide, à l'exception de quelques personnes éparses, et le ciel formait un arc au-dessus, un dôme gris, comme s'il était taillé dans la même roche. C'était l'ailleurs, rude et désolé, peuplé d'entailles noires sur une étendue déserte.

J'ai arraché les autres négatifs sur la corde, les ai froissés et dissimulés au fond de la poubelle. J'ai caché le tirage sous mon tee-shirt et je me suis dépêchée de traverser les nuages pour rentrer dans Eschen. Je savais que j'aurais dû brûler cette photo. La jeter dans la Graubach. Au lieu de quoi je l'avais cachée sous la lame du parquet, sous mon lit. Je ne l'avais jamais sortie. Elle n'aurait pas dû être là et, la nuit, sa simple présence sous moi me procurait une sensation de danger. Bien des fois j'avais pensé m'en débarrasser, mais je n'avais pas pu m'y résoudre. Ce jour-là, je l'ai glissée au fond du carton de souvenirs. De retour dans notre maison de Hinter der Wald, j'ai rangé le carton au fond de l'étagère du haut du placard de l'entrée. Je ne craignais pas que Peter le trouve, parce que je n'avais pas ce genre d'inquiétude avec lui, qui n'avait pas ce genre d'indiscrétion.

J'étais mariée depuis moins d'un an. Mon père était mort. Rapide Photo n'existait plus ; on pouvait acheter des raquettes et des chaussures à crampons à l'endroit autrefois occupé par la chambre noire. Et je deviendrais mère d'un jour à l'autre.

Le moment venu, j'ai fait les cent pas chez nous pendant la nuit. Je me suis libérée de sang, de mucus et de caillots de gelée noire luisante dans les toilettes, j'ai vomi une matière verte et gluante à chaque contraction. Peter m'a essuyé la bouche avec un linge humide, a pressé ses mains dans mon dos de toutes ses forces. À l'aube, il m'a accompagnée à la clinique. Dans la salle de travail, j'ai poussé sur le lit où nous poussions toutes, et où nous tous, comme nos enfants, avions vu le jour. Le travail a duré des heures, des heures qui étaient des vies entières et passaient pourtant en une fraction de seconde, la douleur si insoutenable qu'il me paraissait impossible que toutes les mères que je connaissais l'aient supportée, que toutes les personnes que je connaissais aient pu voir le jour. Peter me dispensait les conseils qu'il tenait des autres pères. Il me serrait la main et me disait « tu vas y arriver », ou « c'est presque terminé », ou « oui, bien, pousse ». Des mots ordinaires, si impuissants appliqués à ce que je vivais, à cette expérience dotée d'une face secrète à laquelle il n'avait pas accès, face secrète qui semblait me dire que mon objectif n'était pas d'expulser ce bébé mais de rentrer en moi, de me comprimer à l'intérieur de mon corps pour y rejoindre mon bébé. Et pourtant ce sont aussi les pauvres encouragements ordinaires de Peter, sa foi dans leur suffisance, qui m'ont permis de tenir, et tandis que le ciel s'éclaircissait, notre enfant m'a quittée pour venir au monde : une petite chose grise vagissante, aux cheveux et à la peau enduits d'un lait caillé blanc. À l'instant où l'infirmière a déposé mon bébé sur ma poitrine, j'ai senti la Vera solitaire et sans enfants que j'avais toujours craint de devenir se dissiper comme les nuages à la mi-journée. C'était une fille. Nous l'avons appelée Iris.

À notre retour de la clinique, le premier après-midi, nous étions un peu perdus, ne sachant pas très bien quoi faire. Et nous avons fini par ne rien faire. Je me suis étendue sur le canapé du salon, et Peter s'est assis à côté de moi, en prenant mes pieds sur ses genoux ; ils avaient été glacés tout le long de notre séjour à la clinique, et à présent ils étaient bien chauds. Iris dormait sur mon ventre, toujours très rond. Nous la regardions suivre les mouvements ascendants et descendants de ma respiration émerveillés : sa taille si minuscule, ses joues et son front parsemés d'un duvet pâle et scintillant, les petites écailles de tulle qui se détachaient de ses pieds, sa bouche qui aspirait de l'air même en dormant, ses paupières perlées incrustées de veines rouges si fines qu'elles étaient presque invisibles, les yeux qu'elles recouvraient de la couleur argileuse de la Graubach dans sa partie la plus profonde. Peter a fini par s'assoupir, et j'ai savouré la sensation de rester éveillée dans une pièce où les deux êtres qui m'étaient le plus chers au monde dormaient, aussi paisibles que vulnérables. À son réveil, Iris a tété. Sa minuscule bouche douce et mouillée aspirait avec une force bien plus grande que celle dont j'aurais cru cette petite chose capable. Je regardais cette minuscule créature accrochée à mon sein, entièrement dépendante de moi, pure innocence. Comment se pouvait-il qu'elle détienne le pouvoir de mon éventuel départ ou du sien ? Pour la première fois, j'ai ressenti le poids de notre infortune dans tout ce qu'il avait d'écrasant : le péril d'une perte immense et la puissance d'un amour immense, deux forces impossibles à démêler, car elles n'en constituaient en réalité qu'une seule.

J'étais encore en train d'allaiter Iris lorsqu'on a frappé un coup à la porte. Peter s'est levé pour aller ouvrir, et nous avons vu entrer Sally avec une fricassée. Toujours des fricassées, pour les dénouements de la vie comme pour ses commencements. Elle se tenait sur notre seuil, dirigeant son regard au-delà de Peter, vers le salon, où j'étais penchée de façon maladroite au-dessus d'Iris, encore au sein, parce que je ne savais pas très bien ce que je faisais.

« Quelle attention délicate, a dit Peter. Donne, je vais te débarrasser. »

Sally a secoué la tête.

« Le plat est brûlant. »

Elle portait des maniques, ce qui ne nous laissait pas d'autre choix que de l'inviter à entrer pour aller déposer son plat dans la cuisine. Il a fallu qu'elle pénètre chez nous pour que je remarque l'appareil photo autour de son cou et comprenne qu'elle était venue faire des clichés d'Iris. Elle avait commandé un appareil photo instantané à M. Phillips après la fermeture de Rapide Photo. Et elle avait pris l'habitude de venir chez les jeunes mères pour qu'elles aient rapidement des souvenirs de leurs premiers jours avec leurs bébés en attendant de confier à M. Phillips les pellicules classiques et de récupérer les tirages. Sally était une sorte de génie dans son genre, capable d'inventer les combines les plus astucieuses et de se rendre indispensable dans les moments importants afin de se rapprocher des événements cruciaux de notre communauté, qui ne la concernaient jamais directement. Cet appareil photo lui permettait de proposer un service dont les jeunes mères lui étaient sincèrement reconnaissantes tout en lui offrant un accès privilégié à ces femmes, ce qui lui conférait une forme d'autorité sur leur acclimatation à la maternité. Je me souvenais parfaitement du départ de cette mère, un an auparavant ; lors du rituel, Sally avait répété à qui voulait l'entendre qu'elle s'y attendait depuis qu'elle avait pris les photos du nouveau-né. Elle parlait sans chercher à y mettre la moindre solennité, ne parvenait pas à contenir sa jubilation de détenir des informations aussi précieuses. Selon elle, c'était la façon dont la mère regardait son bébé qui lui avait mis la puce à l'oreille. Si on lui demandait de préciser cette impression globale, elle se contentait de répondre, en prenant un air très important, « je sais ces choses quand je les vois ».

En dépit de tout, comme n'importe quel couple de jeunes parents, nous voulions des photos, et nous avons donc pris la pose pour elle. Iris emmaillotée dans mes bras, Iris dans son berceau, aussi recroquevillée que si elle était encore dans mon ventre. Nous trois blottis ensemble sur le canapé, Peter et moi riant parce qu'Iris avait éternué et que nous n'avions jamais rien vu d'aussi mignon.

Lorsque Sally a eu terminé ses photos, elle s'est approchée de moi d'un pas décidé.

« Viens là, ma jolie. »

Et sans rien demander, elle m'a pris Iris des bras. Je l'ai laissée faire. Au début, j'étais trop choquée pour protester, puis j'ai voulu la lui reprendre et je n'ai pas osé, parce que ça aurait donné du grain à moudre à Sally. Je me suis tournée vers Peter, l'implorant en silence d'intervenir, mais il était trop poli pour cela. Je m'attendais à ce que Sally surjoue ce moment, à ce qu'elle demande à l'un de nous deux de la prendre en photo, or elle n'en a rien fait. Au contraire, pendant qu'elle berçait Iris dans ses bras, elle a paru oublier notre présence à Peter et moi, oublier l'endroit où elle se trouvait. Iris s'est fondue en Sally, et Sally en Iris. *Assez,* aurais-je voulu dire. *Rends-la-moi.* Mais j'ai tenu ma langue. Après un long moment, Sally a brusquement redressé la tête, comme tirée en sursaut d'une rêverie. Elle m'a regardée.

« Personne ne pourra jamais te prendre ça. »

Elle m'a rendu Iris et nous a dit au revoir peu après. En partant, elle m'a fait remarquer que si elle savait limiter la durée de ses visites, d'autres ne seraient sans doute pas aussi prévenants, et elle m'a conseillé de ne pas laisser « les gens abuser de mon hospitalité ». Il m'a fallu attendre son départ pour retrouver suffisamment de calme et réfléchir à ce qu'elle avait dit plus tôt. Était-ce une simple expression de sa jalousie, parce que je possédais ce qu'elle n'aurait jamais ? Ou y avait-il un sous-entendu, décelait-elle quelque chose en moi ? En ces jours où je connaissais le plus grand des bonheurs lui semblais-je en situation précaire ?

« Oublie Sally, m'a conseillé Peter. Je suis sûr qu'elle dit ça à toutes les jeunes mères, pour vous déstabiliser. »

Il avait raison. Une semaine plus tard, assistant à une réunion des jeunes mères pour la première fois, quand j'ai raconté que Sally s'était invitée chez nous peu de temps après notre retour de la clinique, les autres participantes ont aussitôt rebondi pour relater leurs propres anecdotes : Sally leur avait quasiment arraché leur bébé des bras, elle s'était sentie obligée de leur tenir des propos perturbants.

Ce soir-là, nous avions réchauffé la fricassée de Sally au four. Peter a déplacé le berceau d'Iris dans la cuisine pour que nous puissions la surveiller pendant notre repas. Il l'avait fabriqué lui-même, travaillant le bois pour le rendre aussi lisse que le renard qui se trouvait dorénavant sur ma coiffeuse, dans notre chambre. J'aimais tellement la voir dans ce nid douillet, si sûr, qui me donnait l'impression que Peter la berçait dans ses propres mains. La viande du plat était foncée et sauvage, la sauce au vin et au beurre très riche. J'avais une montée de lait. Mes seins étaient lourds et enflés, palpitant comme seule une autre partie de mon corps l'avait fait jusqu'à présent. Je n'avais jamais eu aussi envie de nourriture de toute ma vie, et jamais aucune nourriture n'avait répondu aussi parfaitement à cette envie. J'ai mangé avec autant de voracité que si ma faim était impossible à rassasier.

Le groupe des jeunes mères se réunissait dans Feldpark le mardi à 10 heures du matin. Ces éléments auraient pu donner à ces réunions un caractère officiel qu'elles n'avaient pas. Personne n'était chargé de son administration, et la participation n'avait rien d'obligatoire, même si presque toutes les jeunes mères répondaient présentes, tant celles-ci leur étaient utiles. La seule d'entre nous à ne jamais y prendre part était Ana. Elle avait eu son troisième à peu près à l'époque de la naissance d'Iris. Elle n'avait pas besoin d'un groupe. Elle avait « trois enfants de moins de trois ans », elle était une pro. Personne ne se souvenait de l'origine de ces réunions, nous savions simplement que la pelouse était réservée à 10 heures le mardi, de même qu'à 11 heures il y avait le cours d'aérobic, si bien que pendant que nous, les jeunes mères, remballions nos affaires et installions nos bébés en écharpe, les femmes autour de la cinquantaine débarquaient et déroulaient leurs tapis sur l'herbe tout autour, source d'agacement réciproque : elles trouvaient que nous prenions trop de temps, quand nous les jugions trop à cheval sur les horaires, ébahies qu'elles ne se rappellent pas combien ce stade de la maternité était difficile. Je m'efforçais de me dire que l'étape de la vie qu'elles traversaient possédait ses propres épreuves. Si nous étions sous surveillance permanente, constamment scrutées, ces femmes plus âgées passaient inaperçues. Elles avaient réussi à traverser cette période de grande vulnérabilité, à en ressortir saines et sauves, pour mieux se rendre compte que personne ne s'intéressait à elles ou à ce qu'elles faisaient.

Assises en cercle dans l'herbe, nous allongions nos bébés sur des couvertures devant nous. Nous parlions allaitement, couches, pleurs. C'est grâce aux mères qui avaient quelques mois d'avance sur moi que j'ai appris les petites stratégies qu'elles utilisaient. Allaiter discrètement, défaire mon soutien-gorge et écarter ma chemise pour ne dévoiler mon sein qu'un bref instant avant que la bouche d'Iris n'engloutisse sa pointe. Cesser de faire de la discrétion un sujet d'obsession également, laisser mon sein sorti après qu'Iris l'avait lâché, le temps de la poser sur mon épaule pour lui faire faire un rot, ne remettre mon soutien-gorge qu'ensuite. Apprendre à lui faire faire un rot. La force avec laquelle les autres mères tapaient leurs bébés dans le dos ! J'ignorais que j'étais censée y mettre autant d'énergie et j'avais toujours gentiment tapoté Iris pendant plusieurs minutes, désespérant d'obtenir un résultat. Je m'inquiétais de lui faire mal, alors que les autres mères y allaient franchement. Elles semblaient animées par la foi qu'elles ne pouvaient pas blesser leurs bébés, qu'elles savaient d'instinct quelle force exercer, en toute sécurité, sur eux. Marie était tout particulièrement pleine de bons conseils, d'astuces et de ruses. Son pragmatisme, son manque d'imagination naturel, ces qualités vaguement irritantes autrefois se transformaient à présent en facultés qui lui permettaient de s'adapter sans heurts à la maternité.

Je guettais ces réunions avec impatience. Je me surprenais à alimenter en permanence une liste mentale de questions, d'anecdotes et de sujets de discussion. Je pense que les autres mères faisaient pareil. Nous réservions ces échanges à ces moments-là, nous déversions nos préoccupations dans ce cadre pour que nos maris n'aient pas à les entendre, à mesurer combien nous étions devenues ennuyeuses.

Plus encore que des aspects pratiques de la maternité, nous discutions de nos réactions, en quête de nos points communs et de nos différences. Nous savions qu'il n'y avait aucun moyen de prédire qui partirait et qui serait épargnée, mais nous ne pouvions nous empêcher de comparer, de chercher à nous rassurer ou d'attiser nos peurs. Les changements que nous avions identifiés en nous étaient un sujet de prédilection. Il y avait les transformations physiques, celles banales autour desquelles nous compatissions, perte de cheveux, pieds devenus trop grands pour nos chaussures, vagins dont l'inclinaison avait changé, comme des planètes légèrement désaxées, la ligne de grossesse qui fendait nos ventres à la façon des découpes de boucher. Puis il y avait ces changements particuliers, dont les liens à la grossesse nous semblaient aussi ténus qu'obscurs. Une mère était devenue allergique aux prunes et aux noix. Une autre avait désormais un espace entre ses dents de devant. Une troisième avait remarqué l'apparition d'un duvet argenté qui poussait par plaques sur sa peau. Comme si, à un moment donné de l'expulsion de nos enfants, pendant l'un de ces accès de douleur aveuglants qui nous forçaient à nous absenter brièvement de nos corps, on les avait échangés contre d'autres, à la fois plus intimes que jamais, plus inconnus.

Ces transformations corporelles induisaient inévitablement des modifications de nos relations charnelles. June ne pouvait plus avoir de rapports. La douleur lors de la pénétration était atroce, elle la renvoyait aussitôt sur la table d'accouchement de la clinique. Son mari lui achetait sans arrêt des crèmes et des baumes. Il introduisait ses doigts en elle pour masser les muscles contractés et les détendre. Il était si inquiet, sa douleur semblait si inhabituelle. Cependant ses efforts acharnés ne faisaient qu'accroître l'anxiété de June. Elle guettait une amélioration, son corps allait reprendre ses marques, s'acclimater, mais ça faisait cinq mois déjà, ce n'était pas rassurant… Et si c'était un signe ? Elle avait tout livré d'une traite, avant d'avoir un mouvement de recul, comme prenant soudain conscience de ce qu'elle venait de faire. Les mères oscillaient souvent ainsi, entre confession et circonspection, désireuse de partager leurs peurs tout en redoutant, par là même, de leur offrir un second souffle.

« Ça ira bien pour elle, June a toujours été nerveuse », m'a dit Marie à l'issue d'une de ces réunions.

Elle a arraché une vrille sèche qu'elle a enroulée sur le sol, à ses pieds. Nous étions allées dans le verger de fruits-carapaces juste après, rien que toutes les deux. C'était devenu une habitude. Avec le groupe nous parlions de la maternité, et avec Marie nous parlions du groupe. D'autres mères devaient faire pareil, évidemment, se retrouvant ici ou là en ville pour décortiquer tout bas ce que nous avions dit et comment nous semblions nous porter. Avec Marie, nous allions parfois dans le verger, parfois chez l'une ou l'autre, sur la véranda, et nous tressions nos paniers pendant que nos bébés dormaient, retirant les épines sur les vrilles, les passant dessus, dessous, dessus, dessous, les incurvant pour leur donner la bonne forme, tout en veillant à ne pas trop forcer pour ne pas les casser. Mes paniers, bien que corrects, n'étaient pas comparables à ceux de Marie, au tressage si serré que nous disions pour plaisanter qu'on aurait pu s'en servir pour puiser de l'eau.

« Tu as sans doute raison », lui ai-je répondu.

J'ai cueilli un fruit, dont la peau d'un noir violacé était saupoudrée d'un résidu blanc, comme si les nuages y avaient laissé leur empreinte. J'ai exercé une pression jusqu'à ce qu'il se fende en deux hémisphères, révélant la cavité secrète à l'intérieur, les parois de chair rouge entourant des graines blanches avec un petit vide au centre. J'en ai porté une moitié à ma bouche et j'ai détaché la pulpe de la peau avec mes dents. J'en mangeais depuis des mois à présent, depuis la naissance d'Iris, et pourtant je ne parvenais toujours pas à en décrire le goût ou à m'en souvenir quand je ne l'avais pas sur ma langue. C'était ce qui nous ramenait constamment au verger, espace négatif, non pas le souvenir d'un goût mais le sentiment d'un souvenir manquant.

D'autres mères avaient confié, à la réunion, que des positions et des configurations qui autrefois leur procuraient des spasmes délicieux n'étaient plus que source de gêne. Nous qui avions adoré que nos maris suçotent nos mamelons ou même les mordillent, cette pratique nous laissait presque toutes de marbre à présent. Les seins appartenaient aux bébés. Le fait de voir les bouches de leurs époux dessus en révoltait certaines, produisait un effet comique sur d'autres, sans oublier qu'à force d'être tétés et mâchonnés pendant des heures chaque jour, leurs seins étaient devenus aussi calleux et insensibles que la plante de leurs pieds.

Je n'ai pas osé leur dire que Peter continuait à les presser et les embrasser, faisant parfois gicler du lait. Je ne leur ai pas dit combien ça m'excitait de le laisser couler dans sa bouche plutôt que dans celle d'Iris, combien il y avait un plaisir scandaleux à voir ce lait gâché, dilapidé pour du sexe, pour Peter. J'éprouvais un léger sentiment de supériorité, car nous avions décelé un potentiel érotique là où les autres couples n'y étaient pas parvenus. D'un autre côté, on en venait toujours à se demander, dès qu'on était l'exception, si c'était le signe de quelque chose. Pourquoi les autres femmes ne supportaient-elles pas l'idée que leur mari puisse téter, quand moi je le souhaitais, y pensais même en allaitant Iris sans être perturbée par cette idée, bien que ma fille soit collée à mon sein ? Était-ce l'indication d'une perversion dans mon lien avec elle ? Je l'aimais si farouchement. J'aurais mis n'importe qui en pièces pour elle. Et si c'était justement ça ? Et s'il était possible d'aimer trop farouchement, et d'être consumée par cet amour ?

Un jour, quelques mois plus tard, Liese, dont le bébé souffrait de terribles coliques, a fondu en larmes en pleine réunion. Elle nous a avoué qu'un jour, comme son fils hurlait depuis des heures, elle l'avait serré un peu trop fort, si bien que, de surprise, il avait ouvert ses paupières jusqu'alors fermées et plissées.

« Je ne lui aurais jamais fait mal pour de bon », a-t-elle précisé.

Mais elle n'avait pas su se retenir de s'approcher de ces rives, de comprimer le minuscule corps aux os souples en sachant qu'elle avait tout pouvoir sur lui si elle le décidait. Elle n'avait jamais ressenti le moindre élan de violence de sa vie et elle en était bouleversée, elle se méfiait d'elle-même, de ce nouveau moi qui avait jailli d'elle.

« Vous croyez que ça signifie quelque chose ? » a-t-elle murmuré.

N'importe quelle mère pouvait perdre son calme dans ces circonstances, l'avons-nous rassurée. Et puis ce n'était arrivé qu'une seule fois.

« C'est vraiment important ? »

Liese avait raison. Nous avions vu, toute notre vie, comment un simple épisode pouvait, rétrospectivement, se transformer en signe. Nous l'avions vu, mais nous n'avions pas compris ce que cela signifierait pour nous avant de devenir mères, avant de constater que nos journées ne se composaient plus que de ces incidents mineurs, chaque bévue, chaque instant devenant un possible présage.

Comme un fait exprès, le bébé de Liese s'est alors mis à pleurer, et elle l'a pris dans ses bras en manifestant une tendresse excessive. Et c'était une réaction parfaitement naturelle. Lorsqu'une mère se sentait vulnérable, elle cherchait, et c'était humain, à se changer, même si nous n'avions aucune certitude que ces transformations soient effectives – comment savoir si sa méfiance vis-à-vis de son propre amour maternel, et ses tentatives pour y remédier, ne la distinguaient pas du groupe de façon plus radicale encore.

« Ne surcompense pas », lui a simplement suggéré Marie.

Nous nous sommes toutes employées à rassurer Liese, à l'exception de June, qui est restée muette. Marie avait balayé les angoisses de la jeune mère : elles étaient typiques de son caractère, et donc sans conséquences. Pourtant sa fille avait sept mois à présent, et nous ne pouvions nous empêcher de remarquer que June la déposait sur sa couverture au début de la réunion puis ne la touchait pas une seule fois, ne la regardait même pas vraiment. June avait toujours eu un tempérament inquiet, mais elle était douce et, à choisir, nous l'aurions rangée dans la case de celles qui risquaient de se montrer étouffantes. Cela arrivait parfois. Une mère incapable de supporter le risque d'un départ. Ce péril qui approfondissait chez nous autres l'amour de nos enfants avait, pour elle, l'effet inverse : s'en protéger, ne jamais créer de lien avec son enfant. Abandonner sa maternité plutôt que d'y être arrachée.

Lorsque Esther a annoncé la nouvelle grossesse d'Ana, qui aurait bientôt « quatre enfants de moins de quatre ans », nous n'avons pas su quoi en penser. Même si Ana ne participait pas aux réunions, elle était souvent convoquée. Si une mère avait du mal à cesser d'emmailloter son bébé pour l'endormir, une autre intervenait pour raconter comment Ana s'y était prise, en maintenant ses bras le long de son corps le temps que le sommeil vienne, avant de le poser lentement. C'était fréquent au sein du groupe. Ana fait ceci, Ana ne jure que par cela. Elle cousait des tenues assorties pour ses enfants. Elle organisait des goûters chez elle, avec une douzaine de variétés de sandwichs et de scones, des bouquets de jasmin et d'hibiscus fraîchement coupés un peu partout. Ses paniers étaient remarquables. Ce n'étaient pas les plus parfaits, mais comme avec le violon elle possédait son propre style ; elle insérait toujours un brin noir dans chaque poignée, pourtant, même sans cette signature, nous aurions facilement reconnu ses paniers parmi mille autres.

Nous avions toutes été impressionnées de la facilité avec laquelle elle élevait ses « trois enfants de moins de trois ans », comme si ce n'était rien. Nous admirions les mères qui avaient plusieurs petits. Plus une mère donnait le jour, et plus elle se révélait, plus elle prenait de risques et plus son amour maternel s'approfondissait. Quand une femme s'arrêtait à un bébé, nous avions un peu de dédain pour elle qui s'imaginait pouvoir tout avoir, être une mère mais s'assurer d'un peu plus de sécurité que les autres. Et néanmoins élever « quatre enfants de moins de quatre ans » était extrêmement rare. Aucune d'entre nous n'aurait osé mettre au monde autant d'enfants si vite, avant d'avoir la moindre idée de la façon dont la situation évoluerait.

« Est-ce que ce n'est pas... imprudent ? » a murmuré June.

— Elle doit se sentir forte, a rétorqué Marie.

— Enfin, c'est Ana, a soupiré Esther, exaspérée. Tout ira bien. »

J'ai alors pensé à Ana comme moi seule l'avais connue, remplissant sa bouche de terre les matins où une mère partait. Que révélaient ces « quatre enfants de moins de quatre ans » à son sujet ? Qu'elle ne faisait rien à moitié, tout simplement, que puisqu'elle devenait mère, alors elle le serait totalement, bien plus que n'importe qui d'autre ? Ou qu'elle ne pouvait pas s'en empêcher, se retenir de s'approcher tout près du gouffre dans lequel elle pourrait basculer ?

Lors d'une réunion, Cecily nous a confié que dernièrement elle ne rêvait que de réussir à prendre un peu de temps pour travailler sa flûte mais ne parvenait pas à le trouver. Elle ne s'en expliquait pas la raison avec toutes les heures de sommeil des bébés ; les journées filaient tout simplement. Parfois, elle regardait sa flûte dans son étui, puis son fils qui gazouillait dans ses bras, et se surprenait à enfoncer ses ongles dans ses paumes jusqu'à en avoir mal. Elle ressentait une telle colère à son encontre dans ces moments-là, et ça lui paraissait si terrible, si dangereux, d'en vouloir à cet enfant qu'elle aimait tant. Tess a répondu que c'était l'inverse pour elle. Elle n'arrivait plus à trouver le moindre intérêt à l'aquarelle, qui avait été jusque-là sa grande passion ; ses illustrations botaniques étaient en vente à la caisse de la boutique de bienfaisance, et elles faisaient des cadeaux très courus, pour les anniversaires.

« Le goût t'a peut-être simplement passé avec l'âge », a suggéré Marie.

Tess ne partageait pas son avis. Elle ne voyait pas dans la disparition de cette passion une preuve de maturité mais une diminution de son être. Dans un rare moment de sincérité, Esther a ajouté qu'elle ressentait la même chose avec la broderie. On la connaissait pour les ornements complexes qu'elle ajoutait à ses vêtements, fleurs au dos d'une veste en lin, motif cachemire sur une écharpe.

« Je n'ai pas sorti mon matériel depuis plusieurs semaines. Je ne m'en étais même pas rendu compte jusqu'à maintenant. »

D'autres mères ont ajouté leurs voix. Elles ressentaient la même chose, elles avaient du mal à trouver de l'intérêt dans des activités qui étaient autrefois leur plus grande source de plaisir, qu'il s'agisse de jardinage, de chant ou de cueillette dans la forêt. Elles ne se souvenaient d'ailleurs pas vraiment de ce qu'elles avaient ressenti alors.

Était-ce ainsi que cela débutait ? Avec ces petites graines ordinaires qui semaient l'amoindrissement, lequel pouvait pousser jusqu'à ce qu'il ne reste plus rien de soi ? Tess a expliqué qu'elle avait mis en place un système. Pendant la sieste de l'après-midi, elle réglait le minuteur de la cuisine sur une heure et s'installait devant son chevalet pour peindre. Elle se forçait à le faire, même lorsqu'elle n'en avait aucune envie, ce qui était le cas la plupart des jours. Parfois, l'heure entière s'apparentait à une corvée, mais de temps en temps elle retrouvait son rythme et ses habitudes, le contact du pinceau humide sur le papier crème, la fleur de couleur qui s'épanouissait dans l'eau quand elle y plongeait le pinceau. Des minutes entières s'écoulaient sans qu'elle ne pense à son enfant, pas une seule seconde ; elle oubliait qu'elle était une mère et se rappelait ce que ça faisait d'être simplement Tess et de peindre. Certaines femmes du groupe ont dit qu'elles essaieraient d'appliquer la même règle. Tout le monde a paru se sentir mieux tout à coup. C'était toujours agréable de repartir avec un plan d'action.

« Bien sûr, ça pourrait justement être la mauvaise approche », a souligné Marie.

Qu'attendait de nous notre infortune ? Que nous nous raccrochions aux femmes que nous avions été ? Ou que nous nous perdions dans cette nouvelle tâche, en lui sacrifiant tout ? À vouloir répondre à ces questions, nous tournions en rond.

Je percevais cet amoindrissement comme nous toutes. Iris était si singulière, si elle-même depuis le début, la couleur de ses cheveux qui ne venait ni de Peter ni de moi, les plis de ses genoux, la façon dont elle agrippait mon index dans sa menotte, geste de l'ordre du réflexe mais dont j'aimais m'imaginer qu'il était l'expression de son amour pour moi. Son corps n'était jamais immobile, toujours en mouvement. Elle préférait dormir seule dans son berceau plutôt que dans nos bras, ce qui, à en croire les autres mères, était inouï. Elle poussait des grognements en tétant, avalait aussi goulûment qu'une reine à un festin. J'ignorais que la plupart des bébés se nourrissaient en silence avant ma première réunion avec le groupe et les réactions amusées des autres mères devant sa voracité bruyante. Face à la plénitude étourdissante de ma fille, je me sentais réduite à presque rien.

À deux mois, Iris a été malade pour la première fois. Elle avait beaucoup de température et une toux tenace qui empirait la nuit ; pendant près d'une semaine elle n'a pas fermé l'œil plus de quelques minutes. Peter voulait partager avec moi les levers, mais je lui ai dit qu'il valait mieux que l'un de nous se repose, et que ça devait être lui : il avait des patients à voir la journée, des dents à extraire et des caries à soigner. En vérité, je voulais que ces nuits n'appartiennent qu'à moi. Je déambulais avec elle dans la maison pendant des heures. Même lorsqu'elle finissait par s'endormir et que je la posais dans son berceau près de notre lit, je ne cherchais pas le sommeil ; ma soif de la protéger était insatiable. J'étais dans un état au-delà de la fatigue, mon épuisement était si vif que c'en était une douleur physique. Les journées étaient affreuses, il fallait que je m'occupe d'elle après être restée éveillée toute la nuit ; les rares fois où Iris malade acceptait que je la pose sur une couverture, je m'allongeais sur le canapé du salon et j'avais l'impression que mon corps entrait en lévitation, qu'une partie de mon être s'élevait hors de moi comme de la vapeur. Mais quelle importance ? Mon enfant était malade, elle était entièrement dépendante, dépendante de moi. Et pourtant elle n'avait pas besoin de moi spécifiquement, non, c'était un besoin de mère, de ses mains, de sa chaleur, de son odeur et de son lait. Parfois, la nuit, je marchais si longtemps avec elle dans la maison que mes bras en étaient engourdis et que je ne les sentais plus la porter. Je n'étais plus du tout moi dans ces moments. J'avais disparu, non pas loin de ma fille mais en elle. Je n'étais plus qu'une mère. Était-ce dangereux, était-ce sûr ? Était-ce bien, était-ce mal ? Je n'en savais rien. Je savais seulement que j'aimais ça.

En réalité, la première d'entre nous à partir après mon entrée dans la maternité n'a été ni June, ni Liese, ni Tess, ni aucune de celles au sujet desquelles nous nous étions posé des questions. Iris avait six mois quand c'est arrivé. Toute la nuit, une pluie légère était tombée, elle avait crépité sur nos toits et pénétré nos rêves. À notre réveil, nous ne savions dire si nous étions reposés ou l'inverse, ayant dormi de ce sommeil si profond que l'on ne trouve en général que lorsqu'on est malade et qui désoriente plus qu'il ne régénère. Il nous a fallu un peu de temps pour comprendre que ce n'était pas seulement la pluie qui nous avait déstabilisés et emplis de ce sentiment de purification triste que quelque chose avait été emporté dans la nuit.

Je me suis approchée de la fenêtre. Sur le trottoir, aussi inexorable que les nuages, Sally s'agitait, se dévissant la tête et la tournant comme une poule. Elle portait une blouse lavande à volants et la jupe assortie, elle avait glissé un peigne avec des strass dans ses cheveux.

« Elle est dehors ? a demandé Peter.

— À ton avis ?

— Ignore-la. »

Il s'est levé pour aller se doucher.

« Vera », a-t-il dit en revenant dans notre chambre parce que j'étais toujours à la fenêtre.

Il ne comprenait pas pourquoi je n'arrivais pas à me détourner de Sally, et je n'étais pas capable de lui expliquer pourquoi elle m'affectait autant, pourquoi son manque de pudeur, son besoin d'être toujours la première dehors, à l'affût des nouvelles, m'irritait autant.

Avant de sortir à notre tour, pendant qu'Iris dormait encore, nous sommes retournés au lit, Peter et moi. Un rapport matinal, froid et brûlant. Mes pieds glacés emmêlés avec les jambes chaudes de Peter, mes mains tout aussi glaciales sur son doux pénis, aussi chaud qu'un oisillon dans son nid, la pointe fraîche de son nez dans mon cou, nos souffles chauds qui montaient vers nos yeux froids du matin pour les embuer. C'était devenu notre rituel. Ces matins-là me rappelaient malgré moi le potentiel d'évaporation de mon corps. Quel meilleur moyen d'oublier ce corps que de m'autoriser à n'être que cela ? Peter déployait des stratégies inhabituelles dans ces moments-là. Il immobilisait mes poignets au-dessus de ma tête et me plaquait violemment contre le matelas. Il assujettissait son plaisir au mien, comme s'il espérait qu'en satisfaisant le moindre de mes désirs, de mes besoins, je n'aurais aucune raison de partir. Je jouissais deux, trois, quatre fois, même si plus je m'approchais de l'orgasme, plus je me sentais me dissoudre et me disséminer, au point de ne plus être Vera pressée contre Peter, mais un nuage qui se déployait ou de l'air aspiré par la bouche brûlante d'un enfant malade. Après, nous restions allongés un moment, moites et épuisés, et Peter m'effleurait nonchalamment et amoureusement la joue, jouant du bout des doigts la partition pour violoncelle du morceau que nous avions interprété lors de notre dernier récital.

Lorsque nous avons fini par sortir, Iris en écharpe sur ma poitrine, Sally a aussitôt fondu sur nous.

« Vous êtes au courant ? » a-t-elle demandé, bien qu'elle sût que ce n'était pas le cas.

Elle s'était précipitée sur nous pour être celle qui nous annoncerait la nouvelle. Et pourtant, elle a attendu que nous secouions la tête, Peter et moi, avant de se rengorger et de prendre un air très grave pour nous dire :

« C'est Esther. »

Je l'ai dit, c'était inattendu. Mais je n'ai pas eu le temps de considérer cette information, car déjà Sally ajoutait :

« Vous aviez remarqué quoi que ce soit, vous ? »

Elle espérait, évidemment, que nous pourrions lui apporter un éclairage particulier, ayant suivi notre scolarité avec Esther – que je côtoyais de surcroît lors des réunions.

« Nous n'étions pas proches », me suis-je empressée de dire, coupant l'herbe sous le pied de Peter : il risquait de faire une réponse polie que Sally prendrait comme une invitation à poursuivre l'échange.

Elle a soupiré ; nous ne lui étions d'aucune utilité.

« Bon. »

Elle a ouvert les bras sur le côté et observé ce qui se passait tout autour de nous dans Hinter der Wald, nos voisins qui sortaient de chez eux.

« Je ferais mieux d'y aller », a-t-elle ajouté, comme si elle jouait un rôle officiel dans cette affaire, comme si elle devait s'acquitter de devoirs, alors qu'elle cherchait juste désespérément à occuper le devant de la scène.

Nous nous sommes dirigés vers la maison dans Gartenstrasse où vivait Esther, et nous nous sommes réunis sur la pelouse. La terre était amollie par la pluie de la nuit. Des enfants jouaient ensemble au fond du jardin, s'éclaboussant dans les flaques et s'aspergeant de boue. Pour la toute première fois, je me suis jointe aux mères qui se balançaient à l'avant de la foule, avec Iris, bien chaude contre ma poitrine. Notre mouvement semblait contenir toutes les vérités de cet instant, notre effroi face à la perte d'Esther, notre soulagement d'avoir été épargnées, d'avant en arrière, d'avant en arrière.

Nicolas est sorti de la maison avec la petite Sarah paisiblement blottie au creux de son bras. Leur fils aîné, Miles, s'accrochait au cou de son père. Ils n'ont pas fait le moindre bruit, sont restés ainsi, groupe silencieux en état de choc. Les pleurs ce matin-là sont venus du côté de la foule, où la mère et le père d'Esther s'étreignaient, agenouillés dans la boue.

« Mon bébé », a-t-elle gémi avec un halètement qui donnait à sa phrase l'inflexion d'une question, comme si, peut-être, nous nous étions trompés.

Le travail a commencé. C'était la première fois que j'entrais dans une maison, et je mentirais si je disais que je n'ai pas pris de plaisir à être l'une des mères chargées de cette mission, rassembler les souvenirs de l'enfance d'Esther, cahiers, bulletins scolaires et bracelets datant de cette époque où Ana, Lu et elle avaient été si cruelles avec moi. La mission était inhabituellement longue, tant

Esther était matérialiste. Il y avait deux commodes pleines de vêtements, un tiroir entier de sa coiffeuse rempli de parfums, des douzaines de colliers et de boucles d'oreilles, sans oublier toutes les babioles accumulées au cours de sa brève existence : nombreux porte-monnaie, une raquette et une bicyclette, un nécessaire à broderie avec des fils aux couleurs intenses.

Tout en vaquant, nous avons, naturellement, discuté des signes annonciateurs du destin d'Esther. Son départ était-il une surprise ? C'était difficile à dire, puisque nous ne l'avions jamais vraiment étudiée individuellement, l'ayant toujours considérée comme une partie du trio qu'elle formait avec Ana et Lu. Ce départ était la première chose qu'elle accomplissait seule. C'était Ana qui avait suggéré à Nic de faire la cour à Esther. Ana encore qui avait suggéré à Esther de chercher à tomber enceinte, bref, de façon générale, la vie d'Esther avait été bien plus façonnée par son amie que par elle-même. Elle n'avait jamais donné l'impression de se sentir brimée, et nous avait au contraire toujours paru extrêmement satisfaite de cet arrangement. Et pourtant, comme toujours, il ne nous a pas fallu longtemps pour parcourir nos souvenirs et y déceler des signes. C'est Marie qui a épinglé l'indice le plus flagrant, avec son air si factuel.

« On avait toutes remarqué que Miles était particulièrement collant avec Esther dernièrement, non ? »

Dès qu'elle a prononcé les mots, je n'en suis pas revenue : comment n'y avais-je pas pensé tout de suite ? Rien que l'autre jour, dans la queue à la caisse de l'épicerie, j'avais vu Miles agripper le bras de sa mère et le couvrir de baisers sur toute sa longueur, du poignet vers le coude, avant de se dresser sur la pointe des pieds et de tirer sur le bras pour atteindre l'épaule. Tess, qui habitait dans la maison juste à côté de celle d'Esther, l'avait vu caresser la tresse de sa mère sur leur véranda, tout en récitant une petite chanson de son invention, composée d'une seule phrase, qu'il répétait en boucle, « Tu es ma joie, ma grande joie ». Lors de la dernière lecture d'histoires pour enfants dans Feldpark, plusieurs mères, elles s'en souvenaient maintenant, avaient vu Miles, qui aimait s'asseoir au premier rang, refuser de quitter sa mère. Il avait passé l'heure entière blottie sur les genoux d'Esther au fond de l'assemblée, pouce dans la bouche. À un moment donné, il avait même essayé de glisser sa tête sous le pull de sa mère, la forçant à lui dire :

« On ne touche pas maman à cet endroit. C'est intime. »

Comment étions-nous passées à côté de ça ? Il avait senti sa mère lui échapper, et il avait tenté de se raccrocher à elle. Les enfants étaient si connectés à leurs mères, parfois les signes les plus évidents se manifestaient non pas chez la femme mais chez ses enfants, qui changeaient parce qu'ils la sentaient, elle, changer.

À présent, en repensant à Miles qui chantait sa petite ritournelle à sa mère, Tess voyait autre chose. La réaction d'Esther face à son fils. Elle avait fermé les yeux pour savourer ce témoignage d'amour, pourtant lorsqu'il avait fini, elle ne l'avait pas pris dans ses bras, elle ne lui avait rien dit, ne lui adressant aucune marque d'affection en retour. Il nous sautait aux yeux maintenant, cet égoïsme qui avait toujours existé au sein de l'amour qu'elle portait à ses enfants. Que ce soit ou non conscient, que ce soit ou non volontaire, elle avait cultivé l'amour de son fils pour son propre plaisir, elle en avait fait l'acquisition comme de tant d'autres choses.

Nous avions terminé notre mission à ce stade, et nous étions réunies dans l'entrée de la maison. Juste avant de sortir, June a murmuré :

« Vous pensez que c'est douloureux ? Au moment où ça arrive, je veux dire, quand le corps...

— J'imagine ça plutôt indolore, l'a interrompue Marie, de son ton typique, plein d'assurance, et nous avons toutes hoché la tête, comme si c'était un domaine sur lequel elle pouvait avoir des connaissances. Venez, ne traînons pas. »

Elle a interrompu nos réflexions sur le sujet en ouvrant la porte d'entrée, et nous sommes sorties sur la pelouse.

Les brouettes étaient remplies de tas particulièrement hauts ce jour-là. Certains des jeunes hommes ont dû faire deux trajets pour tout débarrasser. Il y avait tellement d'objets, variés et de qualité, que nous avons filé à la boutique de bienfaisance dès la fin du bûcher, ce qui n'était pas très correct, mais nous étions toutes ensemble, alors il n'y avait personne pour nous juger. Les affaires d'Esther n'avaient pas encore été triées à notre arrivée, et nous avons mis la boutique sens dessus dessous en fouillant dans les piles. Je savais ce que je cherchais, même si je doutais de le trouver avec le désordre et les autres femmes. Et pourtant je suis tombée dessus presque aussitôt, et j'ai eu l'impression qu'elle m'était destinée, comme si Esther l'avait brodée et portée jusqu'à ce qu'elle me revienne. L'écharpe avec le motif cachemire doré. À la caisse, j'ai dit que je n'avais pas besoin de sac ; j'ai mis l'écharpe autour de mon cou avant de sortir retrouver l'après-midi humide.

Ce soir-là, au lit, Peter s'est tourné vers moi l'air sérieux.

« Je savais que ça serait elle », m'a-t-il dit.

Il lui avait fait un détartrage la semaine précédente. Et quand elle avait ouvert la bouche pour lui montrer ses dents, la voûte de son palais, sa gorge noire, il avait eu une impression étrange, comme si elle lui donnait accès à un secret qu'il n'était pas supposé connaître.

« Et tu as pensé que ça voulait dire qu'elle allait partir ? Tu t'y attendais ?

— Non, pas exactement. Je n'ai pas tiré de conclusion sur le moment. Ça m'a remué, et maintenant je comprends pourquoi. »

Je n'ai pas pu m'empêcher de sourire en entendant cette confession, qui me semblait plus touchante qu'alarmante : la puissance occulte du dentiste, son examen comme augure. Et cependant ce soir-là, lorsque nous avons fait l'amour et que j'ai ouvert la bouche de plaisir, j'aurais juré qu'il regardait à l'intérieur, dans le tunnel sombre de ma gorge, comme si ma vérité attendait là, tapie.

On n'a pas eu à patienter longtemps pour voir les affaires d'Esther un peu partout en ville. Marie avec son col roulé marron. Une grande de l'école avec une de ses jupes. Ses créoles dorées aux oreilles de Di. Ana paradant en ville avec les bottines préférées d'Esther, en cuir noir avec des petits talons et des œillets. Je croisais Ana partout dans les jours qui ont suivi le départ d'Esther, elle courait à droite et à gauche, ne semblant pas se lasser d'entendre le bruit de ses propres pas avec ces chaussures. Dans Feldpark, j'ai aperçu une adolescente du nom de Corinna, une grande également, qui brodait un mouchoir avec du fil d'Esther. Ana était là aussi, elle poussait son dernier dans son landau et faisait le tour de la fontaine sans relâche. Je suis restée au parc bien plus longtemps que je n'en avais l'intention. Je voulais voir quand Ana partirait, combien de temps son manège allait encore durer. Les nuages sont apparus, tout le monde a pris la direction de chez soi, mais elle a continué à tourner. J'ai eu l'étrange sentiment que nous étions entrées en compétition – qui tiendrait le plus longtemps ? –, et le sentiment encore plus étrange que peut-être Ana avait provoqué cette situation, avait tout fait pour cultiver en Esther sa propension au départ, l'avait sacrifiée pour pouvoir rester.

Ce soir-là, quand j'ai retiré l'écharpe autour de mon cou, j'ai remarqué une tache pâle, une éclaboussure de la taille d'un œuf. La régurgitation d'un bébé, sans le moindre doute. Une vieille trace décolorée, suffisamment estompée pour qu'on ne la voie que de très près. J'ai résolu de continuer à porter l'écharpe malgré tout.

Nous vivions heureux. Le temps passait si vite que nous en étions déjà à organiser, Peter et moi, la fête d'anniversaire pour les cinq ans d'Iris. Les goûters à l'Alpina étaient passés de mode. Nous recevrions les enfants chez nous, dans notre jardin, il y aurait des activités, une chasse au trésor et un jeu qui consisterait à manger, sans les mains, des donuts suspendus à notre corde à linge avec des fils de réglisse. Nous avions passé notre commande spéciale des mois à l'avance. Ballons violets et bouquets de trompettes d'or. Pour le repas, tourtes à la viande, rondelles de concombre (pas de bâtonnets) et sandwichs à la confiture en forme de petits triangles à trois étages pour voir les bandes rouges. Nous n'étions, avec Peter, que les humbles exécuteurs de ce projet, dont la conception revenait à Iris de A à Z. Elle était devenue une enfant à la fois rêveuse et déterminée, avec des goûts très tranchés dans des domaines auxquels les autres enfants ne prêtaient pas la moindre attention. À trois ans déjà elle avait pris l'habitude de choisir mes tenues le matin parce que mes pantalons et mes blouses la désolaient ; elle fouillait dans ma commode, en sortait des robes ou des jupes, du moment qu'elles avaient des fleurs ou de la dentelle, et me suppliait de les mettre, de porter de « jolis habits comme Sally ». Elle l'adorait et traversait souvent Hinter der Wald en douce pour aller la voir. Elle aimait les tons pastel de ses vêtements, ses froufrous, son blush et ses boucles. Elle était trop jeune pour percevoir le désespoir que cela exprimait, et le gâchis. Sally était si flattée par l'affection d'Iris qu'elle la couvrait de friandises et de cadeaux. Notre fille savait qu'à chaque visite chez notre voisine elle repartirait avec un bonbon ou une babiole, un sablé, un vieux collier ou une fleur en soie.

C'est si étrange de penser à présent qu'à l'époque où j'attendais Iris puis durant les premiers mois de sa vie, ses traits de caractère semblaient suggérer des possibilités presque infinies pour son développement futur. Il y avait bien sûr quelques indices de son tempérament, mais ils pouvaient signifier une chose et son contraire, on pouvait les interpréter dans un sens et dans l'autre. Ses tortillements constants, par exemple, laissaient peut-être présager des aptitudes physiques, une instabilité ou une propension au désœuvrement. Et quelques années plus tard il était tout à fait possible de trouver une continuité directe entre ces manifestations et la fillette qu'elle était devenue et qui discutait de la bonne nuance de violet pour ses ballons d'anniversaire, entre le lilas, le lavande et le mauve, ou qui se cachait sous la table pour griffonner la liste des éléments de la chasse au trésor : *plume, lézard, champignon* et, mystérieusement, *aile.* Rien que cette expression, « enceinte d'Iris », était révélatrice de mon changement d'état d'esprit : déjà quand je la portais dans mon ventre, elle était notre Iris, elle ne pouvait être que cela. J'avais ce sentiment d'inéluctabilité, comme une aura qui entoure un enfant dès qu'il grandit.

Elles ont été si douces ces années où, sous nos yeux à Peter et à moi, elle s'est révélée à elle-même. Chaque jour apportait son lot de nouveaux plaisirs, de nouvelles surprises. C'était une enfant si résolue, si originale dans sa capacité d'attention et de concentration. Pendant des semaines, elle avait exigé qu'on lui lise la même histoire avant d'aller au lit, encore et encore. Aucune autre ne trouvait grâce à ses yeux. Elle mâchouillait le livre élu, le léchait et le rongeait jusqu'à ce que ses pages cartonnées se décomposent pour révéler leurs différentes couches. Nous avons traversé une période particulièrement passionnelle avec un album sur une famille de lapins, qu'elle appelait tout simplement « Lapinou ». Elle voulait l'entendre quatre ou cinq fois avant d'accepter de s'endormir. Nous allions toujours la border ensemble, Peter et moi, nous ne voulions pas rater ce moment, Iris en pyjama, qui se frottait les yeux rageusement pour repousser le sommeil et criait :

« 'core Lapinou ! 'core ! »

Dans notre lit, une fois qu'elle était enfin endormie, nous nous répétions ces mots « 'core Lapinou ! ». C'était devenu un code, une invitation, une manifestation de désir. « 'core Lapinou », et nous nous jetions l'un sur l'autre, léchant et mordillant comme Iris le faisait avec son livre adoré, nos ébats encore plus exaltés qu'avant l'arrivée d'Iris, alimentés par la grande joie qu'elle nous procurait, par ce que nous avions créé ensemble et en notre sein, cette famille. Puis venait le matin, et elle nous réveillait en criant son ordre mûrement réfléchi depuis son petit lit :

« Maman, viens chercher. »

Toujours maman. Iris me touchait constamment, me caressait nonchalamment, me pinçait, m'égratignait, comme si elle découvrait son propre corps. Pendant que Peter s'occupait des dents de toute la communauté, nous passions, elle et moi, des journées qui nous semblaient durer des semaines. Plusieurs jours d'affilée, l'année de ses trois ans, elle n'a rien voulu faire d'autre qu'arpenter notre jardin en observant les arbres.

« Je veux voir le hibou », me disait-elle d'un air d'évidence.

Quand j'essayais de la convaincre de rentrer pour le déjeuner ou pour sa sieste, elle prenait un air sévère.

« Attends, maman. Moi pas encore trouvé mon hibou. »

Elle avait découvert leur existence dans un ouvrage sur les oiseaux, que lui avait offert Sally. Je lui ai expliqué qu'il n'y avait pas de hiboux, qu'ils vivaient dans des endroits très loin d'ici, ce qui ne servait qu'à provoquer sa rage.

« Toi pas avoir d'hibou, maman ! » hurlait-elle en tapant du pied.

Je lui rétorquais qu'il fallait se féliciter de ne pas en avoir, parce que c'étaient des créatures cruelles.

« Ils volent les œufs dans les nids des autres oiseaux et les engloutissent. »

J'ignorais si c'était vrai. Peu importait de toute façon, ça ne l'effrayait pas plus que ça ne la consolait.

« Ces œufs contiennent des oisillons », ai-je expliqué, sans que cela produise davantage d'effet sur elle.

Je lui parlais de choses sombres. Je voulais connaître ses frontières, savoir ce qui l'effrayait. Je lui disais que les loups mangeaient les lapins, qu'à force de vieillir les gens finissaient par mourir et se transformer en squelettes.

« D'accord, maman », me répondait-elle d'un ton qui se voulait rassurant, comme si je cherchais, moi, du réconfort face à ces vérités.

Je lui ai raconté l'histoire du goéland, blessé par les enfants, son corps ensanglanté noyé dans la rivière.

« C'est normal, les goélands sont lents », s'est-elle contentée de me rétorquer.

Je l'ai emmenée pêcher dans la Graubach. Il avait plu dans la nuit, et des vers sortaient de terre en se tortillant. Nous les avons extirpés, fumants, et transpercés avec nos hameçons effilés. Lorsque la canne d'Iris s'incurvait, elle me laissait l'aider à remonter sa prise, puis elle me repoussait et s'accroupissait tout près du poisson qui sautait dans l'herbe. Elle passait sans relâche sa main sur ses écailles, les lissait dans un sens, les rebroussait dans l'autre. Elle touchait son œil qui n'était pas protégé par une paupière.

Avant de devenir mère, je pensais que les jeunes enfants avaient peur de tout. Je n'avais pas compris qu'il existait un temps avant la peur, une période où ils n'avaient peur ni du noir, ni de la mort, ni des bêtes qui s'entredévoraient vives. Iris adorait me toucher dans les côtes, appuyer sur la peau et sentir la cage thoracique dessous.

« Il y a des os à l'intérieur. »

Entre Peter et elle, c'était différent. À son retour du travail, il jouait avec elle pendant que je préparais le dîner. Ils faisaient des coloriages, sortaient la dînette pour prendre le thé et se défiaient à la course dans le jardin. Il la régalait avec ses « blagues », il appelait une pomme « banane », une banane « bandana », cherchait partout dans la maison le chapeau qu'il avait sur la tête. Ils ne se retrouvaient pas dans ces sacs de nœuds inextricables qui étaient notre lot quotidien, à elle et moi. Si j'implorais Iris de se laver les dents, le soir, avant d'aller se coucher, il suffisait que Peter passe la tête dans la salle de bains et dise :

« Tu refuses de te laver le nez ? »

Elle riait de bon cœur, à croire qu'elle n'avait jamais rien entendu d'aussi drôle, puis elle étalait du dentifrice sur sa brosse.

Un après-midi qu'ils jouaient dans notre jardin pendant que je tressais des paniers sur la véranda, elle a brusquement poussé un cri avant de se tenir la main. À ses pieds, dans l'herbe humide, gisait une abeille. Peter a tenté de la prendre dans ses bras, mais elle s'est dégagée pour traverser le jardin, en larmes, et gravir les marches de la véranda. Elle est montée sur mes genoux et je l'ai bercée, en lui répétant que la douleur allait bientôt, bientôt disparaître. J'ai regardé Peter à l'autre bout du jardin et j'ai lu dans ses yeux qu'il était blessé. J'aurais aimé souhaiter qu'Iris ait accepté qu'il la console, mais je ne parvenais pas à souhaiter une telle chose. J'aurais aimé souhaiter qu'elle ne souffre pas, mais je n'y parvenais pas non plus, tant le plaisir de la consolation avait des racines profondes.

Je me disais que j'aurais dû vouloir ce que Peter et Iris possédaient, un amour plus simple, moins turbulent, une relation entre un parent et un enfant plutôt que la créature à deux corps que nous formions ensemble, elle et moi. Cependant je n'arrivais pas à susciter ce désir en moi. Je ne me lassais jamais de ces mouvements d'attraction, de l'envoûtement que nous exercions l'une sur l'autre, notre amour ressemblait à une pièce secrète que nous partagions et constamment, peu importait où nous nous trouvions, ce que nous faisions, nous étions aussi dans cette pièce ensemble. J'aimais l'aimer de cette façon, même si je craignais que cet amour ne soit pas celui dont un enfant ait besoin, qu'il puisse aussi être une forme de préjudice.

Avec Peter, nous avons veillé la moitié de la nuit pour préparer la fête d'Iris. Nous avons tranché des concombres, glissé des fils de réglisse dans des donuts, caché trois papillons en verre dans le jardin pour répondre à ce mystérieux élément sur la liste d'Iris pour la chasse au trésor : *aile.* Le lendemain matin, j'avais encore le goût amer du caoutchouc saupoudré de talc après avoir gonflé trois douzaines de ballons lilas. C'était une journée grise et sans vent, il faisait doux. Nous craignions qu'il ne pleuve, pourtant le temps s'est maintenu. J'ai appliqué une touche de rouge à lèvres rose sur la bouche d'Iris, c'était exceptionnel – elle n'y avait droit que pour son anniversaire et les jours de livraison. Elle portait une robe violette qu'elle avait choisie pour sa large ceinture, des chaussures vernies noires avec des boucles dorées et des chaussettes avec des rabats à froufrous sur lesquels étaient cousues de petites perles blanches. Elle avait insisté pour les mettre elle-même malgré la difficulté que représentaient les boucles et, après s'être débattue longuement avec elles, elle a réussi. Mais elle a inversé les deux pieds. Mon ventre s'est serré en découvrant sa silhouette bancale ; je paniquais toujours un peu quand elle se trompait de pied. Je me suis aussitôt rappelé que c'était parfaitement normal à son âge. Lorsque j'ai insisté pour qu'elle change, elle s'est renfrognée et m'a rétorqué qu'elle trouvait, elle, que c'était « parfait et ravissant » comme ça. Il a fallu l'intervention de Peter pour qu'elle accepte de le faire.

Avant l'arrivée de ses invités, elle a fait lentement le tour du jardin pour apprécier nos préparatifs. Quel petit tyran elle avait été pendant les semaines précédant sa fête ! Nous en avions discuté avec Peter, nous nous étions demandé si nous faisions bien d'accéder à la moindre de ses requêtes, si ce n'était pas une bonne occasion de lui apprendre qu'on pouvait servir des concombres en bâtonnets et passer malgré tout un bon moment. Après avoir observé l'installation, un immense sourire, extraordinaire, a étiré ses lèvres. J'ai serré la main de Peter.

Elles étaient toutes là, toutes les mères avec lesquelles j'avais compati lors de nos réunions qui remontaient à une éternité, en compagnie de leurs bébés qui n'en étaient plus et couraient, avec leurs belles tenues de fête, dans mon jardin. J'adorais ce genre d'occasions, où nous nous réunissions en nombre, où nos vies se jouaient devant nous. J'avais le sentiment que cette scène avait toujours existé, qu'elle avait en quelque sorte été cachée dans les nuages au-dessus de nos têtes, jusqu'à ce que nous trouvions le moyen de l'atteindre. Les enfants des frères de Peter, les jeunes cousins d'Iris, l'étouffaient dans des câlins poisseux, qu'elle endurait avec de grandes démonstrations de patience. Les jumeaux de Di, âgés de huit ans à présent, déployaient de grands efforts pour se donner un air blasé, décrétant qu'il s'agissait d'activités pour « bébés » avant de se laisser attirer par le jeu avec les donuts. Les enfants de Marie couraient la voir pour lui demander sa permission chaque fois qu'on leur offrait un bonbon ; elle a goûté la crème fouettée qui accompagnait la salade aux fruits rouges, l'a décrétée trop sucrée, et ses enfants ont dévoré leurs fruits nature, avec joie. Corinna, qui avait un ventre énorme, restait assise, les pieds posés sur une chaise. Nicolas lui apportait de l'eau, des fruits rouges et ses deux aînés, Miles et Sarah, venaient lui montrer leurs œuvres. Éparpillés sur la pelouse, les enfants d'Ana étaient faciles à repérer, avec leurs robes chasubles et leurs gilets assortis. Elle portait d'ailleurs un mouchoir taillé dans le même tissu, et une robe qui semblait adorer son corps, et les fameuses bottines noires, qu'elle avait fait ressemeler chaque fois que c'était nécessaire. Pendant longtemps, voir Ana avec sa nombreuse progéniture avait été douloureux. Nous avions toujours pensé que nous aurions d'autres enfants, Peter et moi, mais je n'étais jamais retombée enceinte, revers inattendu après la facilité avec laquelle Iris avait été conçue. Je m'étais sentie inadaptée pendant des années, persuadée que mon corps me pensait incapable d'élever d'autres enfants et m'en avait privée. Néanmoins ce jour-là, à l'anniversaire de ma fille, je n'imaginais pas les choses autrement, et je ne me sentais plus aussi fragilisée par la présence d'Ana qu'autrefois. C'était une croyance commune qu'un enfant unique ne dévorait pas une mère autant que deux, trois ou quatre, qu'il lui laissait de l'espace, pourtant j'avais l'impression que l'inverse était tout aussi vrai. Iris emplissait la totalité de mon champ de vision. Il n'y avait en moi aucun désir d'autre chose. Et je me demandais si j'avais, en mon temps, été aimée aussi farouchement.

Sally était là aussi ; je ne voulais pas l'inviter, mais Peter m'avait répondu que nous n'avions pas le choix : elle vivait en face de chez nous et Iris souhaitait la voir. Elle portait une de ses tenues tarabiscotées et prenait photo sur photo avec l'appareil autour de son cou.

« Regarde, c'est plutôt pratique de l'avoir », m'a murmuré Peter lorsqu'elle nous a fait poser autour d'Iris, raide de bonheur.

À la fin de la fête, Sally lui a offert un flacon de parfum en verre, qu'elle avait commandé à M. Phillips. Iris était beaucoup trop jeune pour en mettre, mais ce cadeau lui faisait tellement plaisir que je n'ai pas pu l'en priver.

Une chance que nous ayons, Peter et moi, également passé commande à M. Phillips pour notre présent. Nous le lui avons remis après le départ des invités. Une poupée de porcelaine avec de vrais cheveux et un visage peint à la main. Nous étions si fatigués ce soir-là que nous nous sommes contentés d'un ménage sommaire : ramasser les fils de réglisse dans l'herbe, entasser le matériel qui avait servi aux activités près de la porte de la cuisine pour le trier plus tard. Pendant ce temps-là, Iris berçait sa poupée dans ses bras et lui chuchotait des secrets à l'oreille. En l'observant, je me suis autorisé la plus dangereuse et la plus délicieuse des pensées : tu m'appartiens.

Le lendemain matin, Iris nous a réveillés de bonne heure. Elle se tenait sur le seuil de notre chambre, en chemise de nuit, et elle tenait sa poupée par les cheveux, si bien que ses pieds frôlaient le sol.

« Je me sens bizarre », a-t-elle dit.

Avait-elle mal à la tête ? Au ventre ? À la gorge ? Elle a secoué la tête.

« J'ai pas mal, c'est juste une impression. »

À mesure que les brumes du sommeil se dissipaient, nous nous sommes rendu compte, Peter et moi, que nous ressentions la même chose. Une mère avait dû partir dans la nuit, pourtant en m'approchant de la fenêtre j'ai constaté que Hinter der Wald était silencieuse et immobile.

« Sally n'est pas là », ai-je dit à Peter.

Je suis descendue avec Iris pour lui préparer son petit déjeuner. J'ai cassé des œufs dans un bol, il y en avait un de mauvais, avec des veines brunes dans le jaune. Je l'ai récupéré pour le jeter dans l'évier. Pendant que l'eau coulait, j'ai jeté un coup d'œil dehors. Quelques familles étaient sorties de chez elle. Elles erraient, indécises, sur le trottoir.

« Ne bouge pas », ai-je dit à Iris.

J'ai enfilé mon manteau sur ma chemise de nuit et suis sortie. Il y avait du monde maintenant. Je me suis approchée d'un groupe, un couple de jeunes mariés qui habitaient plus bas dans la rue et qui discutaient avec une veuve d'un certain âge.

« Que se passe-t-il ? » leur ai-je demandé.

La jeune épouse a froncé les sourcils comme si elle effectuait un calcul mental compliqué.

« On pense que c'est Sally. On pense que Sally est partie. »

Au début, nous avons nagé en pleine confusion. Sally avait plusieurs dizaines d'années de plus que les femmes qui partaient d'habitude, et elle n'était pas mère. Il nous a fallu du temps pour accepter de croire que c'était bien elle. Au début, nous avons pensé qu'elle était clouée au lit par une maladie, ce qui aurait expliqué son absence. Puis Peter et d'autres hommes de Hinter der Wald sont entrés chez elle et ont confirmé son absence, avant de confirmer, aussi, que tout chez elle faisait penser à un départ. Son sac à main posé sur la table dans l'entrée. Toutes les chaussures que nous lui connaissions étaient rangées sur leur étagère dans l'armoire : les ballerines roses, les bottines démodées avec les lacets en satin. Sa couette était dérangée mais pas repliée au pied du lit, suggérant qu'elle avait dormi dessous et ne s'était pas levée. Ce qui ne nous a pas empêchés de penser qu'il s'agissait d'une mise en scène sophistiquée. Sally avait dû tout disposer pour faire croire à son départ, puis monter se cacher hors du bourg, en hauteur, pour suivre les événements de la matinée.

« Elle doit être en train de nous espionner à cette heure », répétaient les gens en boucle.

Elle avait toujours ressenti le besoin de se trouver au centre des choses, s'était toujours débrouillée pour jouer un rôle, alors comment ne pas voir une machination de cet ordre dans ce point culminant de son comportement déviant ?

En fin de matinée, elle n'était toujours pas réapparue, et nous avons commencé à nous faire à l'idée qu'elle était réellement partie. Je l'ai dit, ça nous déconcertait, et les théories matinales sur la signification de sa disparition se sont répandues à une vitesse folle. S'était-il agi d'une simple coïncidence si seules les mères étaient parties jusqu'à présent ? Peut-être que les toutes premières femmes, au début, étaient des mères, que nous en avions déduit que ce serait toujours le cas et que nous étions presque toutes devenues mères, dans le souci acharné de nous révéler à nous-mêmes... D'autres voyaient dans le départ de Sally le signe que notre infortune se propageait. Peut-être que, bientôt, d'autres femmes sans enfants partiraient, et ensuite ? Des maris ? Des enfants ? Notre infortune se diffuserait-elle au point de venir tous nous chercher ? Quel dommage que ce ne soit pas simplement un tour grotesque que Sally nous jouait, parce qu'elle aurait adoré provoquer un tel émoi.

Cependant, comme après chaque départ d'une femme, une explication plus plausible n'a pas tardé à se manifester. C'était une infirmière aux cheveux blancs, retraitée depuis longtemps, qui nous a appris que Sally avait été mère, très brièvement. Le bébé était né trop tôt. Son ventre commençait tout juste à s'arrondir quand il était arrivé, elle n'avait pas encore annoncé publiquement sa grossesse.

« Sally était très discrète à cette époque », nous a expliqué l'infirmière.

Elle avait fait plusieurs fausses couches, ce qui l'avait rendue prudente. Des personnes âgées ont confirmé le portrait que l'infirmière venait de brosser. Et à la réflexion nous nous rappelions un temps où Sally était quelqu'un d'autre, pas la femme frivole dont nous aimions nous moquer parce que c'était si facile avec elle. Ceux qui étaient assez vieux pour avoir été témoins de ce changement en elle l'avaient toujours attribué à la mort absurde de son mari qui avait plongé, en état d'ébriété, dans la Graubach, à un endroit où elle était basse ; à croire qu'en s'étant avilie à travers ce mariage, Sally s'était sentie obligée de continuer à le faire dans son veuvage. Et pourtant, maintenant que nous y repensions, c'était vraiment seulement lors de la dernière année de sa vie que l'alcoolisme de son mari avait posé problème. Nous gardions ce souvenir de lui, parce que c'était la raison de son décès. D'après l'infirmière, qui était notre unique source sur le sujet, puisque le médecin qui avait mis le bébé au monde était mort des années auparavant, la fille de Sally n'avait vécu que quelques heures. Elle n'avait jamais senti l'air libre. Elle n'avait jamais pleuré, n'avait pas fait le moindre bruit, n'avait pas vu ni tété sa mère. Elle avait seulement pu être tenue et bercée, et elle l'avait été, sa vie s'était réduite à cela ; deux heures, peut-être trois, l'infirmière n'en gardait pas un souvenir exact, pendant lesquelles Sally et son mari l'avaient dorlotée en lui murmurant des chansons, la petite famille blottie sur le lit de la clinique, alors que Sally était encore pleine de sang, comme le sol, éclaboussé pendant l'accouchement.

« Vous nettoierez plus tard », avait-elle dit à l'infirmière avant de lui demander de sortir.

Tout ce temps nous nous étions trompés sur son compte, et elle nous avait laissés faire. Nous avions attribué son attitude à son absence d'enfants, alors que c'était tout l'inverse en réalité. Sally était comme elle était parce qu'elle avait été mère, parce qu'elle en était une ; on ne pouvait pas rebrousser chemin une fois qu'on avait franchi le seuil de la maternité. C'était une mère, mais une mère sans enfant. Elle n'avait aucun besoin à satisfaire, aucun lieu où diriger son amour, et nous nous sommes dit que ça expliquait peut-être pourquoi elle avait tenu si longtemps, pourquoi notre infortune était venue la chercher à un âge aussi avancé, et nous nous sommes demandé si Sally l'avait accueillie.

Je la revoyais débarquant chez nous cinq ans plus tôt, juste après notre retour de la clinique avec Iris, les bras chargés de sa fricassée, son appareil photo autour du cou, semblable à elle-même, fourrant son nez dans nos affaires, cherchant à se rendre indispensable. Mais non, je le comprenais à présent. Elle nous laissait nous faire des idées sur son compte, nous laissait penser ce que nous voulions. Quand elle m'avait pris Iris des bras, elle avait fermé les yeux, elle l'avait bercée et elle avait respiré son odeur de nouveau-né. Voilà quelle était vraiment sa quête : cet instant, ce bébé chaud dans ses bras qui aurait pu être n'importe quel enfant, le sien, une version de sa fille capable de survivre. Que m'avait-elle dit déjà ? « Personne ne pourra jamais te prendre ça. »

Nous nous sommes réunis devant chez elle, sans attendre que personne n'en sorte, ce qui donnait à notre assemblée un caractère vain. Peter et moi avons fini par prendre la direction des opérations. Sally était notre voisine, après tout, et, nous n'en prenions réellement conscience qu'aujourd'hui, elle n'avait plus de famille et pas de véritables amis, nous étions sans doute ce qu'elle avait de plus proche. Quel calme régnait pendant que nous accomplissions les rites habituels, sans mari, sans enfants, sans parents pour la pleurer, ou pour nous opposer une résistance. Emportées les affaires de Sally, ses blouses en dentelles et ses jupes à volants, ses barrettes et ses peignes à strass, ses robes à fleurs et ses chemises de nuit à smocks au bas froncé. Sans surprise, la boutique de bienfaisance n'a pas connu la ruée habituelle, tant elle avait un style particulier. Au début, nous répétions toutes que c'était un butin sans intérêt. Néanmoins quelques femmes sont allées jeter un coup d'œil, et la plupart ne repartaient pas les mains vides. Dans les semaines qui ont suivi, dès qu'on croisait des froufrous ou des brillants, on se disait combien ces détails égayaient et adoucissaient les tenues.

Quand il a fallu préparer le bûcher, les choses se sont compliquées. Si Sally avait pris beaucoup de photos de nous tous, nous n'en avons pas trouvé une seule d'elle. Elle devait bien en avoir de son mariage, non ? Peut-être s'en était-elle débarrassée elle-même à la mort de son mari ? Nous avons fini par mettre la main sur une seule, rangée dans le tiroir de sa table de chevet : Sally, son mari et leur petite fille blottis sur le lit de la clinique, les visages des parents baissés vers le minuscule bébé, dont on apercevait un bout de front rouge sous un bonnet jaune. Peter a déposé cet unique tirage par terre, frotté une allumette et a approché la flamme d'un de ses coins pour qu'il s'embrase, si léger, si fragile. Pendant qu'il se consumait, il a été emporté par la brise, tel un oiseau de feu, battant des ailes jusqu'à ce qu'il ne soit plus que cendres.

Une semaine avait dû s'écouler lorsque nous avons enfin terminé de ranger la maison après la fête d'anniversaire et ce qu'il restait de papier, de peinture, de paillettes et de glu. J'ai retrouvé les trois papillons en verre dans ce bazar et je les ai montés dans la chambre d'Iris pour les disposer sur sa commode parmi les autres objets auxquels elle tenait, sa boîte à musique avec une ballerine, son kaléidoscope et le vieux miroir à main dans lequel elle aimait s'admirer. Quand je suis redescendue, Peter était assis à table.

« Qu'est-ce que c'est ? ai-je demandé.

— Les photos de l'anniversaire d'Iris. Je les ai trouvées en faisant le tri, a-t-il ajouté en haussant les épaules avant de continuer à les parcourir. Dommage, tu as dû bouger. »

Il a posé la pile et s'est levé pour aller ranger le matériel de dessin. J'ai pris les photos. La première était le portrait de famille pris devant l'hibiscus jaune. Iris avait cette expression romantique qu'elle adorait prendre, bras croisés dans son dos, jupe bien gonflée. Peter souriait, une main posée sur la tête d'Iris, l'autre autour de ma taille. Les fleurs jaunes, Peter, Iris, tous avaient des contours nets et précis. Seule mon image était floue. Un double transparent se détachait de l'original, comme si à l'instant où Sally avait appuyé sur le déclencheur je m'étais enfuie. La main de Peter semblait retenir un fantôme. Je me souvenais d'avoir pris la pose pour cette photo avec mon mari et ma fille, d'avoir senti sa main sur ma hanche. J'étais certaine de ne pas avoir bougé. De m'être tenue parfaitement immobile.

Je me suis enjointe à ne pas paniquer. C'était une légende enfantine, une histoire pour se faire peur. Je m'occupais. Je préparais des dîners sophistiqués : bœuf en croûte, pommes de terre coupées en rondelles très fines et cuites dans la crème. Je cueillais des dahlias dans notre jardin et les disposais un peu partout chez nous, dans des vases. Je me dédiais entièrement à Iris. Nous fabriquions des perles d'argile, des glaces à l'eau parfumées aux fruits rouges, des lanternes en papier mâché. Je donnais rendez-vous à Marie pour le thé. Je ne parlais pas de la photo. Marie n'avait jamais accordé le moindre crédit à cette légende, même quand nous étions petites. Je n'ai rien dit à Peter non plus, parce que c'était une histoire qui circulait chez les filles. Il avait été évident, à sa réaction, qu'il n'y avait vu aucune signification particulière, et c'était sans doute plus rationnel. Ce n'était rien, un accident, très probablement dû à la main tremblante de la femme qui avait pris cette photo.

Et pourtant, quelques nuits après l'avoir découverte, alors que je découpais des navets dans la cuisine, tout à coup ma main, celle qui tenait le couteau, n'a plus voulu bouger. Je l'ai scrutée, lui ai ordonné de m'obéir, mais je n'arrivais plus à la mettre en mouvement, à la soulever, à la faire trancher. Elle semblait soudain animée d'une existence autonome, libérée du contrôle de mon esprit. Iris était debout sur une chaise devant la table pour « cuisiner » elle aussi : elle mélangeait du sucre avec du fromage frais et des haricots secs. J'ai entendu le doux bruit du sucre qu'elle faisait tomber en pluie dans le bol.

« Tu voudras bien goûter ma glace, maman ? »

Il a suffi de ces mots pour que ça passe : j'ai sursauté, ma main s'est remise en mouvement et, avant d'aller « goûter » sa création, j'ai débité la fin des navets en morceaux et les ai ajoutés à la cocotte du dîner.

À Feldpark, quelques jours plus tard, c'est ma bouche qui ne m'a plus répondu. La fontaine avait été vidée pour son nettoyage annuel. Iris était assise dans le bassin à sec avec Mags et Rufina, les autres membres de son trio, elles parlaient tout bas, blotties ensemble. Ana s'est assise sur le banc voisin du mien. Un de ses fils escaladait la femme en pleurs, posant ses chaussures sur ses pieds nus, lui agrippant le cou pour se hisser plus haut. Je me suis détournée un instant, ce qui a suffi pour qu'Iris quitte Mags et Rufi. Quand j'ai reporté mon attention sur elle, elle s'était mise à marcher le long de la margelle bombée, bras étendus sur les côtés. Si elle perdait l'équilibre, elle tomberait d'une sacrée hauteur sur la pierre. J'ai voulu l'appeler, « descends ! descends ! », mais ma bouche m'a défiée. Je répétais le mot dans ma tête, encore et encore, pourtant il refusait de franchir mes lèvres. J'ai fini par l'entendre, « descends ! », sauf que ce n'était pas ma voix qui l'avait prononcé, c'était celle d'Ana. Iris a obtempéré sur-le-champ. J'ai cligné des yeux, le monde était tel qu'il avait toujours été, et j'ai été contrainte de me tourner vers Ana pour la remercier. Cette fois, ma bouche a coopéré sans le moindre problème.

« Quelle casse-cou, ta fille ! »

Ana semblait le dire de façon admirative, mais j'ai bien compris que c'était aussi une façon de me reprocher de ne pas avoir veillé sur la sécurité de mon enfant. Comme je ne répondais rien, elle m'a dévisagée en plissant les yeux.

« Est-ce que tout va bien, Vera ?

— Pourquoi ça n'irait pas ? »

Elle a haussé les épaules.

« Pour rien. »

J'ai appelé Iris et lui ai dit qu'il était l'heure de rentrer. Elle a protesté, ce qui lui ressemblait bien ; c'était toujours impossible de la séparer de ses amis. Mais elle m'a alors regardée et elle a vu quelque chose qui a interrompu ses récriminations. Elle s'est empressée de dire au revoir à Mags et Rufi, puis elle m'a suivie.

J'ai commencé à remarquer d'autres changements en Iris. Elle se retenait d'aller à la selle des jours d'affilée, déterminée à ne rien laisser sortir. C'était inédit. Quand elle n'y tenait plus, elle me traînait aux toilettes avec elle, comme un enfant beaucoup plus jeune. Je m'asseyais sur un tabouret en bois à côté d'elle et elle me serrait la main tout en poussant des cris pendant qu'elle expulsait des excréments aussi durs et gris que les pierres de la rivière. Elle se réveillait la nuit, aussi. J'allais lui chercher un verre d'eau, je lui frottais le dos, je chantais, mais elle me suppliait de rester, ce qui ne lui ressemblait pas : elle avait toujours eu besoin d'avoir son espace à elle, elle avait toujours eu un sommeil profond. J'ai pris l'habitude de me glisser sous la couette avec elle. Dès que j'étais à ses côtés, elle se rendormait rapidement. Moi, je veillais. Je me collais contre son petit corps chaud, je respirais l'odeur de ses cheveux, son haleine nocturne, désagréable et pourtant précieuse, parce que c'était la sienne. J'ai fixé une petite croûte brune sur son bras jusqu'à ce qu'elle me paraisse aussi miraculeuse qu'une étoile.

Notre infortune emportait des mères depuis toujours, et à présent je redoutais qu'elle vienne m'emporter, moi. Pour l'en empêcher, j'étais prête à faire n'importe quoi, à devenir n'importe qui. Mais je ne savais pas quoi faire ni qui devenir. Et si j'avais su, cela aurait-il changé quelque chose ? Avais-je le moindre pouvoir pour contrer ma destinée, pour donner à mon enfant autre chose que ce que je possédais ? Lorsqu'elle piquait une de ses colères parce que je lui avais interdit d'arracher les pétales des fleurs de Feldpark pour jouer à « il m'aime, un peu, beaucoup… » et que j'avais serré de toutes mes forces son corps gesticulant contre le mien, je n'aurais pas pu dire si je souhaitais la calmer ou la dévorer ; cet amour tortueux et mystérieux, toutes les mères et leurs enfants le connaissaient-ils ? Quand elle s'asseyait sur la cuvette des toilettes pour aller à la selle, moi aussi je retenais mon souffle et contractais tout mon corps. Était-ce simplement dû à mon lien avec ma fille ou était-ce autre chose ? Quelle part de mon amour allait à Iris, quelle part à la façon dont elle me délestait du fardeau de moi-même ? Et cet allègement était-il ce que je recherchais par-dessus tout en l'aimant ? Était-ce la racine pourrie de mon amour ?

J'ai repensé à ces nuits où Iris était bébé et où j'arpentais notre maison avec elle jusqu'à ce que le sol sous mes pieds s'incline, jusqu'à ce que le poids de son petit corps dans mes bras me donne l'impression d'être en apesanteur, au point que je ne me sentais plus du tout Vera, ce que j'aimais, oui, j'aimais tant cela. Peut-être que mon départ était déjà en germe alors. Peut-être qu'il avait toujours été présent en moi, croissant tout ce temps alors que je pensais avoir tout ce que je pouvais désirer.

J'ai essayé d'en parler à Peter. Mon image dédoublée et brouillée sur la photo. Ma main et ma bouche qui ne m'obéissaient plus. Il m'a raisonnée, c'était sans doute la découverte de ce cliché qui avait provoqué ces incidents. Ça m'avait terrifiée, et mon esprit avait, par réaction, provoqué ces étranges phénomènes physiques, ces brèves absences mentales.

J'ai aussi évoqué les changements chez Iris. Il a reconnu qu'il les avait remarqués, lui aussi.

« La crise des cinq ans. »

J'ai secoué la tête.

« Elle le sent.

— C'est une phase, Vera. Et tu sais bien ce qu'on se dit sur les phases.

— Elles passent. »

Nous nous le répétions chaque fois qu'Iris éprouvait notre patience.

Nous avons fait l'amour ensuite. Je l'ai piqué plus profondément que d'habitude, le sang a coulé plus abondamment. Et pourtant, même en sentant le goût de son sang sur ma langue, je n'ai pas réussi à m'abandonner entièrement. J'étais trop distraite. Je m'imaginais traquée par des loups qui finissaient par me déchiqueter.

Comment distinguer un signe d'un tour que mon esprit me jouerait par peur des signes ? Quelle différence y avait-il entre la sensation de se sentir partir et celle d'être consumée par la peur de partir ?

Nous sommes restés étendus côte à côte un long moment. Je voulais m'abandonner à ses certitudes, ne plus y penser, mais c'était plus fort que moi.

« Ce serait impossible que tu te trompes ? lui ai-je demandé alors qu'il s'était presque endormi. »

Il a soulevé sa tête de l'oreiller.

« Sans doute pas.

— Et dans ce cas ? »

J'aurais aimé qu'il me dise qu'il allait barricader notre maison pour que les nuages ne puissent pas m'atteindre, ou qu'il me piquerait la peau et boirait mon sang pour que notre infortune ne sache plus lequel de nous deux elle venait emporter.

Il a gardé le silence un moment, a réfléchi.

« Dans ce cas, nous te pleurerons à chaudes larmes. »

Le lendemain après-midi, profitant de ce que Peter était à son cabinet et qu'Iris jouait chez Rufina, je suis allée dans la forêt. J'avais pris mon panier comme pour aller ramasser des fruits-carapaces, mais j'ai poussé plus loin que le verger, dans la montagne. J'ai grimpé, dépassé l'endroit où les arbres changeaient. Ceux dont les feuilles blanchissaient et tombaient, laissaient la place aux conifères puis aux spécimens grêles et difformes qui poussaient dans les hauteurs, là où la Graubach n'était encore qu'un filet d'eau sur la roche. Plus je m'élevais et plus j'étais gagnée par la terreur que Peter et Iris n'étaient pas réels, ne l'avaient jamais été. Lorsque je redescendrais, je ne retrouverais pas le bourg mais une étendue de nature sauvage, les arbres assaillis de jolies plantes grimpantes fleuries, les chèvres se déplaçant en troupeaux à la place où Hauptstrasse, je l'aurais juré, se trouvait encore le matin même. Les bêtes renâcleraient et piétineraient la terre à l'ancien emplacement de Rapide Photo, où pousserait désormais un épais buisson de ronces. Si j'avais trouvé un interstice et que j'y avais collé mon œil, j'aurais aperçu de l'autre côté une pièce avec des étagères vides et une adolescente, aux cheveux qui s'échappaient de ses tresses, tenant un cadre argenté avec une photo de famille à l'intérieur, une mère, un père et leur fille, et j'aurais compris que c'était moi et que la Vera adulte avec son mari et leur enfant n'était qu'un fantasme inventé par un esprit en manque.

J'étais restée trop longtemps dans les montagnes. Les nuages s'amassaient déjà, ils refroidissaient ma bouche et alourdissaient ma tresse. Je ne sais pas très bien ce qui m'a poussée à étendre ma main devant moi. Je pressentais peut-être déjà ce que j'allais voir ou ne pas voir ; c'était peut-être ce qui m'avait attirée dans les montagnes au départ : la disparition du bout de mes doigts, dissous dans les nuages. Je devinais les contours des arbres au loin, mais je ne pouvais plus discerner l'extrémité de mon corps, à quelques centimètres de moi.

J'ai imaginé un jeu. Le lendemain matin, je me suis surprise à entrer dans la boutique de bienfaisance. Dans le bac des bonnes affaires, j'ai trouvé une paire de mocassins marron et une robe en lin bleu. Dès que tout le monde a eu le dos tourné, je les ai fourrés dans mon panier. Chez moi, je les ai cachés dans la cheminée.

Et si je ne laissais pas les choses arriver ? Et si je prenais la fuite plutôt ? Je pouvais abandonner toutes mes affaires, n'emporter que ces quelques objets dérobés, ainsi, au matin, lorsqu'ils se réveilleraient, ils ne soupçonneraient pas que j'avais fait autre chose que m'évaporer. « Tu pourrais quitter cet endroit. » C'était ce que Ruth l'étrangère m'avait dit. Bien sûr que je n'irais pas vraiment jusqu'au bout ; ce jeu, le vol et la cheminée, c'était un simple moyen d'évacuer la pression terrible de cette période. Après tout, il n'y avait que quelqu'un d'autre part comme Ruth pour formuler ce genre de suggestion, une femme qui ne nous comprenait pas, ni le marché que nous avions conclu. Où irais-je de toute façon ? Il n'y avait qu'ici, il n'y avait que nous. Et puis quelle mère ne s'accrocherait pas à son enfant tant qu'elle aurait encore des mains pour le faire ? Tant qu'elle ne serait pas réduite à néant, à un souffle d'air ?

Plus je perdais pied et plus Iris semblait vivante. Je ne parvenais plus à détacher mes yeux d'elle. Elle ramassait des pierres dans notre jardin pour les disposer ensuite sur le garde-corps de la véranda. Elle défaisait ses tresses le soir et se brossait les cheveux en fredonnant un air inconnu.

Une graine de framboise ou de myrtille se coinçait entre ses dents pendant le petit déjeuner et elle ouvrait la bouche en grand pour que je la déloge avec mon ongle. Chaque moment se dédoublait, il existait à la fois pour lui-même et pour la peur que j'avais de sa perte imminente. Chaque joie s'accompagnait de la plus intense des douleurs.

J'essayais de me consoler en me convainquant que c'était le pire, cette attente éprouvante, où je me trouvais encore avec mon enfant mais je savais que ça ne durerait pas, que bientôt le dernier instant arriverait, la fin. Une fois que notre infortune viendrait me chercher, je n'aurais plus à ressentir cet arrachement. Je serais simplement partie. Je ne m'en rendrais peut-être même pas compte sur le moment. Mon esprit se dissoudrait avec mon corps, sans une seconde de décalage, et ma disparition se produirait sans que j'en aie conscience.

Pour Iris aussi la douleur serait brève. Elle sangloterait, elle ragerait, puis ça passerait. Bientôt Peter aurait une nouvelle épouse, Iris une nouvelle mère, et ils l'aimeraient sans doute. Il n'y aurait plus personne pour se souvenir d'une mère du nom de Vera qui glissait son ongle entre les dents de sa fille pour déloger une petite graine blanche. Iris, moi et tout ce que nous avions été l'une pour l'autre : cela, aussi, disparaîtrait tout bonnement.

Je suis retournée dans la montagne. Une fois encore, je savais que j'aurais dû redescendre avant l'arrivée des nuages et, une fois encore, je me suis attardée. Cette fois, quand j'ai étendu mon bras devant moi, c'est ma main entière qui s'est évaporée.

De retour en bas, au moment d'atteindre l'endroit où notre forêt touche notre jardin, un objet pâle et brillant a retenu mon attention sur la terre noire. La poupée d'Iris, aux membres tachés et aux cheveux sales, emmêlés, aux yeux ouverts sur les nuages.

Iris s'est réveillée au milieu de la nuit en appelant :

« Maman ! Maman ! »

Je suis allée la trouver pieds nus. Elle était roulée en boule sous sa couette, les cheveux humides sur son oreiller. Je me suis glissée à côté d'elle dans le lit, j'ai écarté les boucles moites de son cou. Sa peau était douce et charnue à cet endroit, je percevais encore le bébé qu'elle avait été. De son corps émanait une chaleur qui semblait faite de son innocence, de tout ce qui ne lui était pas encore arrivé, de toutes les vérités qu'elle n'avait pas encore besoin de connaître.

« Maman ! Maman !

— Je suis là, Iris, l'ai-je rassurée avant de déposer un baiser dans son cou transpirant. Tu veux un verre d'eau ?

— Maman ! Maman !

— C'est moi, Iris. Je suis là. Maman est là.

— Maman ! Maman ! »

Était-elle en train de rêver ? Elle avait les yeux ouverts. Et son regard me traversait comme si je n'étais pas là.

Le lendemain matin, je me suis arrêtée dans la boutique de lingerie. Le plus joli modèle de soutien-gorge, crème avec un nœud entre les deux bonnets, était disponible. J'ai attendu que la vendeuse soit accaparée par une autre cliente pour le détacher de son cintre et le fourrer au fond de mon panier. À mon retour à la maison, je l'ai caché avec la robe et les mocassins dans la cheminée.

J'ai décidé de préparer un ragoût de chèvre pour le dîner. J'ai regardé le boucher débiter la viande avec son couperet, essuyer les traces roses de sang sur son tablier. Il y avait de l'anis étoilé à l'épicerie, ce qui était rare. J'en ai jeté dans l'huile chaude, au fond de la marmite, et j'ai écouté les étoiles éclater. À son arrivée, Peter a profondément humé les arômes, puis il m'a enlacée par-derrière pendant que je remuais le bouillon rouge. Au final, mon plat ne contenait que des os, certains parsemaient les morceaux de viande comme des dents. Je n'y comprenais rien, à quelle partie de la bête correspondaient-ils, que mangions-nous exactement ?

Je retournais dans la montagne tous les après-midi désormais. Je ne pouvais plus m'en empêcher, même si, ainsi que je le craignais, ce serait peut-être le fait de scruter de la sorte ma disparition qui la précipiterait. Un jour, mon poignet a disparu dans les nuages. Le lendemain, j'ai tiré sur ma tresse pour l'éloigner au maximum de moi, et sa pointe s'est dissoute dans l'air.

Au bourg, je passais de boutique en boutique. Je choisissais une paire de chandeliers en argent sur un présentoir de la boutique de bienfaisance. Chez le bijoutier, un rang de perles et une bague en grenat. J'attendais que les vendeurs soient occupés pour dissimuler les articles au fond de mon panier. À la maison, je les ajoutais à ma collection.

Un après-midi, dans la montagne, lorsque les nuages sont arrivés, je n'ai plus vu mes pieds qui m'ancraient dans le sol. Mon corps semblait léviter. J'ai couru, sur ces pieds invisibles. J'étais presque en bas, je traversais à toute allure le verger, quand j'ai entendu une voix m'appeler. Les nuages étaient denses à présent, personne n'aurait dû être encore dehors. Et pourtant Ana se trouvait là sous un fouillis de vrilles. Je me suis aussitôt arrêtée.

« Je suis venue chercher des fruits, ai-je dit en levant mon bras, pour montrer le panier passé autour.

— Je prépare des confitures », a-t-elle répondu en me montrant son propre panier.

Des mensonges, de notre part à toutes les deux, et nous le savions. Nous aurions dû être chez nous à cette heure.

Avait-elle remarqué que je montais chaque jour dans la montagne, s'était-elle postée ici pour me guetter ? Elle portait ses bottines noires, et elle est montée sur la pointe des pieds, tendant son long bras, pour tirer sur un fruit jusqu'à ce qu'il se détache des ronces.

Le sol était jonché de fruits mûrs piétinés qui répandaient leurs entrailles écarlates.

« Et tu en trouves assez ? ai-je demandé.

— Amplement. »

Je l'ai regardée en cueillir plusieurs autres. Elle m'a dévisagée en plissant les yeux.

« Tu es sûre que tu te sens bien ?

— Très bien, Ana, et toi ?

— Comme un charme. »

Son panier était plein à présent.

« Je dois rentrer retrouver ma famille, a-t-elle dit. Et toi aussi, non ? »

Avant de partir, elle s'est baissée pour ramasser un des fruits tombés au sol, fendu, suintant, couvert de terre. Elle l'a porté à sa bouche et a mordu dedans, sans retirer la peau ni rien.

« Dors bien cette nuit, Vera. »

Sur le chemin du retour, je me suis arrêtée à la maroquinerie. J'ai arpenté ses allées en respirant l'odeur de cuir tanné. La boutique appartenait à un vieil homme, qui fabriquait tous les articles lui-même. Il savait transformer une peau de chevreau, la rendre très souple, puis confectionner avec une paire de chaussures, un portefeuille, une serviette. C'était un artisan doué, nous le disions tous, mais il portait sur lui l'odeur de sa profession, comme si sa propre peau était en cuir tanné, ternie par le souvenir du sang. Aucune femme ne l'avait épousé, il n'avait pas d'enfant et aucun jeune n'avait exprimé le souhait d'apprendre son métier. À sa mort, nous n'aurions plus de maroquinerie, cette boutique accueillerait un autre commerce, et il faudrait passer commande à M. Phillips pour avoir un article en cuir. Le maroquinier somnolait sur sa chaise derrière le comptoir. Il ne m'a donc pas vue prendre une petite sacoche sur un crochet et la cacher sous le tissu en vichy dans mon panier, qui aurait dû recouvrir des fruits.

Ce soir-là, j'ai fait pour ma famille ce que je faisais toujours pour elle. J'ai préparé le dîner, du porc et du chou avec du riz. J'ai choisi du chou rouge pour faire plaisir à Iris, et ça s'est retourné contre moi : la viande s'est retrouvée avec des taches violettes criardes.

Elle a repoussé son assiette.

« Je veux autre chose.

— Ta mère s'est donné du mal pour préparer ce repas, a dit Peter.

— Je n'en veux pas.

— Tu n'as même pas goûté.

— Je sais que je n'en voudrai pas. »

J'ai écouté Peter lui dire des mots que j'aurais pu prédire avec exactitude. Quelqu'un avait travaillé dur pour élever cette bête, s'était levé à l'aube pour sortir préparer de la bouillie et la lui servir au petit déjeuner. Ce cochon avait, lui aussi, travaillé dur, il était devenu grand et fort rien que pour elle, afin qu'elle puisse le manger ce soir-là au dîner. Peter, le patient, qui voyait dans toute chose le dur labeur des autres et qui souhaitait que sa fille le voie elle aussi. Je crois que ça le blessait davantage que ça ne me blessait, moi, quand elle refusait les repas que j'avais préparés. Il cherchait toujours à me protéger, même d'Iris. Il ne comprenait pas qu'une mère et une fille ne peuvent pas être protégées l'une de l'autre, que le mal qu'elles se font ne peut pas être atténué, car c'est aussi une forme d'amour.

« Passons un marché, a-t-elle dit.

— Iris... »

J'ai recouvert la main de Peter sur la table pour l'interrompre. Avec ma cuillère, j'ai poussé deux morceaux de porc, quelques lanières de chou et une cuillérée de riz sur le côté.

« Mange ça et tu auras une tartine de confiture. »

Toujours négocier. Si tu manges ceci, alors tu auras cela. Mets tes chaussures tout de suite et tu pourras emporter ta poupée. Si, alors. Ceci, cela.

Elle a piqué un morceau de viande avec sa fourchette et l'a porté lentement à sa bouche avec une grimace. Elle a entrouvert les lèvres et mordu du bout des dents dans la chair.

« Beurk... »

Pourtant j'ai bien vu à la façon dont elle mastiquait, ses molaires se plantant profondément dans la viande, sa langue pressée contre elle pour en extraire les sucs, qu'elle se régalait. Avec ses crises quotidiennes, elle se privait d'une nourriture qu'elle adorait pour mieux rejeter ce que je lui avais préparé et mon amour pour elle, afin, par là même, de tester ses limites. Elle se contentait souvent de tartines de confiture, de sucre quand elle avait envie d'épices, et chaque soir je m'échinais à cuisiner des rôtis ou des ragoûts qu'elle refusait dès qu'elle les voyait, mais je m'entêtais, parce que je l'aimais, je l'aimais et je l'aimais.

Cette fillette allait grandir, et je ne serais pas là pour le voir. Elle pleurerait et je ne serais pas là pour la consoler. Elle écouterait de la musique que je ne pourrais pas entendre. Elle découvrirait un millier de nouvelles choses que je ne lui aurais pas apprises, pas une seule. Elle se marierait et deviendrait mère, et je ne serais pas là pour l'accompagner, et un jour, si elle montait dans la montagne et se rendait compte, en baissant les yeux, que ses pieds avaient disparu, je ne serais pas là pour la serrer dans mes bras, pour la retenir. Et si elle partait, je ne serais pas là pour la pleurer.

Après avoir couché Iris, nous avons fait l'amour, Peter et moi. S'il percevait le changement en moi, s'il savait ce qui approchait, il n'en donnait pas le moindre signe. Au moment de retirer l'épingle de ma tresse pour le piquer et goûter son sang, j'ai espéré que cette matière qui lui appartenait et me pénétrait suffirait à me retenir sur le bord du précipice, quand bien même je savais que non. Quelques minutes après il sombrait dans un sommeil profond, et je suis restée étendue à côté de lui, à l'observer en détail, ainsi endormi : sa façon de se racler la gorge, l'absence de tension sur son front, ses boucles qui luisaient au clair de lune. Lorsque Iris m'a appelée, j'ai approché mon visage de celui de Peter pour l'embrasser. Puis je suis allée la trouver.

Je me suis faufilée dans son lit étroit et j'ai blotti mon corps contre le sien, si petit et si chaud. Son coude s'est planté dans ma poitrine. Son dos s'est collé contre mon ventre. J'ai senti un souffle d'air. Un pet. Un instant plus tard, j'ai reconnu l'odeur qui n'appartenait qu'à elle. Je me suis serrée contre elle.

Ça a commencé à ce moment-là. Je ne pouvais plus sentir Iris contre moi. Je voyais que mon corps touchait le sien, mais je ne la sentais plus, pas plus que je ne percevais le poids de la couette sur moi, ou celui de mon corps sur le matelas ou l'air rafraîchi par les nuages sur ma peau. C'était imminent à présent, si imminent : le bord, la fin, le tout dernier instant avant que mon être et mon amour pour mon enfant ne s'évanouissent de cette terre. Il me suffisait de rester allongée là le temps que ça arrive, ainsi que les mères le faisaient depuis les origines de notre infortune. Je le désirais plus que tout, tenir Iris jusqu'à ce que je ne sois plus rien, ne jamais avoir à connaître une vie sans elle. Puis un jour, dans plusieurs années, quelqu'un tomberait peut-être sur les affaires que j'avais entreposées dans la cheminée. Peter, Iris, la nouvelle mère d'Iris, le frère ou la sœur que cette mère lui aurait donné. Et ils ne sauraient comment expliquer la présence de ces objets étranges et poussiéreux, qui constitueraient un mystère de plus dans ce lieu de mystères.

Les nuages s'épaississaient autour de moi, blanc sur blanc, et une part de mon être s'est dissociée de moi pour aller à leur rencontre. Je ne sentais rien, rien du tout, à part une impression d'apesanteur terrifiante. Bientôt je n'aurais plus le choix. Mes yeux se sont embués de larmes, et quand celles-ci ont coulé sur mes joues, elles n'ont pas produit la moindre sensation, et quand elles ont atterri dans les cheveux d'Iris et que je les ai léchées, je n'ai rien senti sur ma langue. Je ne pouvais pas faire ça. Je ne pouvais pas me forcer à rester, abandonner toute résistance alors que j'avais encore des pieds qui me permettaient de fuir. Si le seul moyen de continuer à aimer ma fille était de m'enfuir, alors je m'enfuirais.

J'ai collé mon visage dans sa nuque. J'ai murmuré dans son oreille parfaite :

« Je t'aime. Tu m'appartiens. Ne m'oublie pas. »

Ça ne servait à rien, je le savais.

J'espérais malgré tout la réveiller. « Je t'aime aussi, maman », me répondrait-elle, de sa délicieuse voix endormie, et je ne réussirais pas à m'arracher à elle. Mais elle ne s'est pas réveillée. J'ai soulevé la couette et je suis sortie sans bruit de son lit. Sur le seuil de sa chambre, je me suis arrêtée pour la regarder, et j'ai tenté de graver dans mon esprit l'image de mon enfant endormie.

Direction la cheminée. Je ne m'étais pas autorisée à penser, lorsque j'avais volé ces choses, lorsque je les avais cachées, que je m'en servirais un jour. Je me suis déshabillée là, me retrouvant nue dans notre salon. J'ai mis le soutien-gorge, la robe, les mocassins. J'ai roulé ma chemise de nuit en boule et l'ai fourré dans la sacoche avec les chandeliers, les perles, la bague en grenat. Je suis allée au placard dans l'entrée et j'ai sorti la boîte provenant de chez mon père pour récupérer la seule chose en ma possession que personne n'avait jamais vue, l'unique souvenir que je pouvais emporter avec moi parce que sa disparition passerait inaperçue au moment du rituel, quand ils viendraient brûler mes images et vider la maison de mes affaires qui, dès demain matin, ne m'appartiendraient plus. La photo de Ruth l'étrangère. Je l'ai glissée dans la sacoche. Puis j'ai pris autant de pièces que je l'osais dans mon porte-monnaie sur la table de l'entrée. J'ai ouvert la porte et je suis sortie dans la rue sans lumière.

J'ai longé les maisons de nos voisins dans Hinter der Wald. L'hôtel Alpina et Feldpark, les larmes de la femme en pleurs perdus dans les épais nuages nocturnes. J'ai gagné la route de ravitaillement, si raide qu'il m'était difficile de marcher dessus avec mes nouveaux mocassins, qui m'allaient mal et m'écorchaient les talons. La pente était telle qu'en un rien de temps, quand je me suis retournée pour voir la direction d'où je venais, le bourg avait disparu.

# III

J'ai descendu la route de ravitaillement jusqu'à la voie de chemin de fer, puis je l'ai suivie. Je trébuchais dans le noir, butant sur des racines et des pierres, des ronces m'écorchaient les chevilles, des branches me fouettaient le visage, je continuais à avancer, paniquée, je dégringolais comme dans les derniers instants d'un terrible rêve.

J'ai marché des heures durant et, quand le ciel s'est éclairci, j'ai découvert un monde inconnu. J'étais dans les plaines avec leurs fourrés fumants, la chaleur s'insinuait dans ma bouche et ma gorge. Je me suis arrêtée pour retirer les feuilles et les cailloux dans mes mocassins. Ils m'avaient écorché les pieds jusqu'au sang. Par terre, j'ai vu un tas de petites formes noires qui se terminaient en pointe d'un côté et qui grouillaient de vers blancs. Ils semblaient réclamer mon attention. Ce n'est qu'après avoir remis mes pieds à vif dans mes chaussures et repris ma route que j'ai compris de quoi il retournait. Je n'avais jamais vu de crottes de cette forme précise, provenant sans doute d'une créature inconnue.

Peter et Iris devaient se réveiller à cette heure et découvrir mon départ. J'avais redoublé de prudence. Je n'avais rien emporté qui puisse éveiller les soupçons, j'avais tout laissé dans le même état que si j'avais été emportée par notre infortune, afin qu'ils n'aient aucune raison de se douter de ce que j'avais fait. Iris pleurait-elle ? Peter la serrait-il dans ses bras ? J'ai croisé mes bras et me suis balancée comme si je tenais contre moi mon bébé, comme si je pouvais la consoler alors que je me trouvais dans la jungle et la fuyais.

J'ai voyagé si longtemps sans rien voir à l'horizon que j'ai fini par me dire qu'il s'agissait peut-être d'un rêve. Je ne m'étais pas enfuie, mais je m'étais dissoute dans les nuages comme toutes les autres mères, et je me trouvais dans le purgatoire qui accueillait ces mères, suivant la voie ferrée qui s'étirait éternellement à travers cette jungle. Brusquement les fourrés se sont espacés et je me suis retrouvée à la lisière d'une clairière, au centre de laquelle se dressait un petit bâtiment en pierre avec des volets noirs. L'une des fenêtres était entrouverte, et de l'autre côté on voyait un homme assis devant une caisse enregistreuse. À l'extérieur du bâtiment, à quelques mètres des rails, il y avait un banc vert. Il devait s'agir de la gare. Je me suis arrangée comme j'ai pu, en retirant les boules de bardane en bas de ma robe et en lissant mes cheveux, avant de m'approcher de la fenêtre et de demander le prix d'un billet pour la ville la plus proche. L'homme avait des joues grêlées et une barbe semée de miettes. S'il s'interrogeait sur mon identité, ma provenance ou mes projets, il n'en a rien montré. Il m'a annoncé un tarif. J'avais juste assez de pièces. Je les ai sorties de ma sacoche pour les lui donner à travers le guichet, en faisant attention à ne pas toucher ses doigts avec les miens.

« Le train ne sera pas là avant une heure », m'a-t-il dit. Il m'a tendu mon billet sans un regard.

Je me suis assise sur le banc et j'ai attendu. J'étais certaine que l'heure s'était déjà écoulée, pourtant le train n'était toujours pas là. Il faisait grand jour à présent, et le banc n'offrait aucune ombre. Je n'avais jamais connu un tel soleil, sans la barrière des nuages, et j'avais l'impression qu'il me tapait dessus. Nous devions être en train de nous réunir sur notre pelouse. Les jeunes mères se balançaient. Di et Marie versaient des larmes. Les autres discutaient entre elles des signes qu'elles avaient repérés. Se focaliseraient-elles sur l'anniversaire d'Iris, pour lequel j'avais obéi au moindre de ses désirs, en concluraient-elles que cette déférence inhabituelle était un indice que je lui faisais davantage confiance qu'à moi-même ? Remonteraient-elles jusqu'aux premières réunions du groupe des jeunes mères, aux tapes hésitantes que j'administrais à Iris, encore tout bébé, pour obtenir un rot, et en déduiraient-elles que j'avais toujours manqué d'instinct pour les gestes les plus simples ? Et auraient-elles tort ? Quelle meilleure preuve que ma présence, ici, sur ce banc ?

J'attendais depuis bien plus longtemps qu'une heure. À plusieurs reprises, j'ai jeté un coup d'œil à l'homme derrière la vitre, et dès qu'il croisait mon regard il haussait les épaules avec indifférence, comme s'il ne savait pas à quoi je m'attendais. J'avais dû patienter une demi-journée lorsque le train a fini par arriver dans un vrombissement, puis un crissement de freins. J'ai été engloutie par un panache marron. Quand il s'est arrêté, une portière s'est ouverte et un homme en uniforme bleu marine a sauté sur le gravier à côté de la voie de chemin de fer pour installer un petit marchepied. Je lui ai présenté mon billet, qu'il a à peine regardé, et je suis montée à bord.

Le train n'était pas plein. À mon grand soulagement, j'ai même trouvé un compartiment vide dans lequel j'ai pu m'installer près de la fenêtre, qui était crasseuse, couverte de traces de doigts à l'intérieur et de traînées de poussière dessinant de fins traits irréguliers à l'extérieur. Ils devaient être en train de brûler mes photos à présent, la fumée s'élevant vers les nuages. En bas de la vitre, j'ai identifié l'empreinte d'une main d'enfant. J'ai pressé la mienne dessus et fermé les yeux.

Le train a lentement quitté la gare, avant de prendre rapidement de la vitesse, et sans tarder je me suis retrouvée à traverser l'espace à une allure inédite pour moi. Pendant longtemps, nous avons cheminé à travers la jungle, si proche des rails et de la vitre que j'en ai eu la nausée. L'atmosphère à l'intérieur du train n'aidait pas : un air chaud, figé, qui empestait le gazole et le café. Toutes les heures environ nous entrions dans une petite gare semblable à celle où j'avais embarqué, un bâtiment en pierre avec des volets noirs, un banc vert, en pleine nature. Au bout de quelques heures, nous avons quitté la jungle pour des terres qui avaient dû en être recouvertes avant mais ne l'étaient plus. Le soleil entrait à flots dans le compartiment, clignotant à travers les rares arbres plantés le long des voies, et il a fait encore plus chaud. La transpiration collait ma robe dans mon dos et mes cuisses frottaient sur le tissu de la banquette, qui dégageait les odeurs d'autres corps dans la touffeur. Ça devenait difficile de respirer. Il y avait des agglomérations de plus grande taille maintenant, des gares avec des quais et des bâtiments en brique de plusieurs étages, pourtant elles ne représentaient qu'une petite portion du paysage. La plupart du temps, il ne s'agissait ni de villes ni de nature sauvage mais d'un entre-deux, le défilé de kilomètres et de kilomètres de champs envahis de ronces et de constructions basses dont la peinture avait pelé et qui étaient étouffées par les mauvaises herbes. Je restais plantée devant la fenêtre pour tenter de me faire une idée de l'échelle globale, de mesurer l'étendue de ces terres à l'abandon, de ces lieux qui donnaient l'impression que personne ne les regretterait s'ils étaient rayés de la surface. Je me suis demandé ce qu'étaient devenus les gens qui avaient cultivé ces champs autrefois et travaillé dans ces bâtiments, et ce qu'il adviendrait de moi dans ce monde où je me rendais.

J'étais si absorbée par le paysage que j'ai fait un vrai bond lorsque la porte de mon compartiment s'est ouverte. J'ai découvert un homme à cheveux blancs appuyé sur une canne en bois.

« Je peux ? » a-t-il lancé en restant posté dans le couloir.

Les places étaient-elles attribuées ? Occupais-je la sienne ?

« Je suis désolée, ai-je dit. Je ne savais pas. »

J'ai pris ma sacoche, le visage en feu.

« Je voulais savoir si je pouvais m'installer avec vous », a-t-il clarifié en me considérant avec curiosité.

J'étais trop confuse pour lui répondre. J'ai hoché la tête, me suis rassise et ai indiqué le siège vide en face du mien. Il s'est assis lentement, avant de poser sa canne à côté. Sa crosse représentait un poisson argenté à la bouche grande ouverte qui avalait goulûment la tige bien brillante. Je ne savais pas ce qu'on attendait de moi ensuite. J'ai souri, afin de me montrer amicale mais pas trop engageante, puis je me suis tournée vers la fenêtre. Nous étions proches de la ville maintenant. Il y avait un arrêt toutes les vingt minutes environ, et les quais étaient noirs de monde. À chaque gare je sentais la présence humaine augmenter à bord du train.

« Vous allez jusqu'au terminus ? » m'a-t-il demandé.

J'ai hoché la tête.

« Moi aussi. »

J'ai compris que j'aurais dû lui retourner sa question.

« Je vais voir mes petits-enfants, a-t-il ajouté.

— Je suis en vacances, ai-je dit.

— Vous comptez visiter la cathédrale ? »

J'ai répondu par l'affirmative, alors que j'ignorais tout de la présence d'une cathédrale dans cette ville.

« Allez-y de bonne heure. »

Je l'ai remercié pour son conseil, que je lui ai promis de suivre. Il m'a demandé d'où je venais, et je lui ai donné le nom d'un endroit où nous étions passés plusieurs heures après que j'avais embarqué. J'ai eu l'impression qu'il observait ma robe et mes mocassins. Il a haussé les épaules.

« Votre mari ne voulait pas la visiter ? »

J'ai touché mon alliance avec mon index. Chez nous, elle restait toujours légèrement fraîche, alors qu'ici elle était chaude.

« Je prends un peu de temps seule, ai-je dit le plus naturellement possible.

— Des enfants. »

Je n'ai compris qu'il s'agissait d'une question que lorsqu'il s'est interrompu pour attendre ma réponse.

« Trois garçons. »

Je devais mentir, je le savais, je ne pouvais pas être moi-même ici. Comme si, en disant que j'avais un seul enfant, une fille du nom d'Iris, cet homme aurait compris que je l'avais quittée, serait sorti dans le couloir, aurait crié en donnant des coups de canne et les passagers du train m'auraient arrachée de force à ce compartiment pour me jeter sur les rails et m'invectiver, en chœur : « Retourne chez toi, nous ne voulons pas de toi ici. »

Il se trouve que cet homme était le plus jeune d'une fratrie de trois garçons. Sa mère et ses frères étaient morts à présent. Ses petits-enfants étaient déjà des adolescents, et ils n'avaient pas de temps pour lui. Ils ne lui écrivaient pas sauf pour lui réclamer de l'argent, qu'il leur envoyait. Et pourtant voilà qu'il entreprenait un long voyage pour les voir. Je n'avais pas la moindre idée du début de réaction à avoir face à une histoire aussi terrible, je manquais d'expérience.

« C'est la faute de leur mère, a-t-il ajouté, d'un ton devenant acerbe tout à coup. Elle n'a jamais su s'occuper d'eux. Je l'ai mise dehors quand elle avait dix-sept ans, et elle a atterri ici. »

Il a fait un geste en direction de la vitre sale, car le train ralentissait, et dehors j'ai aperçu un vaste réseau de voies et de postes d'aiguillage, puis, au-delà, des bâtiments à perte de vue. L'homme s'exprimait comme si les choses qu'il avait faites et qu'on lui avait faites, le rejet de sa fille et la réaction de ses petits-enfants, qui le rejetaient à leur tour, n'étaient pas vraiment liées entre elles mais se succédaient simplement. Le train ne s'était pas encore arrêté, pourtant dans le couloir à l'extérieur de notre compartiment les gens se pressaient déjà pour faire la queue. Il a serré la crosse en poisson dans sa main et s'est levé.

« Si vous voulez mon avis, la cathédrale est décevante. Vous auriez dû choisir une autre destination pour vos vacances. »

La gare n'avait rien à voir avec celles où le train s'était arrêté au cours du trajet vers la ville. Elle ne devait pas compter moins de vingt quais, tous reliés à un hall central au plafond voûté et entièrement vitré. Je n'avais jamais imaginé qu'un espace intérieur puisse être aussi immense, c'était comme si on avait enfermé tout Feldpark ici, et ça aurait été magnifique si on n'avait pas laissé le dôme de verre devenir aussi sale, recouvert d'un film de poussière et constellé de fientes. C'était la fin de la journée et le hall était noir de monde, au point que lorsque je suis montée au sommet d'un escalier tournant pour embrasser du regard l'ensemble de la scène, j'ai à peine pu apercevoir le sol. Le décor semblait entièrement constitué d'une masse bouillonnante de corps se hâtant dans telle ou telle direction et produisant une clameur assourdissante. Je me suis employée à isoler des individus pour les observer, une grande femme avec un pull kaki, un homme en gabardine, mais je les perdais en quelques secondes dans le tumulte de cette agitation humaine, de cette frénésie sans but, au-dessus de laquelle des oiseaux comme celui qui se trouvait sur la photo de Ruth l'étrangère, couleur de suie et à la gorgée moirée, plongeaient et remontaient, piégés par le dôme de verre.

Le temps que je trouve la sortie pour rejoindre la rue, il faisait presque nuit. Tous les visages étaient des visages étrangers, et je les ai laissés défiler autour de moi. J'avais besoin d'informations, d'indications, mais le courage me manquait systématiquement quand il fallait arrêter un passant pour lui poser la question. À quelques reprises, j'ai osé lancer un « excusez-moi ! », toutefois les étrangers poursuivaient leur route, en me frôlant, comme si ma voix ne parvenait pas à leurs oreilles. J'ai fini par voir une mère qui remontait le trottoir dans ma direction avec un petit enfant, et j'ai été soulagée ; une mère m'apporterait son aide, une mère montrerait à son enfant comment on aidait les autres. Et lorsque je l'ai appelée, elle s'est d'ailleurs arrêtée.

« Je suis navrée de vous déranger, lui ai-je dit. Pouvez-vous me dire où se trouve la boutique de bienfaisance ?

— La quoi ?

— J'ai des affaires à vendre. »

Elle a haussé les sourcils et empoigné plus fermement la main de son enfant.

« Vous ne trouverez pas ce genre de choses par ici. Essayez près du canal. »

Je sentais le regard du petit garçon sur moi, ses yeux sombres et humides. Il semblait savoir que j'étais une mère et que ma fille n'était pas avec moi, que je l'avais abandonnée. Avant que j'aie pu demander où était le canal, la mère tirait son fils par la main et l'entraînait loin de moi.

La gare était située en plein centre de la ville, et après avoir longé plusieurs pâtés de maisons dans une direction choisie au hasard, je suis tombée sur une carte avec une liste alphabétique des quartiers de la ville. L'un d'eux s'appelait Canal End. Il se trouvait assez loin, vers l'est, et je me suis dirigée vers lui dans la nuit. Sur le chemin, la flèche de la cathédrale apparaissait et disparaissait, semblait parfois se rapprocher, parfois s'éloigner, un peu comme la lune qui vous suit dans le ciel jusqu'au moment où elle disparaît complètement. J'ai emprunté une artère qui, d'après la carte, finirait par me conduire à Canal End. Sur plusieurs centaines de mètres, j'ai longé des boutiques qui vendaient des objets en porcelaine, pichets, vases et jarres. À côté il y avait des fleurs, des chapeaux, puis deux pâtés de maisons de magasins qui ne vendaient qu'un méli-mélo de ferraille qui débordait sur le trottoir. Quand j'ai enfin atteint le canal, je me suis postée au bord, en tenant la rambarde en métal rouillé. L'eau était noire et stagnante, il n'y avait pas de courant ici, rien qu'un petit clapotis contre les parois, comme de l'eau dans une baignoire. À en croire la carte, c'était toujours la Graubach qui coulait ; elle s'attardait ici avant de parcourir plus de mille cinq cents kilomètres jusqu'à la côte pour se jeter dans la mer. Elle empestait la vase verte qui recouvrait les parois du canal et flottait à la surface, dentelle crasseuse. Combien de temps auparavant cette eau avait-elle traversé notre bourg ? Me trouvais-je devant la neige que nous avions ramassée ? Devant l'eau dans laquelle Iris n'aimait jeter que les plus jolies feuilles dont elle pleurait ensuite la perte ? Un peu plus loin, j'ai vu une enseigne « Achat et vente ».

La boutique était étroite et paraissait encore plus petite à cause de la densité d'objets qu'elle contenait. Elle était bordée, sur les deux côtés, de vitrines contenant des bijoux, des montres, des pièces et des couverts en argent, recouverts de poussière et parsemés des carcasses séchées de mouches. Des armes, des outils et des instruments étaient suspendus aux murs.

« Je peux vous aider ? »

La voix avait surgi d'un recoin sombre derrière le comptoir, où un homme, assis, se coupait les ongles.

« J'ai des choses à vendre. »

Il a roulé les yeux avant de prendre appui pour se lever difficilement. Il portait un tee-shirt rouge foncé sous lequel son torse semblait creusé et son ventre gonflé.

« Voyons voir ça. »

J'ai ouvert ma sacoche et sorti les articles un par un, les disposant sur le comptoir en verre. Les chandeliers en argent, le rang de perles, la bague en grenat. J'ai aussi retiré mon alliance et je l'ai posée à côté du reste. Puis j'ai tâté ma tresse pour y chercher l'épingle d'argent, pourtant je n'ai pas pu me résoudre à la retirer.

L'homme a soulevé chacun des objets avant de les reposer rapidement et sans soin, pas comme pour déterminer leur valeur mais pour confirmer simplement leur existence. Il a ensuite posé les deux mains à plat sur le comptoir.

« C'est de la camelote, tout ça. »

Il a proposé un prix ridicule.

« Je ne peux pas faire mieux, a-t-il ajouté.

— Mais les chandeliers sont en argent, ai-je protesté. Et ce sont de vraies perles. La bague est en or massif. »

Il a haussé les épaules, avant de soulever à nouveau les chandeliers et de les entrechoquer.

« Pour moi, ça ressemble à de la camelote. De toute façon, plus personne ne veut de chandeliers aujourd'hui. Vous prenez ou pas ? »

Je me suis empressée de ranger mes affaires dans ma sacoche et de quitter cette boutique.

Les locaux commerciaux du pâté de maisons étaient entièrement occupés par des magasins qui portaient la même enseigne « Achat et vente », et je suis directement entrée dans le suivant. Il s'étirait lui aussi en longueur avec des murs envahis d'armes, d'outils et d'instruments, de vitrines contenant des bijoux, des pièces et des pierres précieuses. La poussière avait été faite récemment au moins, et il n'y avait pas de mouches mortes. Ça semblait assez logique que la première boutique n'ait pas brillé par son honnêteté, qu'elle ne soit là que pour attirer les vendeurs inexpérimentés, dans le but de leur acheter leurs biens pour une bouchée de pain. Ici aussi, le propriétaire était assis dans un coin sombre, mais lui grattait une plaque de peau sèche et luisante sur son bras. Quand je me suis approchée, il s'est levé, et j'ai ouvert ma sacoche pour lui présenter mes articles.

« C'est de la camelote, tout ça, a-t-il dit avant de me proposer un prix encore plus bas que le précédent commerçant.

— Mais non. C'est de l'or, de l'argent et des perles. »

Il n'a rien répondu et j'ai à nouveau tout remballé. Sur le chemin de la sortie, j'ai jeté un coup d'œil aux articles dans les vitrines et j'ai vu que l'or était trop jaune, les pierres précieuses trop brillantes ; ils ne pouvaient pas être authentiques. Je suis entrée dans la boutique suivante, puis celle d'après, et dans chacune j'ai été accueillie par un homme assis dans un recoin sombre, qui a soulevé mes articles avant de les reposer sans précaution et de me proposer un prix plus bas que le précédent. Dans le dernier, le commerçant, chauve, avec des touffes de poils gris dans les oreilles, m'a fait l'offre la plus basse de toutes. J'ai senti la moutarde me monter au nez.

« Vous savez aussi bien que moi que ce n'est pas de la camelote ! Alors faites-moi une proposition juste !

— C'est le cas. Je suis à la tête d'un établissement respectable. Rien que cet après-midi j'ai donné à un homme le double de cette somme pour la canne que vous voyez là. Mais c'était une belle pièce, massive. »

Il me montrait le mur derrière lui, avec une collection d'animaux naturalisés, de vrais animaux, qui avaient été en vie autrefois, un renard, une fauvette et un petit reptile à écailles jaunes que je découvrais pour la première fois de ma vie, avec deux billes noires luisantes à la place des yeux. Sous ces bêtes, plusieurs cannes étaient accrochées à l'horizontale, tenues par des petits crochets en laiton. Et celle qu'il m'indiquait ressemblait beaucoup à celle de l'homme à bord du train, avec une crosse en forme de poisson argenté engloutissant une tige en bois ciré.

« Vous êtes tous de mèche ! me suis-je exclamée. D'une boutique à l'autre le montant ne cesse de baisser. Vous ne vous intéressez même pas à ma marchandise. »

Il a haussé les épaules et s'est détourné de moi. Il s'est rassis péniblement dans son coin sombre et s'est enfoncé un doigt dans l'oreille pour en extirper de la cire.

Je suis retournée dans le tout premier magasin.

« Vous avez réfléchi ? »

J'ai déposé mes articles sur le comptoir sans un mot. Il a sorti l'argent de la caisse enregistreuse pour me le remettre, et j'ai constaté qu'il s'agissait de la somme que m'avait proposée le tout dernier commerçant.

« Je vous l'ai dit, c'est de la camelote », m'a-t-il assené sans me laisser le temps de protester.

J'ai pris l'argent et je me suis enfuie. Les cloches de la cathédrale jouaient un air que je connaissais ; nous l'avions interprété lors d'un récital, l'année de nos quatorze ans. Ana était chargée du solo. J'ai longé le canal en agrippant la rambarde, j'ai laissé la musique s'abattre sur moi, elle venait de l'autre bout de la ville, si loin qu'il semblait impossible qu'elle ait parcouru tout ce chemin, que je puisse écouter ce concert en marchant. Iris chantait-elle à cette heure, tête levée vers les nuages ? J'étais tentée d'utiliser les clopinettes que j'avais dans mon sac pour acheter un billet retour. Pourtant je ne pouvais pas rentrer. Notre infortune avait posé les yeux sur moi pour une raison. Elle avait perçu quelque chose dans la nature de mon amour pour mon enfant, quelque chose de déséquilibré.

Elle m'avait choisie et j'avais violé notre pacte. J'aurais dû m'évaporer, j'aurais dû partir, mais ce n'était pas le cas, et je ne pouvais pas savoir quel mal je risquais de faire si je tentais de retourner dans un endroit où je n'étais pas censée être, auprès d'une enfant que je n'étais pas censée avoir. Et puis serais-je autorisée à revenir de toute façon ? Est-ce qu'à la seconde où je mettrais le pied dans le bourg, notre infortune ne sentirait-elle pas ma présence et le problème qu'elle posait ? Le sort auquel je m'étais dérobée me rattraperait-il ? C'était tout ce que je pouvais avoir, tout ce que je méritais : aimer Iris de loin, passer ma vie ailleurs à cultiver cet amour même s'il ne pouvait pas l'atteindre. Peut-être s'en porterait-elle mieux, peut-être serait-elle mieux protégée de notre infortune sans moi...

J'ai trouvé un petit restaurant au sol crasseux, où j'ai commandé une soupe aux raviolis à une femme apparemment mécontente d'avoir une cliente. Le bouillon était trop riche, l'huile formait des yeux scintillants à la surface. La farce des raviolis n'était pas assez cuite et elle a laissé un film gélatineux sur ma langue. J'ai mangé rapidement, j'avais trop faim pour faire la fine bouche.

Dans une rue étroite, à quelques pâtés de maisons du canal, je suis tombée sur un hôtel. Il n'était pas cher, je pouvais rester trois nuits. Ma chambre se trouvait au troisième étage avec une fenêtre à barreaux donnant sur la rue, et la construction était de si mauvaise qualité que j'entendais les gens dans les chambres qui encadraient la mienne, sur les côtés, mais aussi au-dessus et en dessous, leur pas lourd, leurs grognements aux toilettes et pendant le sexe, leurs toux sèches. Il n'y avait pas d'enfants dans cet hôtel. J'ai retiré mes vêtements crasseux et les ai lavés de mon mieux dans le lavabo avec le savon rose fissuré posé à côté. L'eau était terriblement chaude et elle m'a brûlé les mains. J'ai mis ma lessive à sécher sur une chaise dans un coin. J'ai replié le dessus-de-lit. Il y avait plein de poils en tire-bouchon et de cheveux sur les draps. J'ai éteint la lumière pour ne pas les voir et je me suis couchée. Je me suis endormie rapidement, avant même d'avoir le temps de me demander si j'allais y arriver. Je me suis réveillée une fois, pour aller vomir la soupe dans les toilettes, puis j'ai dormi d'un sommeil profond et sans rêves jusqu'à midi.

Les jours qui ont suivi, j'ai à peine quitté ma chambre d'hôtel. Je n'avais aucun plan pour la suite, lorsque l'argent serait épuisé et que je serais forcée de partir. J'aurais dû y réfléchir, je le savais. Je devais trouver du travail et un endroit plus permanent pour vivre et apprendre comment on faisait les choses ici, acheter de la nourriture, des vêtements, se déplacer d'un point A à un point B, mais l'étendue de la tâche et la crainte de déployer tous ces efforts en vain me décourageaient d'avance. Faire tout cela, chercher une place ici... dans quel but ?

Je passais l'essentiel de mes journées à observer le monde extérieur à travers la fenêtre à barreaux. Tous les matins, un vieil homme descendait la rue d'un pas traînant, accablé par le poids de trois sacs noirs. Il les déposait pile sous ma fenêtre, étalait une toile cirée sur le trottoir et disposait dessus un assortiment d'objets hétéroclites qu'il sortait des sacs. Chaussettes et sous-vêtements pour enfants, livres de coloriage, fers à boucler, brosses à cheveux, portefeuilles. Il ne vendait presque rien, un bateau en plastique un jour, un kit de rasage le lendemain. À la tombée du jour il remballait sa marchandise dans les sacs et repartait. Autour de cet homme se déroulaient les autres événements de la journée. Des chiens errants flânaient dans la rue, troublant le calme comme ces pierres qu'on jette pour faire des ronds dans l'eau. Un matou roux faisait une apparition chaloupée, il sautait du couvercle d'une poubelle pour arpenter le bitume. L'homme de la réception sortait s'adosser à la façade de l'hôtel pour manger son déjeuner, un sandwich avec un pain à la croûte épaisse et dure qui tombait par petits bouts à ses pieds lorsqu'il mordait dedans. Si le matou s'approchait pour manger ces miettes, il le chassait d'un coup de pied. Dès qu'il rentrait, une volée de ces oiseaux sales à la gorge arc-en-ciel de la gare quittaient le toit du bâtiment d'en face pour les picorer. Un jour deux amants ont remonté la rue en se disputant, un homme et une femme, enceinte. L'homme a attrapé la femme par la main pour la forcer à le suivre. Ils n'ont pas contourné les oiseaux mais ont foncé droit sur eux, et ils se sont égaillés dans un grand bruissement d'ailes. Une voix s'est échappée d'une fenêtre au quatrième étage d'un bâtiment :

« Moins de bruit ! S'il vous plaît, moins de bruit ! »

J'ai vu un commerçant chasser un homme de sa boutique, puis le poursuivre dans la rue, et un homme qui aurait pu être le même, ou un autre, se poster au milieu de la rue et hurler :

« Tu pourras pas rester planquée là-haut éternellement, pauvre cinglée ! »

Tous les après-midi une bande d'enfants armés de bâtons transformait la rue en champ de bataille.

Je ne quittais ma chambre que deux fois par jour. Une première pour manger. On ne balayait pas les rues ici, et dans les caniveaux s'amoncelaient des gobelets vides, des emballages de bonbons et des objets si abîmés par les intempéries, si gris qu'il était difficile de savoir de quoi il s'agissait, mèche de cheveux, bout de corde effiloché ou petit oiseau mort. Les petits restaurants malpropres ne manquaient pas dans les environs de l'hôtel. J'en testais un différent chaque jour dans un rayon proche, sans jamais m'aventurer au-delà. Ils proposaient des cuisines différentes, et pourtant, peu importait celui que je choisissais ou ce que je commandais, tout avait le même goût, tout était beaucoup trop riche, la viande grasse et pas assez cuite, les fromages insipides, dépourvus des saveurs sauvages de celui que nous fabriquions au bourg, et je sentais toujours la nourriture peser dans mon estomac comme si j'avais avalé la mèche de cheveux ou le bout de corde ou le petit oiseau mort du caniveau, et j'étais toujours malade après. Dans un de ces établissements, le restaurateur s'est approché de ma table.

« Ça vous plaît ? m'a-t-il demandé. Vous aimez ma cuisine ? »

Il avait un visage doux et plein d'espoir. Je n'avais pas croisé un regard aussi bienveillant depuis que j'avais quitté mon bourg, et je lui ai menti, je lui ai répondu que son ragoût était très bon. Il m'a resservie.

Je quittais ma chambre une seconde fois, le soir, pour boire un petit verre d'alcool local dans le bar de l'hôtel, juste à côté du hall. On était très loin de l'Alpina. Le hall méritait à peine ce nom, et le bar aussi. Un simple comptoir avec trois tabourets en cuir bordeaux déchiré. Il fallait presser la sonnette sale, et l'homme de la réception venait vous servir. Je restais le temps nécessaire pour finir mon verre. De retour dans ma chambre, je lavais ma robe et mes sous-vêtements avec le savon rose fissuré, puis je me glissais dans les draps sales. Le sommeil me tombait dessus d'un coup, comme si j'étais droguée. Parfois, dans la nuit, je me réveillais en sursaut. Iris avait poussé un cri. Je devais aller la trouver, la consoler, elle avait besoin de moi. Mais ce n'était que le matou, qui miaulait dans la rue déserte.

Quand je suis descendue au bar de l'hôtel le dernier soir, un homme se trouvait là. En me voyant arriver, il m'a souri.

« C'est vous », a-t-il lancé.

Il m'a dévisagée et, l'espace d'un instant, j'ai cru qu'il me connaissait, que j'avais été retrouvée. Pourtant, il voulait seulement dire qu'il m'avait déjà vue. Je ne retenais pas les visages ici, ils n'imprimaient pas ma mémoire. Il me souriait avec gentillesse, et ça m'est revenu. Le restaurant du quartier. Il devait s'agir du propriétaire, celui qui m'avait resservie au point que j'avais été malade pendant des heures.

Je lui ai retourné son sourire.

« Je suis contente de vous voir. »

Il occupait le tabouret du milieu, et j'étais donc obligée de m'asseoir juste à côté de lui. Il a sonné. Lorsque le réceptionniste est arrivé, il a commandé à boire pour nous deux.

« Je vous ai attendue.

— Je suis désolée, je ne pensais pas que vous espériez me revoir. Ne le prenez pas personnellement, je n'arrive pas à m'adapter à la vie ici.

— Nous allons arranger ça », a-t-il répondu avec un sourire.

Quand nos verres sont arrivés, il a levé le sien.

« Santé. »

Je l'ai entrechoqué avec le mien. Il a vidé son alcool d'une seule longue gorgée et j'ai suivi son exemple, ouvrant ma gorge et laissant le liquide âpre dévaler jusqu'à mon estomac. Il a de nouveau sonné. Il a posé une main sur le bar de sorte qu'elle effleure le bord de la mienne. C'était la première fois que mon corps entrait en contact avec celui d'un autre depuis mon arrivée ici, et ça a réveillé un désir douloureux en moi. Je touchais tout le monde avant, mille fois par jour.

Une fois que nos seconds verres ont été vides, je me suis levée.

« Eh bien, merci. Bonne nuit. »

Il a tapé en rythme sur le bar avec son verre vide.

« Ce n'est pas ce que vous voulez. »

J'ai ouvert la bouche pour protester, mais il avait raison. Je ne le voulais pas. Même si nous faisions les choses différemment dans notre bourg, j'en savais assez long pour avoir compris ce qu'il désirait, et si je ne le désirais pas, moi, si l'idée me répugnait et me faisait honte, je désirais passer à l'acte pour être dégoûtée par mon comportement, avoir honte.

« Suivez-moi », ai-je dit.

Nous avons monté l'escalier, il est passé devant moi ; j'ai laissé ses mouvements me guider, et au troisième étage il a arrêté son ascension pour emprunter le couloir qui menait à ma chambre. Nous n'avons pas perdu de temps. Il a retiré sa montre et sa bague pour les poser sur la table à côté du lit. Il a défait lui-même la boucle de sa ceinture et a enlevé son pantalon. J'ai déboutonné ma robe et l'ai laissée glisser par terre. Sur tout mon corps je sentais les traces d'Iris me trahir, mes vergetures perlées sur le ventre, mes seins aplatis. S'il l'a remarqué, ça ne l'a pas dérangé. Il était doux, son pénis pendait le long de sa cuisse. Je me suis agenouillée près du lit et quand j'ai voulu approcher ma bouche il s'est détourné. Il s'est occupé de lui-même, il a craché dans sa main et s'est frictionné vigoureusement.

« Allonge-toi », a-t-il dit lorsqu'il a été prêt.

En un rien de temps il a été en moi. J'étais sèche, ses mouvements de va-et-vient m'ont irritée, comme le frottement de mes mocassins sur mes talons. J'ai retiré l'épingle d'argent de mes cheveux et ai pressé la pointe contre son épaule, osseuse et poilue, puis j'ai aussitôt arrêté le sang avec ma bouche. Sentir ses poils sur ma langue était la punition que j'attendais désespérément, son sang avait le goût de fer et de rouille de la rambarde le long du canal. Cet endroit était entré en moi à présent.

Soudain, je n'ai plus rien entendu. Mes oreilles tintaient, un sifflement assourdissant. Il m'a fallu un moment pour comprendre ce qui s'était produit. Il m'avait giflée. Il m'a arraché l'épingle de la main.

« Pauvre cinglée ! » a-t-il hurlé.

Je me suis recroquevillée dans le lit, en touchant ma joue qui palpitait encore. Il m'a empoignée, m'a écarté les jambes et m'a de nouveau pénétrée. Pendant qu'il allait et venait, je l'ai revu montant l'escalier devant moi, j'ai pensé qu'il avait su qu'il devait s'arrêter au troisième. Sur le moment, je n'y avais pas réfléchi, j'étais habituée à ce que tout le monde sache où j'habitais. J'ai compris alors que ce n'était pas du tout le gentil propriétaire, mais l'homme dans la rue, celui qui criait tous les jours : « Tu pourras pas rester planquée là-haut éternellement, pauvre cinglée ! » Peut-être qu'il m'avait repérée parce que je le regardais par ma fenêtre pendant qu'il invectivait une autre, à moins que ce ne soit moi qu'il ait invectivée depuis le début. Il a terminé en poussant un unique grognement.

Il a remis son pantalon et bouclé sa ceinture. Je ne pouvais pas bouger ; je suis restée nue dans le lit, les draps serrés sur ma poitrine. Il a repris ses affaires sur la table de nuit, sa montre en or, sa bague, en or avec une pierre sombre. J'aurais juré que c'était celle que j'avais vendue le soir de mon arrivée en ville. Avant de partir, il s'est assis au bord du lit et a tiré sur le drap pour l'écarter. Il a pris mon sein dans sa main, l'a malaxé entre son pouce et son index.

« Camelote », a-t-il lâché.

Puis il a récupéré l'épingle d'argent qu'il avait jetée dans le lit, l'a fourrée dans sa poche et est sorti de la chambre.

J'ai quitté l'hôtel dès l'aube. J'ai traversé la ville en sens inverse, j'ai dépassé les boutiques qui achetaient et vendaient, celles avec le bric-à-brac de ferraille, les chapeaux, les fleurs, la porcelaine, et tout du long la flèche de la cathédrale apparaissait et disparaissait. Mon ventre et mes talons m'élançaient, irrités et à vif. Quand j'ai atteint la gare, j'ai acheté un billet, après quoi il ne m'est resté que quelques piécettes. J'ai voyagé pendant deux jours, le plus loin possible de la ville.

Lorsque le train a atteint le bout de la ligne, j'ai posé le dos de ma main sur la vitre, comme si c'était le front d'un enfant. Le verre était froid. Il y avait des saisons ici. Les arbres étaient dépouillés de leurs feuilles, leurs branches se découpaient sur le ciel blanc. En débarquant, j'ai été assaillie par des rafales glaciales. J'ai pensé que c'était momentané et j'ai patienté sur le quai le temps que le vent se calme, en vain. Il était infatigable, et j'ai fini par renoncer à attendre, je suis partie.

Le froid, les bourrasques, tout m'était inconnu, et pourtant j'ai perçu une forme de familiarité dans cet endroit, un lieu confronté à quelque chose de bien plus grand que lui. Je n'avais pas de carte, mais j'étais certaine de me diriger vers la mer. Je la sentais m'appeler comme, il y a encore quelques jours, j'entendais la montagne m'appeler. Les rues étaient étroites, les bâtiments peints dans des tons décolorés, battus par les vents : sauge, rose et jaune pâle. Les étages étaient occupés par des appartements, et au-dessus des rues s'incurvaient des cordes à linge sur lesquelles des chemises battaient au vent. Au rez-de-chaussée on trouvait des pubs et des cafés, tous fermés. J'ai arpenté ruelle après ruelle, les embruns et la lumière nacrée m'informant que je me rapprochais, que j'y étais presque, jusqu'à ce que je tourne à un coin et qu'elle apparaisse. J'ai pris le temps de la contempler, c'était la plus grande chose que j'ai jamais vue, une immensité grise et plate ponctuée de crêtes blanches, s'étirant loin, très loin, jusqu'à un horizon auquel je me suis aussitôt sentie reliée. J'aurais voulu souhaiter ne jamais l'avoir vue, mais c'était impossible.

La plage était en sable grossier couleur de cendre, bordée d'une large promenade surélevée en planches de bois, et je m'y suis rendue. Elle était presque vide. Un vieil homme assis sur un banc lançait des miettes aux oiseaux marins, des créatures miteuses aux plumes rognées. Un autre passait un balai sur les planches et soulevait des nuages de poussière fine. Je n'ai pas tardé à atteindre la partie bordée, sur les deux côtés, de baraques en bois, toutes fermées. Elles s'alignaient sans fin, et je me suis demandé ce qu'elles avaient bien pu contenir, autrefois, pourquoi il en avait fallu autant dans ce lieu presque entièrement dépeuplé, et j'ai frissonné en essayant de me représenter ce qui avait pu arriver ici. Après la dernière cabane, il y avait un kiosque en bois. Il était ouvert. Le menu affiché annonçait du café, du chocolat chaud et des sandwichs. J'en ai commandé un, au fromage et au chutney, et j'ai remis à la vendeuse la fin de mon argent. Elle l'a pris sans un mot, a fait griller mon sandwich, puis l'a découpé, avec un couperet, en quatre carrés qu'elle a glissés dans du papier paraffiné et déposés sur le comptoir. J'ai repris ma route. J'avais si froid que j'ai pressé le paquet fumant contre mes bras et mes joues afin de les réchauffer avant de manger. J'ai laissé le fromage fondu couler sur mes doigts et me brûler le palais. Quelques secondes plus tard, il était froid et dur. Au-dessus de moi, les mouettes tournaient sans relâche. Je n'avais pas d'argent, pas d'endroit où aller, pas même un pull pour me protéger du vent aigre.

Après la promenade, des falaises s'étiraient le long de la côte à perte de vue. Des vagues se brisaient contre elles et projetaient des gerbes d'écume très haut dans les airs. Un sentier étroit et sinueux partait de la fin de la promenade. Je n'avais rien de mieux à faire que de continuer à avancer, alors je l'ai suivi, et j'ai grimpé, grimpé, jusqu'à avoir atteint le sommet, où le sentier se poursuivait, longeant le rebord des falaises. Peu après j'ai atteint un embranchement avec un second sentier moins bien tracé, qu'on ne devinait que parce que l'herbe était piétinée. Cette voie-là plongeait abruptement à flanc de falaise. La lumière commençait à décliner, je ne discernais plus la ligne de démarcation entre la mer et le ciel. Le chemin devenait rapidement traître, en pente raide sur des rochers pointus et rendus glissants par les embruns. Un faux pas, une chute : si je tombais ici, les rochers et l'eau malmèneraient mon corps avant de l'emporter, et personne ne saurait jamais ce qui s'était passé, à moins que mon corps ne soit repêché et qu'alors, puisque personne ne serait en mesure de m'identifier, on se demande comment une femme pouvait disparaître du monde au point que nul ne remarque son absence, que nul ne s'inquiète. Ou peut-être qu'on ne se poserait pas cette question. Peut-être que ce genre de choses arrivait sans arrêt ici.

Le sentier menait à un petit plateau. À cet endroit, la paroi rocheuse était un peu creusée. Ce n'était pas vraiment une grotte, mais un abri pour se protéger du vent et des embruns. J'ai découvert une bouteille en verre cassée et les restes calcinés d'un feu, senti une odeur pestilentielle d'urine. Dans cet abri, il y avait un sac en papier rempli de vêtements mouillés qui empestaient et, roulé en boule dans un coin, un sac de couchage. Il avait aussi conservé l'odeur récente d'une personne. Allait-il revenir ? J'étais sûre qu'il s'agissait d'un homme ; le désordre, l'odeur, le relent d'hostilité et l'aperçu de la façon dont la vie était organisée ici. Peut-être reviendrait-il et me trouverait-il, il se mettrait en colère et deviendrait violent, mais j'étais trop épuisée pour m'en inquiéter. Je me suis glissée dans le sac de couchage, en tournant la tête pour ne pas respirer l'odeur, et j'ai sombré dans un sommeil profond, bercée par le martèlement des vagues.

Je me suis réveillée dans un jour froid et lumineux, le soleil déjà haut par-dessus la ligne d'horizon, blanc dans un ciel blanc. J'ai soigneusement roulé le sac de couchage. Mes cheveux étaient terriblement emmêlés et j'ai fait de mon mieux pour les démêler avec mes doigts avant de les tresser. Je n'avais pas de miroir, je devais faire les choses à tâtons, en espérant que cette coiffure me donnerait une apparence suffisamment soignée, que je n'aurais pas l'air de ce que j'étais, une femme sans maison et sans moyen de se laver. L'herbe au sommet de la falaise était pleine de rosée, qui s'était parfois posée sur des toiles d'araignée en tulle blanc. Je me suis baissée au bord du sentier pour passer mes mains dans l'herbe jusqu'à ce qu'elles soient trempées, et je me suis frictionné les joues. Puis je suis redescendue jusqu'à la promenade qui longeait la plage. Devant moi se dressait le kiosque où j'avais acheté un sandwich la veille. J'ai appuyé la pointe de ma langue sur l'endroit de mon palais que le fromage avait brûlé. Mon estomac gargouillait, mais je n'avais pas d'argent. À ma grande surprise, il y avait une queue devant le kiosque, une demi-douzaine de femmes, toutes en robe, une paire de mocassins confortables aux pieds qui n'allaient pas sans rappeler les miens, coiffées avec des tresses soignées. En me rapprochant, j'ai constaté que ce n'était pas des femmes mais des filles de seize ou dix-sept ans. Je me suis assise sur un banc voisin et je les ai regardées commander, à tour de rôle, une brioche et un chocolat chaud. Elles discutaient et riaient en attendant, et j'en ai naturellement déduit qu'elles étaient amies. Pourtant, lorsque la dernière d'entre elles a eu récupéré sa commande, elles se sont échangé leurs prénoms. Tandis que j'essayais de comprendre ce qu'elles représentaient les unes pour les autres, une fille du groupe m'a interpellée.

« Tu es là pour le salon ? »

Je l'ai dévisagée, trop abasourdie pour parler.

« Bien sûr que oui. Pour quelle raison serais-tu sur la promenade à cette période de l'année sinon ? Viens avec nous. Zizi était déjà là l'an dernier. Elle connaît tous les trucs. »

Pas étonnant qu'avec ma robe et mes mocassins, ces filles m'aient prise pour une des leurs. Celle qui m'avait adressé la parole possédait une telle autorité naturelle que je me suis sentie obligée de me lever.

« Je m'appelle Ginny, s'est-elle présentée. Mais tu peux m'appeler Gin, comme l'alcool. »

Elle me considérait les yeux remplis d'espoir. Elle attendait mon nom, et j'étais tentée de mentir, ainsi que je l'avais fait avec l'homme dans le train. Pourtant son expression ouverte et candide m'était si familière que je me suis surprise à vouloir lui donner la vérité, comme si celle-ci était une chose innocente. De toute façon, quelle différence cela faisait ? Je n'étais personne ici.

« Vera.

— Comme l'actrice », a-t-elle observé.

J'ai hoché la tête, alors même que j'ignorais tout des actrices.

« Vachement plus classe que Ginny, a-t-elle ajouté avec une grimace, provoquant les rires de ses camarades.

— Il y a pas mal de marche, a enchaîné une fille qui se trouvait être Zizi. On ferait mieux d'y aller. »

Et ainsi, je me suis jointe à leur petite troupe.

Nous avons tourné le dos à la plage pour nous diriger vers le centre-ville. Près de la gare, nous sommes entrées dans un bâtiment bas, beige. Je me suis retrouvée dans un grand hall rempli de filles. Tout autour de la pièce se trouvaient des tables, derrière lesquelles étaient assis des hommes en costume. Sur chaque table était posé un petit panneau en carton sur lequel on pouvait lire des mots comme « Seaview », « Queensgate », « Holleman's ». Les filles faisaient la queue devant les différentes tables et la première de chaque file tournait lentement sur elle-même en levant les bras au-dessus de sa tête pendant que l'homme assis l'examinait, puis elle tendait les mains pour qu'il scrute ses ongles. J'ai regardé les miens, noirs.

« D'après Zizi, le Queensgate est le meilleur, mais ils n'en prendront que quinze cette année, a dit Gin. Je vais peut-être d'abord tenter ma chance au Holleman's. Apparemment, le manque d'expérience ne leur pose pas problème, et tant mieux dans mon cas. »

Elle a roulé les yeux une fois de plus, dans ce geste dévalorisant. Puis elle m'a détaillée de la tête aux pieds avec un mélange de bienveillance et de pitié.

« Bonne chance, Vera. »

Elle s'est éloignée. Certaines filles qui étaient arrivées avec nous faisaient déjà la queue pour présenter leurs corps et leurs mains aux hommes assis derrière les tables, qui se caressaient la moustache en jugeant les candidates. Une fille tournait et tournait en attendant qu'on lui dise d'arrêter, pendant que l'homme se mouchait.

Je suis allée me réfugier dans le couloir et j'ai trouvé des toilettes : le sol fissuré était jonché de mégots de cigarette, ça sentait la javel et on entendait le bruit continu de chasses d'eau qui fuyaient. Je suis entrée dans une cabine, je me suis assise sur une cuvette et j'ai libéré un torrent. Dans la peinture vert pomme de la porte en métal, des initiales et des messages étaient gravés. *L. B. bouffe de la chatte. Pour passer un bon moment, voir Jane.* C'était une école. Le salon se tenait dans un réfectoire, et les tables qui avaient été repoussées le long des murs pour servir de stands étaient habituellement entourées d'élèves à l'heure du déjeuner. Les filles qui postulaient en ce moment étaient à peine plus âgées que des écolières, et certaines n'avaient sans doute pas terminé leurs études. J'ai contracté les muscles de mon entrejambe qui était endolori. Alors c'était ce qui arrivait aux filles ici, c'était la vie qu'elles menaient, une vie qui leur faisait désirer ça, décrire des tours sur elles-mêmes, pleines d'espoir. J'avais envie de fuir, mais pour aller où ?

Je me suis lavée de mon mieux dans le lavabo, avec le savon liquide bleu du distributeur fixé au mur, dont j'ai frictionné mes bras, mon cou, mes aisselles. Il était agressif et séchait vite, il m'a donné l'impression que j'avais une nouvelle peau plus serrée. Avec les ongles d'une main j'ai retiré la crasse sous ceux de l'autre. À la fin de l'opération, je me suis examinée dans le miroir au-dessus du lavabo, qui était exactement le même que celui dans les toilettes des filles de notre école, avec une fine bordure en métal et des marques à la hauteur des yeux, comme si une élève avait essayé de griffer son reflet. Le visage qui m'observait dans la glace m'a surprise. Cette fille aurait vraiment pu être n'importe laquelle des candidates de ce salon. J'ai eu beau scruter ses traits, je n'ai pas vu la moindre trace d'une mère.

À mon retour dans le réfectoire, je me suis approchée d'une table dans un coin et d'un homme qui paraissait plus âgé que les autres. La queue n'était pas longue, il n'y avait que trois filles devant moi, et elles se sont vite éloignées, sans prendre le temps de tourner ou de montrer leurs mains, mon tour est rapidement arrivé. Le panneau en carton indiquait : « Starling's ».

« Je n'ai besoin que d'une personne, a-t-il annoncé sans me regarder. Pour un créneau matinal, de 5 heures à 11 heures. J'imagine que ça ne t'intéresse pas, alors file.

— Ça ne me dérange pas de travailler tôt. »

Il m'a regardée.

« Tu es ponctuelle ? Tu arriveras à temps au travail ? »

J'ai hoché la tête. Je lui ai tendu mes mains, qu'il a à peine regardées.

« Et tu as de l'expérience ? »

J'ai fermé les yeux. Hoché la tête.

« Tu commences à mi-temps. Une fois que la saison aura démarré et que nous aurons plus de clients, tes heures augmenteront. On n'a besoin que d'une fille. Il faut être endurante.

— Je le suis.

— Et ma femme n'aura pas à t'apprendre comment faire un lit au carré ? Ni à te rappeler d'épousseter les tringles à rideaux ? »

C'est alors seulement que j'ai compris. Ces hommes étaient des hôteliers. Ils embauchaient des filles pour nettoyer les chambres qui étaient vides mais qui, avec la « saison », se rempliraient.

« Je sais faire le ménage. Je suis très méticuleuse. »

J'ai ressenti un profond soulagement, non seulement parce que le travail était à ma portée, mais aussi parce que, pour la première fois que j'étais partie de chez moi, j'avais dit une chose simple sur moi-même et que c'était la vérité.

En quittant la salle j'ai entendu mon nom. C'était Gin.

« J'ai eu une place au Holleman's ! s'est-elle écriée joyeusement en me rejoignant d'un pas sautillant. Je bosserai l'après-midi pour commencer. »

Elle a noué ses mains autour de mon cou et m'a embrassée sur les joues comme si nous nous connaissions depuis toujours.

« Et toi ? Tu as trouvé ? »

Je lui ai parlé de mon embauche au Starling's.

« Je crois que ce n'est pas si mal, m'a-t-elle répondu. L'après-midi aussi ?

— Non, le matin. »

Elle a posé, d'un geste théâtral, une main sur mon épaule.

« Ma pauvre… Comment tu vas faire pour t'amuser ? »

J'ai haussé les épaules.

« Je me lève de bonne heure, tu sais.

— Pas après avoir passé une soirée dans Wight Street, a-t-elle rétorqué d'un air malicieux. Tant pis, tu dormiras après le travail. Allez, viens, on va s'installer chez Miss Ben. Zizi dit que ses chambres ne sont pas les mieux décorées mais que c'est elle qui a les meilleurs lits. Je n'ai aucune envie que des ressorts m'empêchent de dormir après avoir fait la fête dans Wight Street ! Tu viens ? a-t-elle ajouté en voyant que je ne la suivais pas.

— Je te rejoins.

— Tu as déjà un endroit pour dormir ? »

J'ai secoué la tête.

« Je n'ai plus d'argent pour le moment.

— Plus du tout ? »

Elle m'a examinée. Elle a remarqué quelque chose, mes mocassins trop abîmés, les cernes sous mes yeux, les quelques cheveux argentés dans mes tresses. J'en avais très exactement trois, je savais précisément où ils se trouvaient et autrefois, dans une autre vie, je m'asseyais devant ma coiffeuse au milieu de la journée, pendant qu'Iris apprenait l'alphabet à l'école et que Peter contrôlait les dents de toute la ville, pour passer mes doigts sur ces poils épais et brillants.

Gin m'a pris la main.

« Je suis sûre que Miss Ben acceptera d'être réglée une fois que tu auras touché ton salaire. Allons-y vite, avant que ça ne soit plein. »

Gin avait raison. Miss Ben a bien voulu que je ne la paie qu'à la fin de la semaine, et voilà comment je suis devenue la colocataire de Gin et l'une des « pensionnaires de Miss Ben » dans l'établissement qu'elle possédait.

La saison a débuté. Les restaurants ont ouvert leurs portes, comme les clubs et les bars dans Wight Street. Toutefois la météo restait capricieuse et venteuse, et il n'y avait toujours pas beaucoup de monde. Après ma journée de travail, je me rendais sur la promenade pour commander un sandwich au fromage et au chutney au kiosque, que je mangeais assise sur un banc. Les baraques fermées à mon arrivée, et dont la fonction constituait un mystère à mes yeux, proposaient tous les divertissements possibles et imaginables. Lancer d'anneaux, tir à la carabine, fléchettes, et d'autres jeux où il fallait viser, avec une balle, un panier, une bouteille de lait, une cagette. Il y avait aussi un labyrinthe dont les parois étaient faites de miroirs, une sorte de plateau qui faisait tourner les gens attachés dessus à une vitesse étourdissante qui s'appelait « Dizzy Lizzy » et un endroit où on pouvait se déguiser avec des charlottes et des culottes longues pour se faire prendre en photo devant un rideau sur lequel était peint un décor à l'ancienne. D'autres stands vendaient du popcorn, des saucisses et un aliment qui n'avait pas du tout l'air d'en être un, une substance vaporeuse fabriquée dans un bac en métal cabossé. On aurait dit un nuage, qui avait d'abord un goût sucré, puis de fumée.

La promenade était presque entièrement déserte encore ; les rares vacanciers l'arpentaient sur sa longueur comme s'ils étaient égarés et s'arrêtaient parfois pour jouer, sans suivre aucune logique. Les hommes et les femmes qui tenaient les stands s'ennuyaient, ils lançaient des grains de popcorn dans leurs bouches, de jeunes enfants étaient endormis à leurs pieds sur de fins matelas pleins de bouloches. Les autres enfants se déplaçaient en bandes, ils plantaient des petits pieux de bois flotté dans les crabes sur la plage, ils couraient en rond jusqu'à vaciller et tomber par terre. Quand ils passaient devant mon banc, je leur souriais, parfois je leur faisais un signe de la main et leur disais bonjour, mais ils me considéraient avec méfiance et pressaient le pas. Je restais assise là un long moment après avoir terminé mon sandwich, à écouter les cris affligés des mouettes, les vagues qui venaient s'échouer contre les falaises, la musique de fête foraine emportée par le vent. J'avais l'impression d'une immense mécanique dont les rouages tournaient dans le vide, nous toutes avec nos ongles bien propres, prêtes à faire le ménage, et sur les murs des stands des peluches et des poupées, aux poils et aux cheveux attaqués par le sel.

Un jour, une fillette est venue s'asseoir à côté de moi sur le banc. Je l'avais déjà remarquée. Elle flânait seule sur la promenade, n'accordait même pas un regard aux autres enfants. Elle était maigre avec des genoux cagneux, des chaussures blanches boueuses, une robe à volants sale, une tignasse emmêlée qui lui arrivait à la taille. Elle m'a souri, et quand j'ai fait pareil, elle a gloussé et détalé. Elle est revenue le lendemain, et le surlendemain. Ses parents tenaient le stand de photos à l'ancienne. J'ai vu une femme en sortir un jour et crier : « Gabi ! Gabi ! » La fillette a aussitôt couru la rejoindre. Sa mère a embrassé ses cheveux en pagaille, puis la petite est repartie, sur la plage cette fois, où elle s'est précipitée vers les mouettes en criant.

Le temps chaud s'est installé brusquement. Le changement s'est produit une nuit. Le vent qui faisait trembler les vitres et gémir les corniches chez Miss Ben est retombé. Lorsque je suis sortie de bonne heure le lendemain matin, pour aller travailler, l'air était doux sur ma peau. En une semaine, les étendues jaunes au sommet des falaises ont verdi, puis ont été semées de touffes de minuscules fleurs violettes dont j'ignorais le nom. Les journées sont devenues ensoleillées et chaudes, et la ville a été de plus en plus fréquentée, au point qu'on a fini par se demander comment elle pourrait contenir les flots de touristes qui arrivaient chaque jour en train et en voiture. La promenade grouillait de monde matin et soir. Elle sentait la crème glacée fondue, l'huile de friture et la cigarette. Des saltimbanques de toutes sortes se battaient pour les meilleurs endroits : mimes et violonistes, cracheurs de feu et un prestidigitateur qui pouvait faire flotter les filles. Nous savions que les saisons existaient dans notre bourg, mais je n'avais pas compris : comment un endroit peut se métamorphoser, comment il est toujours à la fois ce qu'il paraît être et le négatif de son apparence, cet autre état présent en arrière-plan tel un fantôme.

Le Starling's se remplissait et mes heures augmentaient. L'homme qui m'avait engagée et son épouse étaient des gens bourrus et pragmatiques. Mon travail les satisfaisait, et ils me laissaient tranquille. Au contact des autres filles chez Miss Ben, j'ai rapidement compris la hiérarchie hôtelière en ville, le meilleur étant le Queensgate, ainsi que Gin l'avait dit le jour de notre rencontre. Un manoir blanc juché sur une colline donnant sur la mer tel un immense oiseau marin, avec une véranda qui courait tout autour et sur laquelle les clients paressaient à longueur de journée en dégustant un café ou un cocktail, et une immense pelouse où, alanguis dans des chaises longues blanches, ils admiraient le coucher de soleil comme s'il s'agissait d'un spectacle – au point d'applaudir quand le soleil disparaissait à l'horizon. Après le Queensgate, il y avait le Cliff Lodge, puis, Gin y tenait, le Holleman's, même si après quelques semaines sur place j'avais l'impression que le Holleman's arrivait derrière le Larkspur, ce que je n'ai évidemment pas dit à Gin. Et bien plus bas se trouvait le Starling's. Une petite auberge fatiguée dans une ruelle miteuse à l'écart de la promenade. Elle possédait onze chambres, et sa clientèle se composait de vieux veufs et veuves venus seuls à la mer, de voyageurs de passage qui ne restaient que pour une nuit et de jeunes familles qui s'entassaient dans une chambre et avaient toujours du pain et de la confiture sur la commode, attirant des nuisibles.

Je m'instruisais sur ces gens à travers les traces qu'ils laissaient dans leurs chambres et que j'étais chargée de faire disparaître. Un drap entortillé après une nuit de sommeil agité. La corbeille du bureau remplie de brouillons de lettres sur le papier à en-tête de l'hôtel, roulés en boule, ou d'un seul mouchoir sur lequel une femme avait tamponné son rouge à lèvres. Un tas de chaussures en mauvais état près de la porte, éraflées, aux semelles qui se décollaient.

Parfois une chambre était envahie d'une odeur qui ressemblait tellement à celle des cheveux d'Iris réclamant un bon shampooing que ça me dévastait. Et parfois j'entrais dans une chambre et j'étais submergée par l'impression que Peter et Iris venaient de la quitter un instant plus tôt, que je les avais manqués.

Bien des nuits je rêvais de mon retour. J'étais dans notre jardin, derrière la maison de Hinter der Wald. Iris était là, dans sa robe d'anniversaire, ses petits pieds nus couverts de rosée et de terre. Elle ramassait des trésors dans l'herbe, des plumes, des champignons et des ailes de papillon, et j'étais si heureuse de la regarder. Puis elle se tournait vers moi et me foudroyait du regard comme si j'avais dérangé un rituel intime.

« Tu m'as quittée », me disait-elle.

Elle n'avait pas une voix d'enfant, mais celle, accusatrice, d'une fille presque adulte.

« Je n'avais pas le choix.

— Tu aurais pu rester jusqu'à te transformer en souffle d'air. »

À présent, quand je me rendais sur la promenade après avoir fini ma journée de travail au Starling's, elle était noire de monde. Les gens se gavaient de poisson frit, de sodas et de bonbons, des aliments trop sucrés, trop riches, trop salés et pourtant étonnamment dépourvus de saveurs. Les poubelles le long de la promenade étaient remplies de nourriture gâchée, qui pourrissait au soleil et attirait des abeilles. Un homme décochait une flèche qui faisait éclater un ballon rose et poussait un cri. Un groupe de filles retroussaient le bas de leurs shorts pour exhiber leurs jambes. Elles adoptaient toutes sortes de configurations, par groupes de deux, trois, quatre ou cinq ; elles n'avaient pas besoin de s'en tenir à nos trios si prudents, composés d'une amie et d'une remplaçante, pour le cas où l'une d'elles partirait. Les garçons débarquaient de leur pas lourd, ils s'aspergeaient avec leurs pistolets à eau, ils piquaient des jouets et des bonbons dans les stands. L'une des pensionnaires de Miss Ben a fait un tour de « Dizzy Lizzy » jusqu'à vomir. Une femme a chipé le porte-monnaie d'une adolescente, rangé dans sa poche arrière, dans la queue du glacier. Un homme a glissé sa main sous la jupe d'une femme en la croisant dans la foule. Un jour j'ai vu une mère allaiter un nouveau-né sur un banc. Les gens qui passaient devant elle lui lançaient un coup d'œil et ricanaient en découvrant sa poitrine dénudée. Une tétine est tombée du sac de la femme sur les planches en bois, ils l'ont vue, mais personne ne s'est arrêté pour la ramasser, personne n'a même fait d'écart pour l'éviter, et elle n'a pas tardé à être piétinée par tout le monde.

Je rentrais tous les soirs chez Miss Ben à l'heure du dîner. Toutes ses pensionnaires étaient employées dans les hôtels, la plupart comme femmes de chambre, certaines comme serveuses au bar ou au restaurant. Presque aucune ne connaissait cette ville côtière, ou y avait simplement déjà passé une saison, deux au maximum. Au-delà, cela s'apparentait à une honte, un échec. L'objectif était de nouer des liens avec un vacancier pour repartir avec lui, dans l'espoir de revenir un jour en tant que cliente et non femme de chambre. C'était le plan de Gin, et elle était convaincue de sa réussite. Ça expliquait pourquoi elle avait eu tant de peine pour moi en découvrant que je travaillerais de bonne heure.

Le dîner était un moment animé. Miss Ben préparait des repas terriblement lourds, des pommes de terre, des nouilles, des ragoûts épaissis avec de la fécule de maïs, et les filles vitupéraient contre eux, parce qu'ils assassinaient leur silhouette, tout en se resservant, sans retenue, comme pour tenter de combler un vide au fond d'elles. Autour de la table, elles comparaient leurs journées de travail. Elles discutaient des produits qu'elles utilisaient pour améliorer leur teint – elles étaient toutes convaincues d'avoir des peaux à problème. Elles se racontaient leurs soirées dans Wight Street. Puis, inévitablement, les conversations portaient sur leur enfance. Elles se replongeaient de façon obsessive dans leur passé, en parlaient d'une voix basse, excitée. Elles venaient toutes d'un trou perdu, petits villages, fermes, villes médiocres désertifiées, et elles étaient fières de ne pas avoir été à leur place dans ces endroits, fières d'avoir eu besoin du cadre plus grandiose de la côte, avec ses hôtels scintillants et ses nuits folles. Elles avaient quitté leurs mères, des mères qui les avaient maltraitées ou mal comprises, des mères qui étaient cruelles ou qui les étouffaient, et elles affirmaient être heureuses de s'en être débarrassées, même si je remarquais parfois, quand elles parlaient, qu'elles passaient, en rythme, le bout de leurs doigts sur leurs avant-bras couverts de chair de poule. Elles ne comprenaient rien, et surtout pas elles-mêmes.

Avant de sortir dans Wight Street, elles se réunissaient dans le petit salon, et je me joignais à elles. Miss Ben y faisait toujours un feu, et les filles se plaçaient autour, se réchauffant en prévision de la nuit fraîche, qu'elles affronteraient en robes et jupes. Il m'arrivait, dans ces moments-là, de me balancer devant la cheminée, puis de me pétrifier, terrorisée que l'une d'elles ait pu me voir. Elles étaient trop accaparées par elles-mêmes pour remarquer quoi que ce soit, et elles n'auraient de toute façon pas su ce que cela signifiait.

Gin sortait tous les soirs pour faire le tour des bars et des clubs dans ses tenues choisies avec soin, le moindre de ses cheveux fixé avec de la laque. Souvent, elle n'était pas encore rentrée quand l'heure venait pour moi de me lever pour aller au Starling's. Elle avait vu juste au sujet de la pension. La chambre n'avait rien de particulier, un parquet brut, un lavabo avec un robinet rouillé, deux lits étroits en métal avec des corbeilles dessous pour nos affaires. Les matelas étaient confortables, bien fermes, les couvre-lits chauds et les draps adoucis par de nombreux lavages.

« Pense, m'a un jour lancé Gin à cette heure brumeuse où elle s'abandonnait, saoule, au sommeil, tandis que je me levais pour le travail, au nombre de filles ayant dormi dans ces lits avant toi et moi, et à l'endroit où elles se trouvent maintenant. »

Elle l'avait dit d'une voix songeuse, comme si elle voyait la foule de ces filles la regarder de très loin, comme s'il ne leur était arrivé que des bonnes choses.

Parfois je n'arrivais pas à fermer l'œil de la nuit, et je sortais, du panier sous mon lit, la photo de Ruth l'étrangère pour l'observer au clair de lune qui filtrait à travers les rideaux. Quelle ironie que mon unique souvenir de chez moi soit un cliché d'autre part ! Je scrutais le balcon et la place aux dalles grises en bas jusqu'à avoir l'impression de voir au-delà, ou à travers, jusqu'à Eschen, Hinter der Wald et les eaux tumultueuses de la Graubach. Le bourg ressuscitait ici, dans un espace derrière l'image à la surface du tirage. L'école, le verger de fruits-carapaces et la statue de la femme en pleurs. La cime des toits tapissée de mousse, une mousse si verte qu'on s'en languissait comme on se languit d'un nouveau-né dès qu'on en est séparé. Nous tous réunis sur une pelouse. Les bûchers et la musique. La fissure discrète sur la fenêtre de ma chambre d'enfant. Le sang de Peter. Les tresses d'Iris. Ils devaient dormir à cette heure, Peter et Iris, chez nous. Je fermais les yeux et m'efforçais de retrouver des minuscules braises de sensation, ce que j'éprouvais quand j'étais la seule éveillée dans une maison endormie et qu'il n'y avait rien de plus doux au monde. Parfois, sans prévenir, une émotion d'un tout autre ordre me submergeait, si puissante que je craignais d'en être malade : et si je m'étais trompée ? Et si je n'avais pas été réellement sur le point de partir ? Et si tout ça s'était joué dans ma tête, si j'avais renoncé à Iris à cause d'une simple peur ? Je restais éveillée jusqu'au retour titubant de Gin, il fallait alors que je me lève pour aller au travail, et je continuais à me demander si j'avais sauvé ma peau ou sacrifié ma fille pour rien.

Même si la promenade était noire de monde à présent, Gabi réussissait toujours à me trouver. Au début, elle se contentait de s'asseoir à côté de moi sur le banc et de me sourire d'un air engageant. Quand j'essayais d'entamer la conversation avec elle, elle disparaissait dans la foule. Un jour, je lui ai proposé un bout de mon sandwich. Elle a mordu dedans avant de plisser le nez et de dire quelque chose d'incompréhensible parce qu'elle parlait une langue qui m'était étrangère et qui signifiait sans doute « beurk ! ». J'ai bien vu pourtant que ça ne lui déplaisait pas tant que ça, exactement comme je savais lorsque Iris jouait la comédie, au dîner, en poussant son assiette. C'est un test. Les enfants testent la patience des adultes, oui, mais je ne parle pas de ça. Je veux dire qu'ils nous sondent pour déterminer nos limites, pour voir jusqu'où nous sommes prêts à nous ouvrir à eux. C'était ce qu'Iris faisait et Gabi aussi. Elle devait avoir à peu près le même âge, même si elle était beaucoup plus maigrichonne.

J'ai haussé les épaules, l'air de dire que ça m'était égal, je lui ai repris le reste du sandwich des mains et l'ai lancé sur la promenade. Quelques secondes plus tard, une volée d'oiseaux s'est jetée dessus, et ils se sont battus pour le pain à coups de bec et d'ailes, le déchiquetant jusqu'à ce qu'il n'en reste plus rien.

« Les goélands sont trop lents, tant pis pour eux », ai-je dit.

Je savais que Gabi ne pouvait pas comprendre ces mots, mais elle m'a souri.

Le lendemain, quand elle a sauté pour s'asseoir sur le banc à côté de moi, je lui ai proposé un autre morceau de mon sandwich, qu'elle a mangé avec joie cette fois, comme si les événements de la veille n'avaient pas eu lieu. À compter de ce jour-là, nous avons partagé mon casse-croûte tous les jours, après quoi elle détalait et je passais le reste de l'après-midi sur un banc à feuilleter distraitement un roman d'amour provenant de la collection de Miss Ben, à observer les gens et à apercevoir, de temps en temps, Gabi. Elle volait un canif à un garçon qui l'avait piqué sur le mur d'un stand et courait jusqu'à la mer pour l'y jeter. Elle se faufilait à l'intérieur des stands, rapide comme l'éclair, et en ressortait souvent avec une sucrerie : un caramel à la menthe, un fil de réglisse, une sucette aux couleurs arc-en-ciel. Elle suppliait qu'on lui donne un cornet en sucre filé, puis elle en détachait des filaments et les confiait au vent pour qu'il les emporte. Elle traînait sur le stand de ses parents. Quand une fille de son âge enfilait une charlotte blanche bouffante, Gabi se mettait sur le côté, louchait et tirait la langue pendant que la fille qui n'avait rien demandé souriait gracieusement à l'appareil.

Elle portait la même tenue tous les jours, une robe à volants sur un short en coton et un tee-shirt à manches courtes. La robe était en réalité un déguisement de mauvaise qualité, taché et trop grand pour elle. Il avait des poches dans lesquelles elle cachait des choses. Des bonbons. Ses menus larcins. Des pierres noires et lisses ramassées sur la plage. Les minuscules fleurs violettes qui poussaient sur les falaises, qui se fanaient et brunissaient dans ses poches. Un jour, elle en a sorti un objet délicat et translucide qu'elle a placé dans sa paume pour me l'offrir. Une aile de papillon, d'un blanc laiteux. J'ai tendu la main vers elle, mais dès que je l'ai effleurée, Gabi a refermé ses doigts dessus et s'est enfuie. J'aurais pu croire que j'avais imaginé toute la scène si la pointe de mes doigts ne s'était pas retrouvée saupoudrée d'une poudre argentée, provenant de la créature.

J'ai eu alors le sentiment que cette enfant était Iris. Nous étions les gens d'ici, cachés derrière les masques d'étrangers, déguisés et méconnaissables les uns pour les autres. Mon Iris était très loin, grandissant chaque jour pour devenir une fille que je ne connaissais plus. Mais elle était aussi ici, enfouie au fond de cette petite Gabi, intermédiaire par laquelle je pouvais lui adresser tout mon amour, une étrangère illuminée par de vagues souvenirs d'Iris et de son existence.

Chaque jour, des clients oubliaient de retourner voir les parents de Gabi en fin d'après-midi pour récupérer les tirages, et elle les dérobait pour les fourrer, eux aussi, dans ses poches. Quand elle sautait sur le banc à côté de moi, elle les sortait et les déposait entre nous. Elle me fixait d'un regard plein d'espoir, me parlait dans sa langue chantante, répétait les mêmes mots en boucle.

« Je ne comprends pas », lui répondais-je, impuissante.

Elle rangeait les photos dans sa poche et s'éloignait, mécontente.

« Ce sont des jumeaux », ai-je observé un jour.

Le cliché représentait deux enfants, un garçon et une fille.

« Ils se disputent sans arrêt, leurs parents sont à bout de nerfs. »

Gabi s'est rapprochée de moi sur le banc et a collé son corps contre le mien. Voilà ce qu'elle voulait, une histoire, même si elle ne la comprenait pas.

« L'année de leurs vingt ans, leurs parents mourront dans un accident et ils ne s'adresseront plus jamais la parole. Ils partiront chacun à un bout de la planète et vivront des existences distinctes, tout en étant tourmentés par le même problème : l'amour qu'ils ressentiront pour les autres n'égalera jamais la haine qu'ils ressentent l'un pour l'autre. »

Gabi a levé les yeux vers moi en gloussant de plaisir. Elle avait encore ses dents de lait, petites et pointues.

C'est devenu un élément de notre routine. Au début, j'étais un peu hésitante avec mes histoires. Cet endroit était encore si nouveau pour moi. J'avais du mal à imaginer ce qui pouvait arriver à une personne ici, la forme qu'une existence pouvait prendre, et j'avais des réticences à le faire ; je percevais un danger à m'insinuer trop pleinement dans leur vie, comme si je risquais de me transformer de façon inéluctable. J'ai pourtant franchi le pas, pour peindre un sourire sur le visage de Gabi, son corps chaud serré contre le mien. C'était elle qui avait cet effet sur moi, elle me changeait, m'attirait plus près d'elle, loin de l'autre vie qu'elle semblait percevoir en moi.

Un jour, le cliché représentait une vieille femme et un vieil homme.

« Ils se sont rencontrés sur cette promenade, ici, il y a soixante ans, ai-je commencé. Ils étaient tous les deux chanteurs dans des bars de Wight Street. Ils ont vécu un amour le temps d'une saison, mais la vie les a séparés. Il est devenu un artiste renommé et a fait le tour du monde.

Elle a épousé un garçon qu'elle connaissait depuis toujours et n'a plus chanté qu'en faisant la vaisselle. L'an dernier son mari est mort et elle a envoyé une lettre à cet homme. Ils se sont retrouvés ici, ils sont à nouveau réunis. À cet instant précis, il est en train de se dire que leur union à cet âge avancé donne du sens à tout ce qu'il a vécu, à cette vie itinérante. Et elle est en train de se dire, elle, qu'il est décevant. »

Un autre jour, une autre photo, d'un père, d'une mère et d'un garçon d'environ huit ans qui pointe un pistolet sur l'objet.

« C'est l'enfant du miracle. Il n'aurait pas dû survivre. Il a subi des traitements médicaux très pénibles, bébé. Il a survécu, mais quelque chose cloche. Il a trop enduré, trop jeune, et son esprit ne parvient pas à donner du sens à tout ça. Il est en colère, ses parents l'ont perdu. Quand il sera adolescent, il s'enfuira. Il disparaîtra une semaine, et à son retour il sera gentil et aimant. Lorsqu'il leur demandera de l'argent, ils le lui donneront, et le lendemain matin il aura à nouveau disparu. Ça reviendra comme un cycle, les fugues, les retours délicieux, l'argent, les départs. Un jour, quand il en demandera à sa mère, elle refusera et il lui hurlera qu'il ne l'a jamais aimée. Il touchera un gros grain de beauté noir qu'elle a sur le visage et qui l'a toujours complexée, et il lui dira qu'elle le dégoûte. Puis il partira, et ils n'entendront plus jamais parler de lui. Ça les détruira presque, pas entièrement. Ils déménageront pour aller dans une ville du désert et ils y trouveront une forme de paix ensemble. Ils feront comme si leur fils était mort, et le père se demandera si ce n'est pas ce qui est arrivé à l'époque où il était encore bébé, et si malade, si l'enfant qu'ils ont élevé n'était pas leur fils mais un double envoyé pour les tourmenter. Dans ce cas, leur enfant aurait toujours été le délicieux bébé souriant que toutes les infirmières adoraient couvrir de bisous, rien que cela. »

Encore un autre jour :

« Elle adore les chevaux. Elle vit en ville. Plus tard, elle s'installera à la campagne et tombera amoureuse d'une femme, éleveuse de chevaux. Elle aura tout ce dont elle a toujours rêvé, et surtout elle ne remettra rien en question. Elle saura apprécier sa chance et se sentir heureuse. »

Un après-midi, Gabi s'est assise sur le banc avec une peluche de l'un des stands, un hibou avec de gigantesques yeux jaunes.

« Ouh-ouh, ouh-ouh… »

Elle a agité l'animal en l'air.

« Les hiboux sont des créatures méchantes, ai-je dit. Ils se volent leurs œufs entre eux et les engloutissent. »

Elle m'a souri.

« Ces œufs contiennent des oisillons. Les hiboux les dévorent tout rond. »

Elle a plongé la main dans sa poche et en a sorti un bonbon. Je l'ai retiré de son emballage et l'ai mis dans ma bouche. Il avait un goût de miel brûlé et il s'est coincé entre mes dents.

« J'ai connu une petite fille autrefois, elle n'avait peur de rien, comme toi. Je pouvais lui dire les choses les plus terrifiantes et elle ne bronchait pas. Elle s'appelait Iris, c'était ma fille et je l'ai abandonnée. »

Gabi m'a regardée et m'a souri.

Gin avait rencontré quelqu'un. Un client du Queensgate, qui y logeait avec ses parents pour la saison avant de rentrer chez lui prendre un poste dans l'usine familiale. Chez lui, c'était une grande ville qui, jusqu'à assez récemment, se résumait à un centre industriel peu attractif mais qui, selon Gin, évoluait de façon « prometteuse ». Elle s'échappait pendant ses heures de travail au Holleman's pour le regarder jouer au tennis sur les terrains en herbe du Queensgate.

« Je suis son porte-bonheur. Il ne perd jamais un set dès que je suis là. Tu savais qu'au tennis quand tu n'as aucun point on appelle ça "love", comme amour ? »

Un soir, elle est rentrée dans notre chambre avec lui. J'ai gardé les yeux fermés et je suis restée immobile, j'ai fait semblant d'être endormie. Ils se sont laissés tomber tous les deux sur le lit étroit. J'ai entendu les claquements mouillés de leurs baisers, puis un bruit de succion qui m'a laissé penser qu'il avait pris son sein dans sa bouche.

« Tu es si jolie, Gin-Gin, a-t-il bredouillé d'une voix traînante.

— Chut ! l'a-t-elle tancé. Tu vas la réveiller. »

Il a défait sa ceinture et ouvert sa braguette, ses chaussures sont tombées par terre, et la robe de Gin aussi, dans un soupir. J'ai entendu le frottement de leurs peaux contre les draps, les grincements des ressorts, et j'ai essayé de me concentrer sur les autres sons de la nuit. Quelqu'un tirait la chasse quelque part, de l'eau circulait dans des tuyaux. Des bribes de conversations gutturales, des personnes qui rentraient en titubant dans le quartier. La chanson lointaine d'un musicien de rue dans Wight, si faible que je n'étais même pas certaine de ne pas rêver. Dès qu'ils ont eu terminé, il s'est dépêché de se rhabiller.

« Tu es la meilleure, Gin-Gin », a-t-il dit.

Un baiser plus tard, il était parti, même si son odeur s'est attardée, elle. Son sperme possédait un parfum presque floral qui avait imprégné si puissamment l'atmosphère confinée de notre chambre qu'à chaque inspiration je l'absorbais. Pendant que Gin ronflait dans son lit, si près de moi que j'aurais presque pu, en tendant le bras, la toucher, j'ai glissé mes mains sous ma chemise de nuit et tenté d'imaginer que c'étaient celles de Peter, que la chaleur de mon lit était celle de son corps, et que cette odeur était la sienne. L'espace d'un instant le goût de son sang a envahi ma bouche. Je ne parvenais pourtant pas à le retenir assez longtemps, à me diriger vers l'extase grâce à lui. Je me suis caressée jusqu'au bout non pas par envie mais par contrainte, et mon orgasme ne m'a procuré aucun plaisir, la torture du désir, l'assouvissement dans l'obtention, mais l'obtention de quoi ? Un besoin satisfait, une affaire réglée, rien de plus qu'une action et sa conséquence.

« Je t'ai réveillée hier soir ? » m'a demandé Gin, en toute innocence, autour de la table du dîner, le lendemain.

J'ai prétendu que non, et à compter de ce jour le garçon du Queensgate l'a raccompagnée dans notre chambre presque toutes les nuits pour coucher avec elle dans son lit, après quoi, une fois qu'il était parti, je tentais, sans y parvenir, de convoquer le souvenir de Peter assez longtemps pour jouir comme si c'était grâce à lui. Dans la pénombre je m'habillais et partais travailler au Starling's. Puis la promenade et Gabi. Un jour je lui ai donné quelques pièces pour jouer à des jeux et elle a gagné une poupée assez petite pour tenir dans sa main, avec une robe rose toute fine, des chaussures noires peintes sur ses pieds et des yeux qui ne se fermaient pas. Après sa victoire, nous nous sommes assises ensemble. Elle tenait sa poupée d'une main et la cognait contre le banc.

« Pauvrette », ai-je dit.

À compter de ce jour, la poupée a vécu dans sa poche. Il arrivait que Gabi la sorte pour lui mâchouiller les cheveux.

Un après-midi, j'ai vu une femme sur la promenade avec un panier qui se balançait à son bras. C'était l'un de nos paniers. Un fil noir se trouvait au centre des anses. C'était Ana qui l'avait tressé. Ses doigts avaient touché les fibres qui le constituaient. J'étais tentée de courir arracher le panier à cette femme pour le garder, mais bien sûr je n'en ai rien fait ; c'était le genre de défi qu'Ana se serait lancé, sauf qu'elle n'aurait jamais été ici pour l'accomplir, car elle n'aurait jamais fui. J'ai repensé à elle dans notre bourg, qui élevait ses enfants et continuait sa route comme elle l'avait toujours fait, qui croisait mon Iris dans la rue ou dans le parc, qui s'arrêtait peut-être pour refaire ses tresses ou lui dire de boutonner son gilet, qui la voyait sans arrêt comme si ce n'était rien, et cette pensée ne m'a pas fait mal ou honte ainsi que je le craignais, non, au contraire, elle m'a procuré un étrange réconfort. Assise sur mon banc, j'ai regardé la femme au panier s'éloigner de moi jusqu'à ce qu'elle disparaisse dans la foule.

D'abord, les nuits se sont rafraîchies, puis les jours. Les gens arpentaient la promenade en pull. À la sortie de l'eau, les enfants claquaient des dents, les lèvres violettes, pendant que leurs parents les enveloppaient dans des serviettes et les frictionnaient. La mer elle-même a changé, le bleu scintillant cédant le pas au même gris que les traces de crayon que je faisais dans les marges de mes cahiers. J'avais l'impression d'un grand édifice qui s'effritait petit à petit.

Comme Gin, la plupart des pensionnaires de Miss Ben avaient rencontré quelqu'un. Nous avions fait plus de la moitié de la saison, et la fin passerait en un éclair, même si c'était ma première expérience et que je l'ignorais, n'ayant pas encore appris la façon dont le temps s'écoulait ici. Au dîner, les filles parlaient avec exubérance de leurs projets, des villes où elles comptaient s'installer à la fin de la saison, de leurs espoirs de trouver un travail comme vendeuses de produits de beauté et de vivre dans une pension de bien meilleure qualité que celle de Miss Ben pendant la brève période qui les séparerait d'une demande en mariage. Le gars de Gin ne lui avait pas encore proposé de partir avec lui.

« Je ne veux pas le brusquer, m'a-t-elle dit un soir, après le dîner, en me prenant à l'écart. C'est pour ça qu'il ne me l'a pas encore demandé, mais ça viendra. Les autres filles se montrent insistantes, moi, je suis plus maligne. »

Elle était souvent malade ces temps-ci, après ses soirées dans Wight Street, même si j'ai remarqué qu'elle ne buvait plus et me suis demandé si le gars l'avait noté lui aussi.

À la fin de la saison, lorsque les clients sont retournés en ville, nombre de filles avaient changé leur fusil d'épaule. Elles disaient à qui voulait l'entendre avoir appris que ces boulots en ville payaient très mal et que les pensions étaient misérables. Elles avaient décidé de rentrer chez elles finalement. Le gars du Queensgate n'a finalement jamais invité Gin à le suivre. Elle ne m'en a rien dit. Je l'ai deviné à son silence. Elle avait décidé de rentrer chez elle, elle aussi. Elle n'a pas non plus évoqué ses nausées, et quand nous nous sommes fait nos adieux, au moment de me prendre dans ses bras, elle m'a dit d'un ton joyeux, malgré les larmes dans ses yeux :

« On se reverra peut-être l'été prochain ? »

Nous nous sommes promis de nous écrire, mais nous ne l'avons jamais fait.

Le lendemain j'ai touché ma dernière paie du Starling's. Quand je suis allée sur la promenade, Gabi n'était pas là. Les stands étaient fermés, et j'ai arpenté les planches comme je l'avais fait plusieurs mois auparavant, ébahie de constater que le passage des saisons, la métamorphose de la ville, dans un sens puis dans l'autre, semblait effacer tout ce qui s'était passé.

Nous avons trouvé un arrangement avec Miss Ben. Je pouvais garder ma chambre si je me chargeais du ménage et des réparations pendant la basse saison. Elle prenait de l'âge et le travail l'épuisait.

« Et puis, a-t-elle ajouté, tu ne fais pas d'histoires. »

Avec l'argent que j'avais réussi à économiser sur mon salaire du Starling's, je suis allée chez le photographe en ville pour m'acheter un appareil, un modèle bon marché avec un objectif de qualité médiocre. Dans ma chambre, à la pension, je le rangeais dans le panier sous le lit de Gin. Le vent était de retour. Il faisait trembler la fenêtre comme s'il cherchait désespérément à entrer.

Je suis restée des années au bord de la mer. Je regardais les saisons aller et venir. Les ciels gris menaçants, le vent salé mordant, la promenade désertée. Il m'arrivait parfois de l'emprunter sur toute sa longueur sans croiser personne, et je me persuadais alors que tout le monde sauf moi avait disparu, qu'ici aussi on pouvait s'évaporer, que j'étais la dernière. Juste au moment où j'avais oublié la saison chaude, où j'avais cessé de croire qu'elle avait un jour été réelle, le temps se radoucissait, les vents vacillaient avant de s'éteindre telle une bougie crépitante, les hôtels, les bars et les baraques rouvraient, et bientôt il faisait chaud, l'océan scintillait de nouveau, et la ville accueillait une population si dense, elle était si débordante de vie qu'il semblait impossible que ça s'arrête un jour.

Pendant la saison froide, j'avais du temps. L'entretien de la pension de Miss Ben ne me prenait que quelques heures par jour quand il n'y avait que nous deux, créatures discrètes. Je passais l'essentiel du reste de mon temps avec mon appareil. Je photographiais le sommet des falaises, en cadrant de sorte que le précipice restait hors champ et qu'on pouvait avoir l'impression d'observer un pré quelconque, loin de la côte. Une toile d'araignée sur des brins d'herbe trempés. Du bois flotté dans le sable, argenté, aussi léger qu'une plume. L'océan lui-même : les crêtes blanches, l'écume brune qui s'échouait sur le rivage et la vaste étendue plate de l'eau, infinie, qui à l'œil nu ne semblait que surface alors que les clichés portaient le poids de ses profondeurs enfouies.

En faisant ces photos, c'était toujours notre bourg que je prenais. J'avais l'impression que mon autre monde était enfermé à l'intérieur de celui-ci, retenu captif. Il suffisait que je m'attache au bon détail pour réussir à le saisir, le libérer. Alors Gabi muerait et Iris courrait à ma rencontre. Parfois ce monde semblait se cacher partout, se terrer tout près. Même si je savais qu'il se trouvait terriblement loin en réalité, qu'il était devenu désormais, pour moi, autre part.

Parfois je me baignais dans la mer. J'attendais la fin de la saison, quand la plage se vidait et que la température de l'air, mais pas celle de l'eau, avait baissé. Je me déshabillais à l'entrée de la plage et je marchais jusqu'à l'eau en maillot de bain, pour sentir le sable froid sous mes pieds. D'abord j'entrais timidement, je laissais les vagues me lécher les chevilles. Un souvenir me revenait alors, mes pieds plongés dans une autre eau peu profonde, la Graubach, mes orteils gigotant à côté de ceux de Peter, à l'époque où nous étions deux adolescents côte à côte, où la vie que nous allions construire ensemble nous était encore inconnue, tout comme son issue. Puis je plongeais. Je nageais vers le large, encore et encore, jusqu'à ce que je fatigue. Je fermais alors les yeux et je faisais la planche, je laissais la mer chaude, poisseuse de sel, me ballotter, et si je parvenais à m'oublier complètement dans ce moment, j'avais l'impression de me trouver dans l'autre mer originelle, j'étais dans le ventre de ma mère et j'attendais de naître. Tout ce que j'avais vécu avait été un rêve, un avertissement, et quand elle m'expulserait de son ventre je recommencerais à vivre cette vie du début, et, toujours, elle me ramènerait exactement ici, dans cette mer chaude où, les yeux clos, je flottais à sa surface et attendais que tout commence.

Chaque année, Gabi et sa famille revenaient pour la haute saison. À son arrivée elle était toujours pâle, la peau sèche et cendreuse. Je la voyais grandir ainsi, à travers des cycles de présence condensée suivis de longues plages d'absence. Pendant une brève période, chaque année, nous nous appartenions mutuellement, elle et moi, puis elle quittait la mer bronzée, elle disparaissait des mois durant et la Gabi qui revenait ensuite n'était pas la Gabi qui était partie, mais une fille plus pâle, plus âgée, qui portait en elle un monde que je ne pouvais pas voir et que je pouvais seulement deviner aux changements qui s'étaient produits en elle.

Une année, les robes sales avaient disparu. À leur place, Gabi portait des shorts en jean coupés et des tee-shirts trop grands. Elle avait toujours les cheveux longs, jusqu'aux fesses, emmêlés et transformés par l'eau salée en torsades craquelées. Elle continuait à détrousser les garçons plus âgés qui volaient à la tire et à jouer, sur la promenade, toutes sortes de tours, qui déconcertaient les gens. J'étais la seule à savoir qu'elle se cachait derrière, que c'était elle qui volait un cône de sucre filé pour une fillette parce que ses parents avaient refusé de lui en acheter un, elle qui arpentait la grève et cherchait des appareils photo dans les sacs de plage pour les échanger avec d'autres du même modèle pendant que les familles se baignaient, elle qui écartait, à peine, les rideaux du décor à l'ancienne sur le stand de ses parents pour apparaître sur les photos sans être vue, même si les clients devaient bien s'en rendre compte plus tard, de retour chez eux, lorsqu'ils sortaient les tirages et remarquaient que le fond avait légèrement bougé avant de discerner, dans l'entrebâillement entre les deux panneaux de tissu, une langue ou un œil.

L'année suivante, elle s'est jointe à la bande de garçons pour semer la pagaille partout, chassée par les vendeurs qui, la saison précédente, lui offraient des bonbons ; elle rivalisait de vantardise et de raillerie avec les garçons, car elle avait depuis appris quelques mots d'ici. Nous continuions pourtant, elle et moi, à nous parler dans des langues différentes. Elle prenait encore le temps de s'asseoir avec moi sur notre banc chaque après-midi, nous partagions notre sandwich et, parfois, après avoir mangé, elle s'allongeait sur le banc, jambes repliées vers le ciel, tête sur mes genoux. Elle devait avoir onze ans, petite voleuse endurcie un instant, tendre enfant le suivant, qui décrivait les formes qu'elle voyait dans les nuages.

Parfois, quand elle laissait sa tête chaude sur mes cuisses, je réunissais ses cheveux dans mes mains, je fermais les yeux et je les tressais en me fiant uniquement à mes sensations. Je me forçais à oublier qu'elle était Gabi et, brièvement, très brièvement, car l'illusion ne tenait jamais longtemps, je m'abandonnais au contact des cheveux de mon enfant sur mes mains. J'espérais que peut-être, je ne sais comment, mon geste traverserait la distance et qu'Iris sentirait mes doigts dans ses propres cheveux longs, même si elle ne comprendrait pas que c'était moi, même si elle penserait que c'était seulement les nuages, qui pesaient soudain à cet endroit.

Un après-midi, après que Gabi fut partie, un goéland s'est posé à sa place, sur le banc, pour picorer les miettes qu'elle avait laissées. J'ai plongé mon regard dans son œil jaune translucide, je l'ai pressé de voler jusqu'à notre bourg pour dire à Iris que j'étais ici, que je l'aimais au loin et que je ne cesserais jamais de le faire, avant que nous ne le blessions et le noyions.

Le temps a passé, et une année, à son retour, Gabi était métamorphosée. La saison précédente, elle était encore une gamine maigrichonne. À présent elle avait des hanches et des seins, elle me dépassait en taille. Elle continuait à porter des shorts en jean et un tee-shirt trop grand à manches courtes, mais maintenant elle faisait un nœud en bas pour montrer son nombril. Il n'y avait plus que son père et elle. Sa mère n'était pas là.

« Maman ? » ai-je demandé, me disant qu'elle comprendrait.

Elle a répondu quelque chose, et j'ai secoué la tête pour lui signifier que je ne comprenais pas.

Elle a répété le même mot, puis elle a approché une main de son cou et fait un geste tranchant. Alors j'ai saisi le message. *Morte.*

Quand j'ai voulu prendre sa main dans la mienne, elle a eu un brusque mouvement de recul.

Elle a délaissé les garçons cette année-là, pour un groupe de filles dont les parents possédaient les autres baraques le long de la promenade. Elles avaient toujours été là, mais Gabi les avait ignorées, à moins que ce ne soit elles qui l'aient rejetée, impossible de savoir. À présent, même si elle s'asseyait encore à côté de moi certains jours pour partager mon sandwich et même, parfois, poser sa tête sur mes genoux, la plupart du temps elle me snobait, se pavanant bras dessus bras dessous avec ses nouvelles amies. Elles montaient sur les falaises et s'asseyaient les pieds dans le vide, elles fumaient dans les embruns et se coiffaient mutuellement.

Cette saison-là, il y avait une pensionnaire chez Miss Ben originaire de la même ville que Gin. Autour du dîner, un soir, je lui ai demandé si elle la connaissait. Je préparais moi-même les repas maintenant. Les douleurs articulaires de Miss Ben l'en empêchaient, même si elle restait intraitable sur la composition des menus, me forçant à concocter des plats aussi riches et épais qu'auparavant.

« Tu connais Ginny ? m'a rétorqué la fille avec un sourire moqueur. Un cas typique de pauvre fille. »

Elle ne s'adressait plus à moi mais pérorait à l'intention des autres pensionnaires attablées avec nous.

« Trois enfants avec trois pères différents. Jamais vu une femme aussi négligée. Elle ne repasse pas ses vêtements, et ses cheveux sont gras avec plein de pellicules. Honnêtement, je ne comprends pas comment certaines femmes peuvent se laisser aller à ce point. »

Les autres filles ont secoué la tête, troublées de voir qu'une femme qui avait été autrefois une pensionnaire de Miss Ben puisse avoir sombré dans une telle déchéance. La conversation s'est poursuivie, elles se sont jetées sur le sujet suivant avec autant d'appétit, tout en dévorant leur dîner.

Chaque année apportait les mêmes cycles, les mêmes saisons et les mêmes gens, et pourtant, lentement, ma perception se modifiait. J'apprenais à connaître cet endroit, je me mettais au diapason du sens que les gens y trouvaient. À présent, quand j'observais les touristes sur la promenade, les couples qui jouaient comme des enfants aux stands de foire, les bandes de garçons qui exprimaient leur violence, les mères qui marchaient gaiement avec leurs enfants, j'essayais de me souvenir de l'impression qu'ils m'avaient faite au tout début, si superficielle et grossière, mais je n'y parvenais pas complètement. J'étais aussitôt submergée par la tendresse qu'ils m'inspiraient. Ils avaient des vies si petites, ils représentaient si peu, et malgré tout ils continuaient à avancer avec dignité, à accomplir ces actes qui n'avaient aucune portée collective et qui me semblaient de plus en plus posséder une douceur déchirante.

Chaque saison, ma différence d'âge avec les pensionnaires de Miss Ben se creusait d'une année supplémentaire, ce qui me faisait d'autant mieux toucher du doigt leur jeunesse. À la table du dîner, je les écoutais se répandre sur les avantages et les inconvénients de différentes crèmes de nuit ou de différents repaires de Wight Street, et je percevais leur besoin désespéré de se persuader que ces choses pourraient leur apporter les vies dont elles rêvaient, et j'étais prise de l'envie de passer mes doigts dans leurs cheveux comme avec Iris quand un bobo la poussait dans mes bras. Je faisais le tour de la table pour les considérer l'une après l'autre, en pensant qu'elles n'auraient jamais à affronter le péril auquel les filles de notre bourg étaient confrontées, qu'elles étaient bien innocentes. Et cette innocence, loin de m'apparaître comme un handicap, me semblait précieuse.

Une année, j'ai eu un amant. Beaucoup plus âgé que moi. Il était descendu au Starling's pour la saison. Avant de le voir, j'avais appris, en faisant sa chambre, qu'il était un artiste. Il avait installé son matériel sur le bureau, disposé avec beaucoup de soin : boîte de crayons, fusains, gommes mie de pain grises, bloc de papier épais à bord frangé. Je l'ai ouvert pour le parcourir. Des esquisses rapides et enlevées. Des mouettes au-dessus de la mer. La tour de l'horloge au centre de la ville. Une femme, encore et encore, dessinée de dos, les cheveux attachés dans sa nuque, un profil à peine deviné, une simple virgule pour les cils, un trait pour le contour d'un long cou.

La première fois que nous nous sommes rencontrés, il rentrait dans sa chambre au moment où je la quittais. J'ai eu du mal à croire que c'était lui l'artiste. Ses mains étaient si larges, si peu gracieuses. Il m'a invitée à dîner dans un petit restaurant d'une ruelle étroite, où nous avons mangé un délicieux ragoût, après quoi il m'a invitée dans sa chambre.

Je n'avais fréquenté personne depuis cette horrible nuit dans l'hôtel de la grande ville, des années auparavant. Je ne me souvenais même plus de la dernière fois que je m'étais donné du plaisir toute seule, ça devait remonter à des années maintenant. À mon arrivée ici, je le faisais sans arrêt, toutes les nuits après le départ du petit ami de Gin, tant j'avais besoin de retrouver les sensations que Peter me procurait, mais après tant de tentatives vaines, mon plaisir onaniste était devenu aigre et ennuyeux, rien qu'une histoire de muscles, de nerfs, de corps, c'était presque la même chose que se mordre la langue.

Dans un lit du Starling's que j'avais fait un peu plus tôt dans la journée, j'ai découvert la vie intime des étrangers.

Des mains qui ne me connaissaient pas, ne connaissaient pas ce que j'aimais, ce que je voulais, et qui se déplaçaient sur mon corps, incarnant l'inconnu. Devinait-il que j'avais enfanté ? Avec la femme de ses dessins avaient-ils eu un bébé, eux aussi ? Je ne lui ai pas posé la question et je n'ai jamais su. Après avoir fait l'amour, nous paressions, nous lisions et buvions du café. Nous parlions de ce qui se trouvait sous nos yeux. Nous ne nous interrogions pas sur le passé, sur les vies qui nous avaient conduits ici et, pendant de longues plages de temps nous ne disions rien du tout. Peter et moi n'avions jamais été silencieux ensemble, nous avions toujours un sujet à examiner ; il y avait tant à dire, une vie entière à conduire. Cet homme me rappelait mon père, ces silences que l'on partage avec une personne qui vous ressemble et qui, parce qu'elle vous ressemble, est un mystère.

J'ai été heureuse cette année-là. Pour la première fois depuis que j'avais quitté notre bourg, je me suis autorisée à penser que cet endroit avait peut-être, lui aussi, la capacité de m'offrir une existence. Je pouvais saisir ce qui m'était accessible ici, m'autoriser à devenir une habitante de ce lieu, vivre et aimer comme les gens d'ici vivaient et aimaient, et ce qui m'arriverait ici pourrait, presque, me suffire.

Quand la saison a touché à sa fin, nous avons envisagé des options. Je pourrais l'accompagner. Il menait une vie simple, dans une vieille ferme en pleine campagne ; il y avait une pièce inoccupée que je pouvais transformer en chambre noire si je le souhaitais. Ou il pouvait écrire à son frère, le charger de trouver un acheteur pour la maison, et nous pourrions faire l'acquisition d'un petit appartement ici ensemble, dans l'une des petites rues loin du centre-ville. Nous y pensions sérieusement. Je nous voyais si bien ensemble, dans un lit près d'un feu crépitant tandis que les vents de la saison froide gémiraient et que la neige tomberait sur la mer.

Pourtant, lorsque la saison s'est terminée, nous n'avions pas encore arrêté notre décision, et nous avons peu à peu compris qu'elle resterait à l'état de pur concept, de notre fait à tous les deux. Il est rentré chez lui à la campagne et je suis rentrée dans ma chambre chez Miss Ben. Notre relation reposait sur un lien trop fragile pour durer, c'était la leçon que nos existences nous avaient enseignée et que nous n'avions que trop bien retenue : on ne peut pas garder ce qui est doux, on peut seulement s'en souvenir depuis le point de vue privilégié auquel on accède après l'avoir perdu.

L'année suivante, j'ai à peine vu Gabi. Ou plus exactement, je l'ai vue de loin, elle prenait rarement le temps de venir s'asseoir à côté de moi. Elle ne portait plus de shorts mais des jeans évasés en bas et des blouses blanches au-dessus du nombril avec des manches courtes bouffantes. Elle relevait ses cheveux et les attachait avec un bout de tissu blanc. Elle fréquentait à nouveau les garçons, d'une façon différente. Elle s'asseyait à côté de l'un d'eux au bord de l'eau, ils entortillaient leurs pieds nus ; le garçon tirait sur son chewing-gum pour le séparer en deux et plaçait une moitié dans la bouche de Gabi avec ses doigts sales. Un matin, en partant travailler au Starling's, je l'ai vue rentrer en titubant de Wight Street. Un garçon différent de celui de la plage la tenait par la taille. Elle fumait des cigarettes et leur recrachait des bouffées de tabac au visage, elle plongeait dans les vagues quand l'océan était déchaîné pour leur montrer qu'elle était dangereuse, alors qu'ils savaient bien qu'ils n'avaient rien à craindre d'elle. Ils se l'échangeaient entre eux. À présent ses cheveux étaient de nouveau emmêlés, et je voyais les mains de tous les garçons s'y glisser, tirer et entortiller cette chevelure qu'elle abandonnait, il y avait encore peu, sur mes genoux.

J'ai essayé de lui parler.

« Ce n'est pas toi, Gabi, lui ai-je dit à l'une des rares occasions où elle est venue s'asseoir à côté de moi.

— Qu'est-ce que tu en sais ? »

C'était la première fois qu'elle s'adressait à moi dans ma langue, et ça la changeait, elle devenait une fille méchante et agressive. Elle a arraché un bout de pain à son sandwich et l'a jeté par terre, à nos pieds.

Elle me trouvait ridicule à ce moment-là, avec mes conseils, avec mon attitude maternelle. Pendant des années elle avait pris mon amour, à présent elle me le renvoyait à la figure, et je la laissais faire. C'était peut-être Iris, qui m'aimait avec son mépris de loin. À quoi ressemblait-elle maintenant ? Qu'aimait-elle ? Si elle passait devant moi à cet instant, sur cette promenade, la reconnaîtrais-je ? Bientôt elle entrerait chez les grands, et ensuite ?

« Je serai toujours là pour toi », ai-je dit d'une petite voix.

Gabi a roulé les yeux.

« Super. »

Elle a jeté la fin de son sandwich sur la promenade et s'est éloignée.

« Je t'aime », lui ai-je crié.

Les goélands se sont massés autour de moi, et je suis restée immobile pendant qu'ils dévoraient le pain.

Un an plus tard, le père de Gabi est revenu seul. Quand je lui ai demandé où elle était, il s'est contenté de secouer la tête avec tristesse. Je suis restée sur la côte, pourtant, de jour en jour il m'apparaissait de plus en plus évident que, sans Gabi, ma présence ici n'avait plus de sens. J'ai donné ma démission au Starling's et réglé le dernier mois à la pension de Miss Ben. J'ai marché jusqu'à la gare et j'ai pris un train pour une ville dans le désert. J'y ai passé plusieurs mois, j'ai photographié ses reliefs couleur de sauge, ses rivières asséchées et ses ciels, qui semblaient entièrement déconnectés de la terre dessous, d'un bleu visqueux et électrique qui me rappelait le savon liquide que nous utilisions pour faire la vaisselle au Starling's. J'ai perçu la beauté de cet endroit sans l'aimer, comme l'on perçoit sans l'aimer la beauté de tous les lieux qu'on traverse trop brièvement pour les posséder ou être possédé par eux. Je suis ensuite allée dans un village au milieu des vastes plaines agricoles. Là-bas, toutes mes photos représentaient d'immenses paysages, je ne pouvais pas m'empêcher de tenter de saisir leur vérité, sans relâche. Ces étendues étaient si plates que pour ceux qui y vivaient depuis toujours, qui ne connaissaient que cela, si quelqu'un était venu leur dire que dans certains endroits la terre montait jusqu'aux nuages, ils ne l'auraient pas cru. Puis j'ai embarqué à bord d'un navire pour traverser la mer et rejoindre une ville dont j'avais appris l'existence par les pensionnaires de Miss Ben. Beaucoup d'entre elles rêvaient de s'y installer, car elle était réputée pour la qualité éblouissante de sa lumière, et elle était en effet aussi époustouflante que tout le monde le disait : un climat sec et ensoleillé, une terre aux reflets d'or, des arbres aux feuilles d'un vert cuivré.

Je suis allée dans bien des endroits et j'ai vu bien des choses. J'ai trouvé des petits boulots, j'ai fait le ménage ou la plonge. Dans les grandes villes j'ai parfois loué des chambres noires pour quelques heures afin de réaliser des tirages de ces lieux où je ne retournerais jamais. En apparence, je menais l'existence que je redoutais adolescente : une vieille fille sans enfants, qui s'affairait à la lueur rouge d'une chambre noire. Je n'étais rien que Vera. J'allais où mes pas me menaient, mes mouvements et mes actions ne signifiaient rien, ne présageaient de rien, et les années s'accumulaient sans but, leur seul sens étant de m'appartenir.

Je voyageais ainsi depuis un bon moment, je m'étais adaptée à cette vie au caractère fugace, quand j'ai choisi, comme destination, une région réputée pour ses lacs, qui impliquait de faire un changement dans la gare de la grande ville où, des années auparavant, j'avais passé trois nuits terrée dans ma chambre d'hôtel près du canal.

Lorsque je suis descendue du train et que je suis entrée dans le hall, j'ai vu, en levant les yeux, que le dôme de verre étincelait de propreté. Le ciel le traversait et emplissait l'espace d'une belle lumière. Adossée contre un mur, j'ai observé les voyageurs qui se hâtaient dans toutes les directions. Envolés les hommes à l'air perdu et les femmes fébriles de ma première visite. La foule anonyme aux couleurs ternes avait été remplacée par des multitudes plus éclatantes. Je voyais des étudiants avec des besaces en cuir qui rebondissaient sur leurs flancs ; des femmes qui traversaient le hall en ballerines, leurs manteaux ceinturés à la taille, suivant la mode du moment ; un groupe turbulent d'enfants en sortie scolaire, venus, sans le moindre doute, admirer la cathédrale. La gare était devenue un lieu spacieux et fonctionnel, rempli de personnes aimables, qui ne représentaient plus la même menace qu'autrefois. Mais non, ai-je compris. Ce n'étaient pas les gens qui avaient changé. Ce devait déjà être la même chose la dernière fois, un mélange de travailleurs, d'étudiants et de touristes, quelques personnes âgées traversant le hall avec leurs cannes, leurs cheveux blancs vaporeux comme un halo autour de leurs crânes.

J'avais trois heures avant ma correspondance, et je n'avais pas prévu de quitter la gare ; je ne voulais rien avoir à faire avec cette grande ville. Pourtant je n'ai soudain pas pu résister à la tentation d'aller voir si mon expérience dans ce lieu trouverait un écho dans les rues bordant le canal, où j'avais reçu l'enseignement si brutal des règles d'autre part, et je me suis surprise à sortir du bâtiment et à prendre cette direction. J'ai senti l'odeur du canal avant de l'atteindre, l'eau domestiquée et contenue de la Graubach s'étiolant dans les canaux comme une créature en cage, avec son odeur piquante de sang glacé. Tout était semblable à mon souvenir : la rambarde rouillée, les ordures dans les rues, aplaties et décolorées, les ruelles avec leurs restaurants exigus et mal éclairés. Les boutiques d'occasion étaient toujours là. Ainsi que l'hôtel : cette fenêtre, là-haut, avait été la mienne. Un terrier lugubre, aujourd'hui comme hier, même si je me suis rendu compte qu'il ne possédait plus aucun pouvoir sur moi. Ce n'était qu'un lieu, j'en avais visité tant depuis, et je n'étais plus la jeune femme terrifiée que j'avais été autrefois. J'avais encore du temps avant mon train, et j'ai décidé que c'était une occasion de visiter, enfin, la cathédrale.

J'ai pris la direction du nord. En quelques minutes j'ai quitté le quartier du canal pour un autre, résidentiel. La flèche était visible à présent. Je pénétrais dans les enclaves élégantes bordant le cœur de la cité, où la cathédrale, les musées et le siège du gouvernement étaient situés. Les rues étaient bordées de bâtiments en pierre avec des balcons en fer forgé et des persiennes blanches, des jardinières dont dégoulinaient des pétunias, tandis que du lierre grimpait sur les façades. Les cloches ont sonné midi. J'étais suffisamment proche pour ressentir les vibrations du carillon dans mon corps, et la scène autour de moi a paru trembler légèrement, comme si elle était peinte sur un rideau. Devant moi, la rue étroite bordée de bâtiments débouchait sur une grande toile lumineuse. Je crois que je savais déjà ce que j'allais trouver. Quand je suis arrivée là-bas, quand les édifices se sont évanouis et que la ville s'est ouverte tout autour de moi, grise en dessous et grise au-dessus, j'ai eu l'impression troublante de pénétrer dans un lieu appartenant à un vieux rêve. Je me trouvais sur la place de la photo de Ruth l'étrangère.

J'ai posé ma valise sur le trottoir, ouvert les verrous et sorti le tirage, que je rangeais toujours au même endroit, avec les miens, dans un dossier en cuir. Je l'ai comparé à la scène qui se présentait à moi : le doute n'était pas permis. Le cliché avait été pris d'un balcon, à travers les arabesques sophistiquées de la balustrade, et j'ai réussi à identifier le seul bâtiment qui possédait les mêmes, sur le côté est de la place. On voyait aussi un pot en terre cuite auquel je n'avais jamais prêté grande attention, avec un paysage stylisé de montagnes, de nuages et de fleurs grimpantes. J'ai observé le bâtiment et je l'ai trouvé, ce pot, sur le balcon de l'appartement du milieu, au second étage. J'ai traversé la place pour me poster devant l'immeuble et observer le balcon. J'ai alors eu le sentiment qu'en fuyant notre bourg, je ne m'étais pas autant éloignée de ma destinée que je l'avais imaginé. Au contraire, je l'avais suivie depuis le début, et mon voyage m'avait menée à ce lieu dont l'image était la seule chose que j'avais toujours emportée avec moi, partout.

J'ai ouvert la lourde porte en bois et je suis entrée dans le bâtiment. L'intérieur était à la fois imposant et défraîchi, un carrelage noir et blanc, avec des traces blanches sur les carreaux noirs et des traces noires sur les carreaux blancs. Un escalier étroit aux marches de marbre incurvées en leur centre d'avoir été foulées depuis des décennies. Avait-elle nagé ? S'était-elle noyée ? Je suis montée rapidement, ma valise cognant contre ma jambe, et je suis arrivée sur le palier du deuxième étage essoufflée. J'ai frappé et la porte s'est aussitôt ouverte, comme si elle m'attendait. Mais la femme devant moi n'était pas Ruth. Elle avait des traits quelconques, elle était plus âgée que moi. Elle portait un pantalon beige et une blouse blanche raide, des chaussons aux pieds.

« Je peux vous aider ? »

Elle avait cet accent plat des villages du sud de la ville.

« Je ne sais pas… Je cherche une femme qui a vécu ici. »

Elle a secoué la tête.

« Vous devez faire erreur. »

Elle a voulu refermer la porte.

« C'était il y a longtemps. Vous avez peut-être entendu parler des gens qui ont occupé l'appartement avant vous. »

Elle a eu l'air surprise.

« Oh, mais non, l'appartement n'est pas à moi. Je suis la femme de ménage. Mon employeur a vécu ici toute sa vie. Il est né dans cet appartement. »

Elle a fait un geste vers l'intérieur. Au-delà de l'entrée au parquet bien brillant, j'apercevais un salon impeccable, puis derrière, une petite pièce.

« Alors il doit connaître la personne que je cherche. Elle s'appelait Ruth. »

Elle a haussé les épaules.

« Je travaille ici depuis huit ans, et je n'ai jamais entendu parler d'une Ruth. Si vous voulez bien m'excuser.

— Je suis vraiment désolée d'insister, mais j'ai cette photo. »

Je la lui ai montrée et elle l'a observée attentivement, sans intérêt pourtant.

« Elle a bien été prise d'ici, non ? » ai-je repris.

Elle a pincé les lèvres.

« Difficile à dire. La vue est presque identique dans tous les appartements.

— Regardez ce pot ! Vous voyez, je suis sûre qu'elle est venue ici. Dans cet appartement, pas un autre. »

J'ai entendu le bruit d'un fauteuil que l'on pousse au fond de l'appartement, puis celui de pas qui approchaient dans les pièces lumineuses. La femme a jeté un coup d'œil nerveux derrière elle.

« S'il vous plaît, s'est-elle empressée de me dire, vous devez y aller maintenant. »

Son employeur avait déjà atteint la porte.

« Nous avons de la visite, Judith ? lui a-t-il demandé avant de se tourner vers moi, et même s'il avait vieilli, même si ses cheveux avaient grisonné et perdu de leur lustre, je l'aurais reconnu n'importe où.

— Cette dame cherche une amie, une certaine Ruth, mais je lui ai certifié que personne de ce nom n'avait jamais vécu ici. Elle va partir maintenant, je suis désolée pour le dérangement.

— Vera, a dit M. Phillips. Quel plaisir de te revoir. »

Il m'a emmenée dans le salon et m'a indiqué une bergère de damas rouge et or. Il s'est installé sur le canapé. Nous sommes restés assis en silence l'un en face de l'autre un moment, pendant que Judith s'affairait bruyamment dans la cuisine. Elle a reparu avec un plateau laqué et a déposé un service à thé et des sablés sur la table entre M. Phillips et moi-même.

« L'étrangère qui nous a rendu visite quand j'étais jeune a pris une photo de votre balcon, ai-je dit après le départ de Judith. Elle est venue ici. »

Il a hoché la tête.

« Nous pensions qu'elle était tombée sur notre bourg par accident, mais ce n'était pas le cas. Elle connaissait notre existence. Elle a vécu ici, avec vous ?

— Un temps, oui. C'était bien avant l'époque de Judith. N'allez surtout pas croire qu'elle a cherché à vous tromper. Il n'y a pas plus intègre. »

À l'aide d'une pince en argent, il a fait tomber deux morceaux de sucre dans son thé.

« C'était votre femme de ménage avant Judith ?

— Ruth n'a jamais été mon employée.

— Alors vous étiez amants ?

— Amants, a-t-il répété avec un petit rire, comme s'il n'était pas le genre d'individu à qui ce terme pouvait s'appliquer. Nous étions très attachés l'un à l'autre. Je lui ai déconseillé d'aller dans le bourg. Je l'ai mise en garde.

— Vous l'avez revue, après qu'elle nous a quittés ? Elle est revenue ? »

Il a pris une petite cuillère en argent sur le plateau et a remué lentement le sucre fondu dans son thé.

« Non, malheureusement. »

J'ai repensé à Ruth l'étrangère avec la tenue que je préférais, la robe en crêpe à fleurs blanches dans laquelle elle s'était présentée à nous, j'ai imaginé son chapeau de paille avec les rubans, les bottines en cuir marron souple. J'ai entendu ses cris de plaisir dans notre maison la nuit, j'ai revu son regard vide tandis qu'elle observait le bûcher.

« Elle ne nous comprenait pas, ai-je fini par dire.

— Tout à fait, ma chère. »

J'avais du mal à avoir les idées claires tant c'était un choc de retrouver M. Phillips. Et pourtant quelque chose me tracassait, une pièce du puzzle qui n'était pas à sa place, et j'ai fini par trouver le moyen de le formuler.

« Vous n'avez pas l'air étonné de me voir.

— Vraiment ? C'est une merveilleuse surprise, je l'ai dit. Merveilleuse. »

J'ai pris un sachet de thé sur le plateau laqué. L'emballage en papier était bleu pâle, décoré de feuilles de thé embossées dorées.

« Nous avions les mêmes au bourg. Je ne les avais pas revus depuis tout ce temps.

— Un petit fournisseur. J'achète la moitié de leur stock pour les endroits que j'approvisionne, et le reste alimente des salons de thé en ville. J'en déduis que tu ne t'es pas installée ici ? »

J'ai secoué la tête.

« J'ai juste fait un séjour très bref, au début. C'était tellement difficile, au début.

— Mais tu as l'air en forme, Vera. Ça te réussit d'être ici. »

J'ai eu honte alors. Je n'avais jamais eu envie que ça me réussisse, d'être ici.

« Vous continuez à y aller ? Vous êtes toujours chargé de l'approvisionnement ? »

Il a pris un sablé dans une coupelle en porcelaine et l'a mastiqué la bouche bien fermée.

« Je vais bientôt prendre ma retraite. Mais pour le moment, oui. »

Je me suis avancée sur le fauteuil.

« Alors vous les voyez, vous voyez Iris et Peter. »

Il a hoché la tête.

« Dites-moi ! »

Il a avalé une gorgée de thé, puis a reposé sa tasse sur un dessous de verre, d'un geste si délicat que ça n'a pas fait le moindre bruit. Il a croisé les mains sur ses genoux.

« Malheureusement je ne peux pas.

— Comment ça ? S'il vous plaît, je veux tout savoir. »

Il a inspiré lentement.

« Tu le sais, je mène à bien mes missions avec la plus grande discrétion. »

Il a jeté un coup d'œil en direction de la cuisine pour s'assurer que Judith n'écoutait pas.

« Je ne parle jamais du bourg aux gens d'autre part.

— Mais je ne suis pas quelqu'un d'autre part.

— Vraiment ?

— S'il vous plaît, monsieur Phillips, je dois savoir. Vous devez bien le comprendre, non ? Dites-moi simplement ce qu'ils sont devenus et je m'en irai. Je ne vous dérangerai plus. »

Il a pressé une serviette blanche contre ses lèvres, puis il a souri d'un air amusé.

« Tu ne me déranges pas. Au risque de me répéter, c'est un plaisir de te voir, dans une forme si resplendissante. Ce que je peux te dire, puisque cela concerne notre passé commun, c'est que j'ai toujours eu un faible pour toi. Je m'efforce de ne pas avoir de préférence, mais on ne peut pas contrôler ses sentiments. »

Il a plongé ses yeux dans les miens et un rire léger, contemplatif lui a échappé.

« C'est remarquable. Iris te ressemble beaucoup, et pourtant…

— Et pourtant quoi ?

— Pardonne-moi, je me suis laissé aller. C'est juste que je m'inquiète pour elle. Et l'inquiétude nous rend imprudents.

— Pourquoi vous inquiétez-vous ?

— Vera. »

J'ai soudain eu l'impression qu'Iris était enfermée dans la pièce voisine, juste de l'autre côté du mur du salon avec sa toile de Jouy bleue, qu'il avait la clé dans sa poche et refusait de me la donner.

« Vous devez me répondre. Qu'est-ce que ça veut dire que vous êtes inquiet ? Est-ce qu'elle vous paraît…

— Vulnérable ? »

J'ai hoché la tête.

« Je suis vraiment désolé. J'en ai dit bien plus que je ne l'aurais dû. Mieux vaut que tu oublies cette conversation. Et tu n'as pas pris de sablés. Mange, s'il te plaît. Sinon Judith pensera qu'ils ne t'ont pas plu. »

Il a soulevé la coupelle en porcelaine et me l'a tendue.

Pendant toutes ces années passées loin de ma fille, je m'étais consolée en me disant que je faisais ce qu'il fallait, que je n'étais pas censée être là pour elle, et j'avais espéré que mon absence répondait à un de ses besoins, qu'elle la protégerait. Et malgré tout aujourd'hui…

« Je dois y retourner. »

Il a soupiré et reposé la coupelle.

« Non, ce n'est ni un devoir ni une option. »

Il a prononcé ces mots d'une façon étrange, comme s'il les connaissait par cœur.

« Si Iris vous semble en danger…

— Un élan compréhensible, mais que je te déconseille. »

Il s'est penché en avant pour poser une main sur mon genou.

« Tu n'es pas censée être là-bas, ma chère. »

Il parlait avec douceur et a effleuré mon genou du bout de ses doigts, très légèrement. Et pourtant je n'arrivais pas à me défaire du sentiment qu'il ne s'inquiétait pas vraiment pour moi, pour nous, qu'il souhaitait me garder ici pour une autre raison, pour m'empêcher de voir quelque chose et, même s'il exprimait une préoccupation touchante, j'ai entendu dans ses paroles une menace.

« Tu es la bienvenue ici, Vera. Il y a une chambre libre au bout du couloir. Judith paraît sévère de prime abord, mais c'est une crème au fond. Tu peux rester ici aussi longtemps que tu le veux.

— Je ne resterai pas. »

Il a retiré sa main de mon genou.

« Je te prie de bien réfléchir à ce que tu t'apprêtes à faire. »

Je me suis levée.

« Bonne journée, monsieur Phillips. Remerciez Judith pour le thé, s'il vous plaît. »

# IV

Autrefois j'avais pris cette ligne pour fuir. Aujourd'hui je rebroussais chemin. Le train était bondé. J'ai trouvé une place libre dans un compartiment avec une mère, un père et leurs trois garçons, qui montaient sur les sièges et se disputaient pour trois sucettes, puisqu'ils voulaient tous la rouge. Lorsque le train s'est mis lentement en branle pour quitter la gare, j'ai collé mon visage à la vitre sale et j'ai regardé la flèche de la cathédrale que je n'avais toujours pas visitée rapetisser et rapetisser jusqu'à ce que je n'arrive plus à la deviner au loin. Le train a pris de la vitesse. La grande ville a cédé le pas à ses faubourgs désolés, puis à la jungle. Les parents et les garçons sont descendus, et je me suis brusquement retrouvée si seule dans le compartiment que j'en suis venue à me demander si je ne les avais pas imaginés. À chaque arrêt, beaucoup de voyageurs descendaient et peu montaient, et le train devenait plus léger, plus silencieux à mesure qu'il s'enfonçait dans la jungle, au point que j'ai bien cru être la dernière à bord. J'ai eu alors l'étrange impression que ce train n'existait que pour moi, qu'il avait parcouru cette ligne sans passagers pendant des années, attendant le jour où j'embarquerais enfin.

Quand il s'est arrêté dans le dernier hameau avant la route de ravitaillement, je suis descendue pour continuer à pied. J'ai traversé les fourrés fumants, les chevilles fouettées par la végétation, les cheveux s'accrochant aux branches grêles. Des animaux lançaient leur appel dans les arbres, ils semblaient me parler, mais je n'aurais su dire s'ils criaient : « viens » ou au contraire « retourne sur tes pas ».

J'ai cheminé pendant des heures, perdu toute notion du temps. J'étais certaine que j'aurais dû atteindre la route depuis longtemps, et j'ai été saisie de la peur que notre infortune me l'ait rendue invisible ; ainsi, je l'aurais dépassée sans rien voir d'autre que la nature sauvage. Alors que la panique commençait à me gagner et que je me disais que je ne pourrais pas rentrer, que j'allais suivre cette voie éternellement en cherchant un passage qui ne m'apparaîtrait jamais, elle a surgi devant moi, aussi banale qu'à son accoutumée, la route de terre lisse qui partait des rails et montait en lacets escarpés dans la montagne.

Le jour touchait à sa fin, les nuages allaient descendre, et pourtant je progressais lentement, n'ayant plus l'habitude de l'effort que représentait une ascension aussi raide. Je rivais mes yeux sur le sol, à l'affût de racines et de cailloux. Quand j'ai fini par atteindre la dernière côte et que j'ai aperçu les toits pointus du bourg, mes yeux se sont remplis de larmes. Pendant des années je les avais cherchés dans les profondeurs de la photo de Ruth l'étrangère, j'avais rêvé de cette vue. J'ai soudain hésité. Si j'étais destinée à disparaître, cela se produirait-il ici ? Je me suis retournée vers la route que j'avais parcourue. Il n'était pas trop tard pour faire demi-tour. Je pourrais prendre un train pour une ville inconnue, qui ne signifiait rien pour moi et tenter d'oublier les paroles de M. Phillips. Mais j'étais incapable de tourner les talons. Ils étaient juste là, Peter et Iris, et ses besoins, dont M. Phillips m'avait tu la nature, et si je devais me perdre en cherchant à atteindre ma fille, eh bien qu'il en soit ainsi, j'étais trop près pour renoncer.

J'ai observé mes pieds. Je les ai posés l'un devant l'autre très lentement vers l'intersection, vers l'endroit où la terre dense de la route de ravitaillement rencontrait les pavés de

Bergstrasse. J'ai tendu mes bras devant moi, et ma main ne s'est pas désagrégée pour se transformer en mirage dans les nuages. J'ai foulé la chaussée sans aucun problème.

J'ai remonté Bergstrasse sans me presser. La rue était vide. Ils étaient tous rentrés chez eux. En marchant, je passais mon corps en revue : mes pieds, mes yeux, ma bouche, ma peau, à la recherche des sensations qui m'avaient assaillie lors de mes derniers jours au bourg. Je me portais comme un charme. De la musique s'échappait par les fenêtres ouvertes, enfants qui travaillaient leur instrument dans le salon avant le dîner, petites mains appliquant de la colophane sur leur archet ou s'écartelant pour atteindre des accords sur le clavier d'un piano. Une comptine à la flûte à bec. Ils redressaient la tête sur mon passage, mais ils étaient trop jeunes pour m'avoir connue, et quand ils me découvraient ils se contentaient de me dévisager, ébahis.

J'aurais aimé courir à la maison de Hinter der Wald, cependant j'avais trop peur. Peter avait peut-être une nouvelle épouse, et Iris une nouvelle mère, la seule dont elle pensait avoir besoin. Et comment me justifierais-je, lorsque je me retrouverais face à eux ? Je leur expliquerais que je m'étais enfuie mais qu'à présent j'attendais d'eux qu'ils m'accueillent à bras ouverts ? Et puis ça ne se faisait pas de débarquer comme ça, à l'approche de la nuit, un peu négligée après mon long voyage. Il me fallait un endroit où passer la nuit, et j'ai pris le chemin de l'Alpina.

Le bourg n'était pas semblable à mon souvenir. Partout je voyais des preuves de négligence : trottoirs qui s'effondraient et qui étaient envahis de mauvaises herbes, seaux en métal posés sur les vérandas pour recueillir l'eau d'une fuite, corniches envahies de nids d'oiseaux, fientes grises et jaunes maculant les planches de bois en dessous. J'ai longé une maison au toit entièrement recouvert de mousse et, l'espace d'un instant, je n'ai vu que ce vert pur, couleur dont je ressentais le manque dans mes os, si vibrant qu'il semblait respirer. Pourtant le toit ployait sous le poids de la mousse, et les bardeaux de bois en dessous avaient la couleur noire de la décomposition. Jardin après jardin, des vêtements humides étaient mollement suspendus sur des cordes où ils ne sécheraient pas, et partout je respirais l'odeur aigre d'une humidité trop tenace pour qu'on puisse la dompter, celle plus âcre du bois et du linge mouillé, si bien qu'alors que les larmes coulaient sur mes joues – j'étais chez moi, j'étais de retour, dans ce lieu dont j'avais fait mon deuil et qui me manquait tant –, j'ai été obligée de me boucher le nez pour me protéger d'une puanteur que j'avais cependant dû connaître toute ma vie ici.

J'ai tourné dans Hauptstrasse. J'ai dépassé la boulangerie, l'épicerie, le magasin de sport qui avait succédé à Rapide Photo. En arrivant à l'Alpina je suis entrée, et à la réception je me suis retrouvée nez à nez avec Marie. J'ai été si heureuse à cet instant, c'était si doux de la revoir après tout ce temps. Elle avait l'air en forme. Son visage était resté lisse, sans rides, et son expression conservait cette transparence éclatante de la jeunesse, même si en réalité c'était peut-être simplement parce que je voyais dans la femme qui se tenait devant moi la jeune fille qu'elle avait aussi été. Elle a croisé les mains et les a posées sur le comptoir entre nous deux. Son bracelet a fait du bruit sur le bois. Elle s'est raclé la gorge.

« Je vous prie d'excuser ma nervosité. Nous n'avons pas eu de client depuis très longtemps. »

Je suis restée plantée là un instant sans comprendre. Mon regard a été, de nouveau, attiré vers le bracelet autour de son poignet. C'était le mien, mon jonc en or avec les pierres rouges.

« Marie ? »

Elle a entrouvert les lèvres et elle s'est pétrifiée, comme sonnée. Puis elle a ri nerveusement en levant une main vers le revers de sa veste, pour toucher le petit badge blanc avec son prénom en lettres d'or qui s'y trouvait.

« J'oublie toujours que je le porte. Oui, c'est bien ça, je m'appelle Marie. Je m'occupe de l'hôtel. Une chance que vous arriviez maintenant et pas l'an dernier. La gestion était un enfer avant que je ne reprenne la main. Mais j'ai tout remis d'équerre. Alors, que puis-je faire pour vous ? Je suppose que vous souhaitez une chambre. »

Ne me reconnaissait-elle vraiment pas ? Je me suis contentée de hocher la tête. Une chambre, oui.

« C'est décidément votre jour de chance. Vous n'avez pas de réservation, mais nous avons une chambre avec une très belle vue sur notre bourg. Vous y serez très bien. Votre nom ? »

Je l'ai dévisagée. Je savais bien qu'elle n'avait pas pensé à moi pendant mon absence, je supposais que ça devait être un sacré choc pour elle de me voir ici, maintenant, néanmoins comment, alors que je me tenais devant elle, ne me reconnaissait-elle pas ?

« Votre nom, madame ?

— Vera. C'est Vera, Marie. »

Elle m'a considérée avec des grands yeux sincères. Mon nom ne lui disait rien.

« Puis-je vous demander de signer notre registre, Vera ? »

Elle m'a indiqué un épais livre en cuir ouvert sur le comptoir. J'ai lu les noms qui y étaient inscrits, et j'en ai reconnu une partie. Ils étaient encore enfants quand j'étais partie. À présent ils s'étaient enregistrés en tant que couples avant de monter dans la suite nuptiale. Le fils de Di. La belle-fille de Marie. L'aînée d'Ana, Teresa. J'ai inscrit mon nom dans la case vide en bas.

« Je suis certaine que votre séjour parmi nous vous fera le plus grand bien. J'imagine que vous n'avez encore jamais visité d'endroit aussi beau.

— Ça a l'air ravissant, en effet », me suis-je surprise à répondre.

Elle m'a remis une clé en laiton.

« Juste en haut des escaliers. Bienvenue, Vera. Nous sommes si heureux de vous accueillir. »

Ailleurs m'avait vieillie. C'est ce dont j'ai essayé de me convaincre cette nuit-là en m'installant dans ma chambre. J'avais la peau aussi fine que du papier. Des ridules se déployaient au coin de mes yeux. Comme les planches de la promenade, comme la paroi des falaises, j'avais été érodée par le vent salé, les mois de froid rigoureux, la chaleur vive de la haute saison. De tels effets étaient inconnus aux gens d'ici, indéchiffrables dans un lieu où l'humidité constante conservait les peaux souples. Peut-être leur semblais-je plus changée que je ne le percevais moi-même. De surcroît, en entrant dans la salle de bains, j'ai vu que mon voyage avait laissé des traces : cheveux ébouriffés, visage sale et plein de traces. Je me suis déshabillée et j'ai pris un bain, désagréable : j'avais oublié que l'eau n'était jamais très chaude ici ; elle avait la même température que tout le reste, l'air, les nuages.

Je n'ai quitté ma chambre qu'une seule fois ce soir-là, pour descendre dîner dans la salle du restaurant déserte. J'ai été servie par un garçon qui devait avoir la vingtaine. Il s'est montré timide. Ses mains tremblaient quand il déposait des plats devant moi. Elles étaient luisantes et couturées ; c'était le garçon qui avait attrapé les braises après le départ de sa mère. Il ne semblait pas me reconnaître, mais il était adolescent lorsque j'avais pris la fuite, préoccupé par sa propre vie, et je n'avais donc aucune raison de m'inquiéter. J'ai commandé le ragoût de porc avec des nouilles ; il n'avait pas le même goût que dans mon souvenir. La viande était coriace et avait un goût de gibier. Un goût qui laissait deviner la détresse de la bête au moment d'être tuée. J'ai recraché des bouts de cartilage dans ma serviette ; je croyais être discrète, mais le serveur m'a surprise et considérée avec pitié. La sauce était chiche et peu élaborée. Elle m'a laissé un goût de lait tourné, et dans la nuit j'ai été réveillée par un haut-le-cœur. J'ai vomi dans les toilettes.

Le lendemain matin, j'ai fait de mon mieux pour me rendre plus reconnaissable. Pour tout le monde, et surtout pour Iris et Peter. Je me suis coiffée avec une tresse dans le dos. J'ai mis la seule robe que j'avais apportée parce qu'elle me rappelait celle que j'avais le jour de l'anniversaire d'Iris, toutes ces années auparavant. C'était stupide de penser qu'elle aimerait encore les tenues apprêtées qui la rendaient si heureuse à cinq ans, mais c'était la seule Iris que je connaissais, la seule à laquelle je pouvais penser en me préparant. Je suis descendue prendre mon petit déjeuner dans la salle du restaurant, servi cette fois par une fille dont le badge blanc indiquait *Lettie*. J'ai commandé des œufs cocotte aux épinards, qui sont arrivés parsemés de miettes du fromage frais que je n'avais pas mangé depuis mon départ. J'ai aussitôt été frappée par son odeur forte et déplaisante de poils de chèvre sous la pluie. La première bouchée m'a donné un haut-le-cœur, je n'ai rien pu faire pour contrôler cette réaction, et j'ai éprouvé, une fois de plus, la nature équivoque du retour : ce goût m'avait tellement manqué, j'avais brûlé de le retrouver, et aujourd'hui il me paraissait infect, même si je fermais les yeux en me concentrant pour retrouver les saveurs d'autrefois. J'ai tout de suite su que je serais malade plus tard.

Après mon petit déjeuner, je suis sortie. C'était une journée morne, grise comme toujours, et j'ai arpenté les rues du centre-ville. À l'angle de Hauptstrasse et de Bergstrasse j'ai vu le mari de Di qui se curait les dents sous l'auvent de la boulangerie. À l'intérieur, Lu était assise à une table, en face de June, et elles mangeaient chacune un petit pain aux graines. Lorsque cette dernière m'a aperçue à travers la vitrine, elle a saisi la main de Lu et articulé en silence : « Regarde ! »

Dans les rues résidentielles, j'ai vu, sur les vérandas, des mères se balancer, leurs bébés dans les bras, et elles m'ont adressé des signes de la main aussi enthousiastes que méfiants. Je suis allée jusqu'à la maison d'enfance de Peter, où j'ai aperçu sa mère, toute blanche, assise sur un tabouret bas dans son jardin, occupée à arracher des mauvaises herbes et à faire tomber la terre accrochée à leurs racines. Elle m'a observée comme si j'étais une bête sauvage échappée de la forêt et qu'elle ne se serait jamais attendue à voir ici, dans les rues du bourg. À Feldpark, des jeunes enfants m'ont suivie en sautillant, ils répétaient :

« Bonjour, Vera ! Vera, bonjour ! »

Je me suis aventurée jusqu'aux faubourgs où vivaient les femmes seules et sans enfant. Elles collaient leurs visages aux vitres de leurs maisons. Personne ne me reconnaissait.

J'aurais voulu aller me poster au centre de la fontaine de Feldpark et crier : « C'est moi ! Vera ! Je suis la femme de Peter et la mère d'Iris. Je me suis enfuie et je suis revenue. » Mais je devinais qu'il ne le fallait pas, qu'ils ne me croiraient pas, ils ne pouvaient pas, que j'étais devenue méconnaissable à l'instant où j'avais quitté le bourg. Si j'étais revenue plus tôt, après une année ou dix, si après une seule nuit ailleurs j'étais rentrée directement chez moi, ça n'aurait rien changé : je n'étais plus censée être là, je ne pouvais plus être là. Je venais d'autre part, je n'étais donc plus l'une d'entre eux. J'ai alors eu le sentiment que j'étais venue découvrir un aspect de l'infortune qui n'apparaissait qu'aux gens de l'extérieur.

Je me suis rendue dans le verger. Trois femmes y cueillaient des fruits. Je n'ai pas reconnu deux d'entre elles, mais la troisième m'a semblé être Teresa. Elle ressemblait à Ana. Les mêmes cheveux épais, la même taille et le même maintien, et cette expression dans ses yeux, ce voile transparent de contrôle sur une nature tourbillonnante. Elle portait une blouse bordeaux ouverte sur son cou élégant, autour duquel pendait une chaîne d'argent avec un pendentif en cristal ; il m'avait appartenu, il y a bien longtemps. En me voyant, elles ont aussitôt interrompu leur conversation. C'est Teresa qui est venue me trouver.

« Vous voulez goûter ? »

Elle a sorti un fruit de son panier.

« Teresa ! lui a reproché l'une de ses compagnes.

— Elle n'a pas le droit, a ajouté l'autre, nerveuse.

— Oh, détendez-vous », leur a dit Teresa en roulant les yeux.

Elle était le portrait craché d'Ana quand elle faisait ça. Elle m'a adressé un sourire complice.

« La plupart d'entre nous les ouvrent en deux pour aspirer la pulpe à l'intérieur, mais j'aime la peau.

— Telle mère, telle fille.

— Pardon ? »

Elle m'a dévisagée avec curiosité. J'avais commis une erreur. Teresa ne me connaissait pas et ne pouvait pas comprendre que je connaisse les goûts de sa mère.

« J'ai rencontré Ana. Nous avons parlé ensemble ce matin. »

Un mensonge qui, je l'espérais, suffirait. Elle a jeté un coup d'œil à ses amies, qui ont secoué la tête. Elle s'est à nouveau tournée vers moi en fronçant les sourcils comme pour distinguer quelque chose à l'intérieur de moi.

« Qui est Ana ? »

Alors elle était partie. Tout ce temps où j'avais été autre part et où je l'avais imaginée ici, tenant le coup alors que j'avais échoué, ce qui m'avait procuré un réconfort inattendu, Ana avait disparu. Quand était-ce advenu ? Je nous ai revues toutes les deux dans ce verger des années auparavant : c'était mon dernier jour ici et elle avait semblé percevoir ce qui m'arrivait. Était-ce parce qu'elle vivait la même chose ? C'était peut-être ce qu'elle avait cherché à me dire ce jour-là, et que je n'avais pas entendu tant j'étais absorbée en moi-même. Je me suis alors demandé si le destin d'Ana avait dépendu du mien bien plus que je ne m'étais autorisée à le voir. Peut-être avait-elle compris dès le début le danger d'un duo comme le nôtre, peut-être qu'à travers tout ce qu'elle m'avait fait, rompre notre amitié, sa cruauté sans fond, les innombrables tourments mesquins pour me repousser, elle avait seulement cherché, par le seul moyen qu'elle connaissait, à nous sauver toutes les deux.

Puisque je ne répondais pas, Teresa et ses amies ont échangé un regard perplexe. Je tenais le fruit mollement. Elle avait dû le ramasser, parce que la peau était pleine de terre.

« Il suffit de mordre dedans », a-t-elle dit.

Les deux autres ont retenu des gloussements, et je savais ce qu'elles pensaient, que la vie ailleurs faisait des gens des créatures pitoyables qui ne comprenaient rien à rien, parce que j'aurais pensé la même chose autrefois.

J'ai approché le fruit de ma bouche et j'ai fait comme elle avait dit. J'ai senti le goût de la terre, de la peau amère, puis la pulpe s'est répandue dans ma bouche. Je l'ai aussitôt aspirée pour faire craquer les minuscules graines blanches sous mes dents, car cette chair n'avait plus rien du souvenir que j'en gardais. Elle était rance. Je me suis forcée à sourire.

« Délicieux. »

Teresa a récupéré le fruit entamé dans ma main.

« Je parie que vous n'avez jamais rien mangé d'aussi bon. »

Puis elle l'a approché de sa bouche et a mordu dedans.

C'était déjà l'après-midi quand je suis retournée vers Hauptstrasse, et il y avait du monde dans les rues. L'affluence était due à ma présence, et j'ai croisé des gens que j'avais toujours connus et qui me dévisageaient parce que j'étais une étrangère à leurs yeux. Liese, qui sortait du magasin de sport avec un garçon plus grand qu'elle, son fils, ce bébé atteint de coliques qu'elle avait, un jour, serré trop fort. Rufina, qui mangeait une glace à la menthe sur le trottoir devant le glacier. Le plus jeune frère d'Ana, assis à côté de sa femme sur un banc pendant qu'elle allaitait leur bébé, se penchant pour l'embrasser sur la bouche, avant de sortir une gourde d'eau du sac à ses pieds pour la lui tendre. Je n'avais jamais vu ces marques d'attention affectueuses ailleurs. Ils ne sublimaient pas les mères comme nous le faisions ici. D'un autre côté, ils ne les sacrifiaient pas non plus.

J'atteignais l'extrémité de Hauptstrasse où se trouvait le cabinet de Peter. Même si j'étais impatiente de le voir, je redoutais de découvrir ce qu'il était devenu, et surtout je redoutais cet instant où je plongerais mes yeux dans les siens et où il me retournerait mon regard sans me reconnaître.

Son cabinet était toujours là, sa porte était bloquée par un bout de bois pour laisser pénétrer l'air humide. Je suis entrée. La porte de la salle de consultation était fermée. On entendait une fraise tourner. Je me suis assise sur l'une des chaises au dossier inconfortable de la salle d'attente, et au bout d'un moment une patiente est sortie de la salle. Elle a rougi en me voyant, avant de marmonner un « bonjour » et de sortir en hâte, et quelques minutes plus tard il est apparu, mon Peter, au visage toujours aussi lisse et jeune, le regard brillant et affûté. Comme j'avais envie de courir vers lui, de le prendre dans mes bras et d'enfouir mon visage dans son torse, et de le serrer, le serrer, pourtant je savais bien que c'était impossible.

« Vera », a-t-il murmuré.

Était-ce possible ?

« Tout le monde ne parle que de vous ici, a-t-il poursuivi. J'espérais faire votre connaissance, mais je ne m'attendais pas à vous voir ici, dans mon cabinet. Qu'est-ce qui vous arrive ? »

Je n'étais personne pour lui. J'ai eu envie de m'effondrer par terre, cependant je me suis forcée à rester debout.

« Des douleurs ? » a-t-il insisté.

Comment expliquer autrement ma présence ici, dans son cabinet ? J'ai hoché la tête et posé une main sur ma joue.

« Mon planning est déjà plein pour aujourd'hui, mais je peux trouver un petit moment pour vous demain. À 14 heures ?

— À 14 heures », ai-je répété.

Mon désarroi ne lui avait pas échappé et il a posé une main réconfortante sur mon épaule.

« Je ne sais pas comment on vous a soignée ailleurs, mais vous n'avez rien à craindre ici. Vous ne sentirez presque rien. »

Je suis sortie du cabinet dans un état d'hébétement. Je suis restée là sur le trottoir, sans savoir où aller ni quoi faire ensuite. Tandis que j'attendais, immobile, j'ai remarqué la musique, pas les balbutiements assourdis d'un enfant à travers la fenêtre d'un salon, non, des notes bien plus proches, qui m'étaient apportées par la brise. J'ai suivi le son et contourné le bâtiment jusqu'à la ruelle derrière, et là : cartable abandonné dans l'herbe, pieds nus dans la boue, tout en jambes maigrelettes qui dépassaient de son short en jean, elle attaquait son alto avec son archet comme assaillie de toutes parts. Iris.

Je me suis plaquée contre la façade du bâtiment. Elle jouait avec l'instinct que j'avais toujours rêvé de posséder mais que je n'avais pas réussi à trouver en moi. Je l'ai admirée avec autant d'exaltation que si elle était une étoile filant dans le ciel nocturne, un objet de puissance et de beauté face auquel je ne pouvais rien être d'autre qu'un témoin. J'ai fermé les yeux et j'ai laissé son jeu m'envahir. Si c'était tout ce que j'obtenais, alors ce serait suffisant, ce serait tout. Je garderais ce souvenir en moi jusqu'à la fin.

La musique s'est arrêtée et j'ai rouvert les yeux. Iris a laissé son instrument pendre au bout de son bras, en le tenant par le manche. Elle le balançait dans le massif à côté comme s'il n'avait aucune valeur.

« Bonjour, a-t-elle dit avec détachement, même si je percevais sa ferveur intérieure.

— C'était merveilleux. »

Elle a haussé les épaules.

« C'était pas mal.

— Ta mère doit adorer t'entendre jouer. »

Je me montrais trop directe, mais je ne pouvais pas m'en empêcher. Je devais savoir.

« Quelle mère ? »

Ses mots étaient un soulagement, ses mots m'ont dévastée.

« Pardonne-moi, je suis désolée. »

M. Phillips avait raison, elle me ressemblait, même si ses yeux brillaient d'un éclat que les miens n'avaient jamais eu, comme si c'était une fille différente, plus féroce, qui revêtait ce visage qui avait été autrefois le mien. Comment ne voyait-elle pas que nous nous ressemblions ? Comment les autres ne s'en rendaient-ils pas compte, la ressemblance entre une mère et sa fille ? Son épingle d'argent était plantée dans la partie la plus épaisse de sa tresse.

« C'est très joli », ai-je dit en la montrant.

Elle a souri du bout des lèvres.

« Merci. Bon, je devrais m'y remettre. »

Elle a levé son alto. Une parfaite adolescente, bien déterminée à masquer son désir sous un air de nonchalance.

« Bien sûr. »

J'ai tourné les talons. Quand je suis arrivée au bout de la ruelle, je lui ai jeté un coup d'œil. Elle touchait l'épingle dans sa tresse.

Ce soir-là j'ai encore dîné seule et de bonne heure dans la salle du restaurant de l'Alpina, une tourte à la viande et une salade qui baignait dans une sauce aigre, et j'ai encore été malade. J'avais envie, besoin de pleurer, mais je ne pouvais pas laisser libre cours aux sanglots qui comprimaient ma gorge parce que j'étais surveillée. J'ai entendu des gens aller et venir dans le couloir toute la nuit, alors que j'étais la seule cliente de l'hôtel.

Il n'était rien arrivé à Iris et Peter. Ils allaient parfaitement bien, ils étaient si beaux, je les aimais si fort, et ils ne me reconnaissaient pas.

Les habitants du bourg étaient fascinés par moi. À la boulangerie, dans la forêt ou Feldpark, ils s'approchaient de moi, désireux de m'observer et d'attirer mon attention. Je percevais en permanence un mouvement à la périphérie de mon champ de vision, silhouettes furtives, une société entière s'agençant autour de moi. Ils débordaient de questions. Avais-je aimé mon petit déjeuner ? Passais-je un séjour merveilleux ? Ne trouvais-je pas la ville incroyablement belle ? Personne ne m'a demandé d'où je venais ni pourquoi j'étais venue ici. Ils voulaient seulement savoir ce que je pensais d'eux. Et je leur apportais les réponses qu'ils attendaient de moi : « Oui, c'est ravissant. C'est très beau. Je n'ai jamais vu d'endroit pareil. Quels autres besoins peut-on avoir ? »

Mon jonc. Ma chaîne en argent avec le pendentif en cristal. Mon manteau marron. Mon écharpe avec la broderie dorée. Partout, disséminés parmi les femmes et les filles du bourg, je voyais les restes de ce qui m'avait appartenu.

Je suis retournée au cabinet pour mon rendez-vous. Peter m'attendait. Il portait sa blouse blanche sur un pantalon gris et les mocassins noirs qu'il avait déjà avant mon départ, ou une paire neuve du même modèle. Il y avait des taches rose pâle sur sa blouse. Autrefois, j'attendais que le soleil perce à travers les nuages pour la tremper dans la javel et la faire sécher sur la corde à linge, mais il n'avait plus personne pour s'occuper de lui maintenant. Je me suis touché la joue d'un geste que j'espérais convaincant pour simuler une douleur. Il m'a fait entrer dans la salle de consultation, m'a indiqué le fauteuil beige au centre. Je m'y étais assise petite, pour que le père de Peter soigne mes caries. Je m'y étais assise la première fois que Peter m'avait touchée, puis avec Iris sur les genoux, en chantant pour la calmer le temps que son père examine ses dents de bébé. J'avais dû aussi m'y installer sur les genoux de ma propre mère autrefois. Peter a actionné les pédales et je suis restée immobile le temps que le fauteuil s'incline en arrière.

« Ouvrez, s'il vous plaît. »

J'ai écarté ma mâchoire en grand, lui offrant l'intérieur de ma bouche. J'étais certaine qu'il reconnaîtrait mes dents, ma gorge. Il a introduit ses instruments. Il ne portait pas de gants. Les poils fins sur le dessus de ses mains ont effleuré mes lèvres.

« Mmh... »

Il a retiré ses mains et froncé les sourcils.

« Oui ? ai-je dit, pleine d'espoir.

— Je n'avais jamais vu... je ne sais pas à quoi je m'attendais, s'est-il repris en riant brièvement de lui. Vos dents possèdent une belle structure. Rallongez-vous, s'il vous plaît. »

J'ai obtempéré.

« Ah oui, je vois le problème. »

Il s'est détourné de moi en faisant pivoter son siège, et sur une petite table il a pris une seringue qu'il a insérée dans une fiole en verre pour aspirer un liquide jaune.

« Un anesthésiant, m'a-t-il expliqué. Ne bougez pas. »

J'ai senti l'aiguille pénétrer dans ma gencive et quelques gouttes du liquide amer sont tombées sur l'arrière de ma langue.

« Ça ne sera pas douloureux », a-t-il dit.

Il s'est muni de la fraise et l'a fait vrombir pour l'insérer dans ma bouche.

Je n'ai pas pu manger ce soir-là. Toute la nuit je me suis tordue de douleur. Quand je touchais avec la pointe de ma langue la dent que Peter avait percée, la douleur devenait fulgurante, et pourtant je ne pouvais me retenir de recommencer, je ne pouvais laisser tranquille le trou qu'il avait fait.

Je voulais seulement être avec Iris et Peter, les approcher de mon mieux. Je me montrais discrète. J'ai appris leur routine à chacun pour orchestrer des rencontres faussement fortuites. C'était facile en réalité. Comme presque tout le monde ici, ils cherchaient aussi à me croiser. Nous tournions les uns autour des autres. Ça m'a permis de découvrir Iris. Quand elle marchait dans Hinter der Wald, elle aimait passer la main sur les fougères qui poussaient le long du trottoir et essuyer la rosée dans ses cheveux. Elle achetait un petit sachet de chips à l'épicerie tous les jours après l'école et les mangeait avant de travailler son alto ; lorsque le sachet était vide, elle plongeait la main à l'intérieur, frottait l'emballage avec ses doigts puis léchait le sel dessus. Elle avait un petit signe distinctif, elle glissait la tige d'une fleur dans la poche arrière de son short et ne laissait dépasser que les pétales.

J'aurais voulu la cueillir pour l'emmener loin d'ici, j'étais prête à subir ses gesticulations et ses hurlements, et j'aurais voulu ne jamais partir. J'aurais voulu rester ici avec elle pour toujours.

J'ai dit que presque tout le monde en ville cherchait à me croiser, mais il y avait des exceptions. Les femmes seules gardaient leurs distances. Je ne les apercevais jamais dans les rues commerçantes ou dans Feldpark. Je suppose que c'était leur manque d'intérêt pour moi qui m'attirait vers elles. Un soir, alors que les nuages descendaient sur le bourg et que tout le monde s'était retiré chez soi, j'ai profité de ce que personne ne me verrait pour me rendre à la lisière de la forêt, là où les femmes vivaient dans des maisons éloignées les unes des autres. Elles n'étaient pas encore rentrées chez elles. Elles s'affairaient, s'agitant au milieu des nuages tels des fantômes. Les femmes dont je me souvenais étaient toujours là. Sur une véranda, l'une d'elles fumait sur sa balancelle et recrachait la fumée, puis jetait le mégot dans la forêt sans se soucier de l'endroit où il atterrissait. Un peu plus loin, une femme semait des graines dans son jardin. Et devant moi, sur le sentier, une femme plus jeune poussait une brouette remplie d'un immense tas de terre vers la dernière maison. Quand elle l'a atteinte, elle a transporté son chargement dans le jardin à l'arrière et l'a ajouté à un monticule presque aussi grand que la maison. Elle avait dû sentir ma présence derrière elle, car elle s'est retournée et, malgré le voile nuageux, je l'ai vue : ses cheveux qui flottaient jusqu'à sa taille, leur implantation en V, et ses yeux, qui se sont rivés sur moi pour m'adresser un avertissement sans ambiguïté.

Un après-midi, Iris léchait le sel sur le bout de ses doigts lorsqu'elle m'a vue apparaître et elle a aussitôt plaqué ses mains le long de ses flancs. Je lui ai dit que j'adorais faire ça moi aussi quand j'avais son âge. Elle s'est employée à retenir un sourire.

« C'est le meilleur », a-t-elle dit.

« Je m'en achetais toujours un paquet avant d'aller travailler dans la boutique de mon père. Il était photographe. On avait une chambre noire. On développait les photos de tout le monde en ville.

— On n'en a pas ici. Mon père dit qu'il y en avait un autrefois.

— C'est vrai ? C'était qui ?

— Aucune idée.

— Je me renseignerai. Je me demande ce qu'on me dira. »

Elle a haussé les épaules.

Un bruissement s'est échappé de la forêt derrière elle. Par réflexe, je lui ai pris la main, me préparant à voir surgir de l'ombre une chèvre sauvage qui bêlerait. Ce n'était que Teresa, la bouche rougie par les fruits-carapaces. Elle nous a jeté un bref coup d'œil avant de poursuivre son chemin.

« Elle manque vraiment de discrétion », s'est moquée Iris.

Elle a libéré sa main.

« Vous devriez rentrer à l'Alpina, les nuages arrivent. Nous ne voudrions pas que vous vous perdiez. »

Un après-midi, j'ai demandé à Iris si elle était triste de ne pas avoir de mère.

« Ça ne marche pas comme ça ici.

— Explique-moi. »

Elle a secoué la tête.

« Je suis désolée. Vous avez l'air d'une dame très gentille, mais je ne pense pas que vous comprendriez.

— Quel âge avais-tu ?

— Cinq ans.

— Et tu n'as aucun souvenir d'elle.

— Bien sûr que si ! a-t-elle répliqué vivement.

— À quoi ressemblait-elle ? »

Elle a roulé les yeux, comme si, vraiment, les choses que les gens d'autre part avaient besoin de se faire expliquer étaient grotesques.

« Elle ressemblait à ma mère. »

Je suis retournée au cabinet de Peter.

« C'est douloureux », ai-je dit en me massant la joue.

Et cette fois c'était vrai. Ma mâchoire m'élançait en permanence.

Je me suis assise sur le fauteuil beige et je lui ai offert ma bouche.

« Ça cicatrise bien, a-t-il observé.

— S'il vous plaît, j'ai mal, vous devez m'aider. »

Il a posé sa main sur ma joue. Il s'est penché au-dessus de moi, sa lampe de dentiste, à la lumière vive, brillait derrière sa tête.

« Je sais que ça fait mal pour le moment, mais je vous promets que votre mâchoire va s'accoutumer. Vos dents ne doivent pas être habituées à notre nourriture, si fraîche et si ferme. Ça prendra du temps. J'espère que vous comptez rester. »

Pendant qu'il parlait, il pianotait d'un air absent sur ma joue. J'aurais reconnu ces notes n'importe où. Il jouait la partition pour violoncelle du morceau que nous avions interprété lors de notre dernier récital, et j'ai pensé qu'une part de lui devait se rappeler qu'il avait déjà eu ce geste, celui de reproduire des notes sur la joue de la femme qui avait été son épouse, et peut-être que si je disais ou faisais ce qu'il fallait je pourrais faire remonter cette part de lui à la surface et il me reconnaîtrait.

« Retrouvez-moi dans ma chambre à l'Alpina ce soir. »

Sa main s'est figée. Je l'avais choqué.

« Je suis désolée, ai-je marmonné, je ne suis pas habituée aux coutumes d'ici, vous l'avez bien vu. J'ai mal interprété votre geste. »

Il a secoué la tête.

« Pas du tout. »

Nuit après nuit il est venu me retrouver. Dans un lit de l'Alpina, à côté d'une fenêtre qui donnait sur le seul monde que Peter ait jamais connu, nous avons fait l'amour pendant des heures. Comment expliquait-il ma connaissance de son corps et celle qu'il avait du mien, le plaisir que nous nous procurions mutuellement ? Expliquait-il l'étrangeté de nos ébats amoureux par le fait que nous soyons des inconnus l'un pour l'autre ? Ne voyait-il vraiment pas qu'il s'agissait au contraire d'intimité, de l'intimité que son corps avait gardée en mémoire même si son esprit l'avait oubliée, et que c'était elle qui exhumait cette étrangeté ? Il enfonçait ses doigts en moi et les ressortait enduits d'un film blanc pareil au vernix enduisant la peau d'un nouveau-né. Il mettait un de ses doigts dans ma bouche et je goûtais à moi-même. Il appuyait ce doigt sur ma dent sensible quand je jouissais, la douleur et le plaisir étaient impossibles à démêler.

Peut-être que Peter et Iris n'avaient pas besoin de se souvenir de moi pour que je les retrouve. Peut-être que c'était mieux ainsi. Ils pouvaient aimer Vera l'étrangère, et elle pouvait se faufiler dans la trame de leurs existences. Je redeviendrais l'épouse de Peter et la mère d'Iris. Avant peu, j'aurais presque tout oublié de la première vie que nous avions partagée, et peu m'importerait qu'Iris ne sache pas que je l'avais bercée la nuit lorsqu'elle était bébé, que Peter ne se rappelle pas que j'avais goûté son sang à vingt ans, qu'aucun d'eux ne se souvienne qu'ils avaient brûlé mes images. Je serais deux femmes au début, la première Vera engloutie par la seconde et vivant dans l'ombre à l'intérieur d'elle, mais plus le temps passerait et plus le fait que nous soyons deux deviendrait anecdotique, car il serait de plus en plus évident que nous étions aussi une.

Un matin, quand je suis descendue dans la salle du restaurant pour le petit déjeuner, Lettie n'était pas là. Je suis allée trouver Marie à la réception, déserte, elle aussi. Je suis sortie dans Hauptstrasse, et les trottoirs habituellement animés le matin étaient vides, rien ne venait perturber les nuages qui flottaient sur les pavés. Il a fallu que j'atteigne les ruelles résidentielles et que je voie les gens circuler, se diriger progressivement dans la même direction pour comprendre. Je me suis jointe à la foule, j'ai marché au milieu de gens qu'à une époque je n'aurais pas considérés comme tels, mais simplement comme « nous ». Une femme à côté de moi tenait son bébé serré contre sa poitrine et se balançait. Elle a murmuré à son mari :

« Ils disent que c'est Teresa. »

Je n'avais rien senti. Je n'avais pas perçu notre amoindrissement ainsi que je le faisais autrefois, ces matins-là. Je m'étais lavée et habillée sans que mes sens ne subissent la moindre altération. J'aurais dû comprendre. Je croyais être l'une d'eux qu'ils avaient oubliée, je croyais qu'il y avait méprise quand ils me prenaient pour une étrangère d'autre part. J'aurais dû me rendre compte que c'était moi qui étais dans l'erreur, mais j'ai continué à m'entêter.

J'ai marché parmi eux, j'ai suivi le flot dans les rues. Des gens me saluaient d'un signe de tête, timide mais approbateur. C'était un événement solennel, et ils étaient heureux que je me joigne à eux, que je puisse les voir en ce jour où ils accédaient plus que jamais à leur être profond. Le temps que j'arrive chez Teresa, la pelouse était presque remplie, et j'ai trouvé une place sur le côté. D'autres gens ont pourtant continué à affluer, et je me suis retrouvée poussée vers le centre, de plus en plus comprimée au milieu de la foule. Tout autour de moi j'entendais les bavardages des femmes qui discutaient des indices, qui décortiquaient Teresa et cherchaient des signes au hasard. Elle mangeait trop de fruits du verger. Elle pleurait quand elle allaitait, et impossible de dire si c'étaient des larmes de bonheur ou de tristesse. Plus jeune, elle mordait les autres filles, comme si elle était déjà jalouse d'une chose qui se trouvait en elle, ou pas, au contraire. Une mère qui avait assisté à une réunion des jeunes mères avec elle a raconté qu'une fois, lorsque le bébé de Teresa avait régurgité, elle avait reçu un peu de ce liquide blanc et aigre, son propre lait caillé, sur les doigts, et qu'elle les avait léchés en douce. Elle mettait des colliers à son tout jeune enfant, des perles bleues sur un fil blanc. Son amour était trop animal, ou trop frivole. Elle avait toujours été ainsi, ou au contraire avait connu un changement brutal. Je me suis alors demandé si l'infortune possédait la moindre logique secrète. J'avais l'impression que tout ce qui reliait les mères parties était leur départ, et que tous ceux qui les avaient connues avaient décidé, a posteriori, que celui-ci avait une raison, qu'il répondait à un dessein qui dépassait la simple perte.

Lorsque la porte d'entrée s'est ouverte, la foule s'est tue et on aurait dit qu'une bourrasque venait de retomber. J'ai vu le mari de Teresa sortir, il portait le petit bébé avec le collier bleu. Il l'a emmené sur la balancelle et ensemble ils ont pleuré et se sont balancés pendant que les mères remplissaient les brouettes avec les affaires de Teresa, que les hommes passaient la maison au peigne fin pour retrouver toutes ses images. Quand ils ont eu terminé, on a allumé un feu et le bûcher a brûlé, et alors qu'il brûlait j'ai fermé les yeux pour m'adresser à Teresa. *Ta mère s'appelait Ana.*

*Elle mangeait de la terre comme toi, elle était cruelle, et elle t'aimait. Elle a choisi ton prénom des années avant ta naissance.*

Ce soir-là, je me suis jointe à tout le monde pour le récital dans Feldpark. J'ai écouté les petits envoyer leurs douces voix ardentes en direction de la nuit, j'ai vu les flûtes des élèves de la classe du dessus luire comme de longues langues dans le noir. Les enfants et les adolescents se sont succédé sur la scène jusqu'à ce que vienne le tour des grands. Un morceau compliqué, avec un motif à six notes qui n'apparaissait que ponctuellement au début, mais qui revenait ensuite avec une insistance de plus en plus grande à mesure que l'on avançait, jusqu'à ce qu'il ne reste plus que lui, en boucle, et que la musique se replie sur elle-même, telle une chambre secrète. Iris maniait son archet les yeux fermés. Elle était époustouflante, elle était brutale, et à la fin, elle a rouvert les yeux comme si elle remontait à la surface de la mer.

Plus tard ce soir-là, quand Peter est venu à l'Alpina, j'ai eu l'impression que nous faisions l'amour comme autrefois, exaltés par ce que nous avions vu d'Iris, par le caractère absolu et sacré de sa perfection.

Le lendemain après-midi, Iris portait le collier en argent avec le pendentif en cristal.

« C'est nouveau ? lui ai-je demandé.

— Je viens de le trouver à la boutique de bienfaisance. Il est super, non ? »

Bientôt Iris, en mettant ce collier, ne penserait plus qu'au fait qu'il lui allait à merveille. Et une autre femme, encore enfant à cette heure, le porterait-elle autour du cou un jour ? Mes yeux se sont embués de larmes.

« Vous êtes contrariée à cause d'hier. »

J'ai hoché la tête.

« M. Phillips a aussi des accès de tristesse, parfois.

— Je pense à la fille de Teresa.

— Sa fille ira bien.

— Mais tu n'as pas peur que ça t'arrive ? Tu ne seras plus une enfant très longtemps. »

Pour la première fois, j'ai vu dans son expression qu'il n'y avait aucune volonté de me plaire ou d'obtenir mon approbation. Et j'ai compris à cet instant que j'avais commencé à la perdre. Et pourtant, comme je m'y accrochais, à cet échange ! Vu sous un certain angle, il était si ordinaire, rien d'autre qu'une fille irritée par sa mère, une fille qui prenait peu à peu ses distances.

« Je ne suis déjà plus une enfant. »

Iris a dû raconter aux autres ma réaction après le départ de Teresa, le jugement que je n'avais pu me retenir d'émettre. À moins que ça n'ait simplement été une évidence. En tout cas, le lendemain, lorsque je me suis promenée en ville, que j'ai observé les femmes qui entraient dans la boutique de bienfaisance et en sortaient, je percevais que leur regard sur moi avait changé. Il y avait une blessure, une offense dans celui-ci, comme si leur fascination avait commencé à se transformer en autre chose.

« Je viens de la côte, ai-je dit à Iris le lendemain après-midi.

— Je ne vous ai pas posé la question.

— Peu importe. Tu ne peux pas imaginer la mer.

— Nous avons la Graubach, a-t-elle riposté.

— La mer n'a rien à voir avec la Graubach.

— Je sais qu'elle est plus vaste, a-t-elle lancé en roulant les yeux. Et plus salée. »

J'ai sorti de ma sacoche une photographie de mon dossier en cuir.

« Tiens, c'est pour toi. »

Je lui ai glissé une photo dans les mains, et elle l'a observée un moment : la promenade, les baraques, la mer derrière, les falaises et l'écume des vagues qui se jetaient contre elles.

« Je devrais la brûler. La jeter dans la Graubach. »

Et pourtant, en partant, je l'ai vue la ranger dans l'étui de son alto.

Quand les nuages se sont amoncelés ce soir-là, je suis allée encore une fois dans les faubourgs. La femme qui jetait des mégots allumés dans les arbres. Celle qui semait des graines. Celle qui vidait sa brouette sur le tas de terre derrière sa maison. Après avoir terminé, elle a posé sa pelle dans la brouette, et elle est repartie dans la forêt. Je lui ai emboîté le pas. Elle ne suivait pas un sentier, mais elle s'était créé son propre passage à force d'aller et venir. J'ai gardé mes distances, de peur d'être vue. Nous avons traversé des fourrés épais, toujours en montée ardue, et j'ai été profondément déboussolée lorsque j'ai entendu le murmure d'un torrent. Elle allait jusqu'à une portion de la Graubach que nous ne visitions jamais, très haut au-dessus du bourg. Elle a poussé sa brouette jusqu'au sommet de la digue, a pris sa pelle et s'est remise à creuser. Elle devait le faire depuis des mois, des années. La digue était deux fois plus basse que celle d'en bas. Elle s'affairait avec calme et efficacité, sans jamais donner l'impression de fatiguer. Quand sa brouette était pleine, elle emportait la terre.

Le lendemain après-midi, je suis tombée sur Iris qui jouait de l'alto, et dès qu'elle m'a vue approcher, elle a cessé de jouer.

« S'il te plaît, lui ai-je dit. J'adore t'entendre jouer. »

Elle a haussé les épaules.

« Tu sais que dans la ville la plus proche d'ici il y a une cathédrale ? À la tombée du jour, les cloches sonnent. C'est très beau.

— À mon avis je ne trouverais pas ça beau.

— Peut-être qu'un jour tu les entendras, tu te feras ton opinion toi-même. »

Elle m'a foudroyé du regard.

« Je sais où va mon père la nuit. Je sais que vous n'êtes pas ce que vous prétendez être. »

Au début, les gens se démenaient pour m'approcher. Maintenant ils gardaient leurs distances. Dans Feldpark, les bancs qui encadraient le mien restaient vides. Quand je marchais dans les rues résidentielles, les enfants ne me suivaient plus en répétant mon nom, et lorsqu'un petit, trop jeune pour comprendre ce brusque revirement, quittait les marches de son perron pour courir à ma rencontre, sa mère posait aussitôt son ouvrage pour le rattraper. Dès que j'arrivais dans le verger, les mères ramassaient leurs paniers sans un mot et s'éloignaient. Sur le chemin du retour, je trébuchais sur des pierres déplacées, butais sur des branches, écorchais ma peau sur les épines des vrilles de fruits-carapaces placées en travers du sentier. Ces pièges m'étaient destinés.

Le lendemain après-midi, j'ai demandé à Iris de m'accompagner faire un tour, et elle a accepté à contrecœur. Je l'ai conduite dans les rues du bourg jusqu'à Hinter der Wald, jusqu'à sa propre maison, puis nous sommes allées dans son jardin.

Elle a lâché son cartable dans la terre, a posé l'étui de son alto dessus et a croisé les bras.

« Qu'est-ce qu'on fait ici ?

— Dans le salon, il y a un canapé avec un tissu doré. Les assiettes de la cuisine sont blanches avec un liseré bleu. Ton père range son thé dans une vieille boîte à bretzels en métal. »

J'avais réussi à retenir son attention.

« Sur ton coude droit, tu as une cicatrice, parce que tu avais essayé d'escalader un arbre tombé dans la forêt. Quand tu étais petite, tu te mettais de la cannelle derrière les oreilles pour faire comme du parfum.

— C'est mon père qui vous a raconté ces choses.

— Iris, je t'en prie. Tu sais qui je suis. »

Elle a tendu le bras vers moi. Elle a pris ma tresse et elle a caressé ses segments lisses. Puis elle l'a soudain lâchée comme si elle était sale.

« Je sais ce que vous voulez nous faire croire. Vous ne ressemblez pas à ma mère. Vous ressemblez à une étrangère. »

Ce soir-là, Peter est venu me trouver à l'Alpina pour la dernière fois. Le savais-je ? Il me semble que ce devait être le cas, car je lui ai fait l'amour comme je lui avais fait l'amour lors de cette autre dernière nuit, bien des années plus tôt, avec l'espoir désespéré qu'à travers cet acte, je pourrais me transformer en une femme susceptible de rester ici. Je n'avais pas d'épingle, mais cette nuit-là j'ai fait ce que je n'avais pas osé faire avant. J'ai collé ma bouche à sa peau et avec les dents que Peter avait soignées et percées, je l'ai mordu. Le sang a jailli et je l'ai léché, et quand il m'a amenée au bord de l'extase et que j'ai ouvert la bouche de plaisir, j'ai souhaité qu'il voie mes dents couvertes de son sang, qu'il me reconnaisse enfin et qu'il soit capable de montrer aux autres qui j'étais, même si je savais déjà bien sûr que ça n'arriverait pas, que je ne pouvais rien faire ou dire, rien montrer pour leur dessiller les paupières.

Au matin, quand j'ai regardé par ma fenêtre, j'ai vu les habitants de la ville qui m'attendaient en bas.

Lorsque je suis sortie de l'Alpina, ils étaient réunis devant moi.

Marie s'est détachée de la foule.

« Vous quitterez l'hôtel aujourd'hui. Lettie est en train de faire votre valise.

— S'il vous plaît, ne me forcez pas à partir. Je veux rester. »

Marie a ricané.

« Nous le savons bien. »

Un instant plus tard, Lettie m'a rejointe et m'a forcée à prendre ma valise. La foule s'est mise en branle vers moi comme un seul homme. Elle m'a poussée. J'ai essayé de garder mes pieds plantés dans le sol, mais elle était trop puissante, et j'ai été forcée de marcher, emportée par cette gigantesque vague. J'ai descendu Hauptstrasse, dépassé la boutique de bienfaisance, la boulangerie et le cabinet de Peter, l'école et le magasin qui avait remplacé Rapide Photo. Puis Bergstrasse, Feldpark et la statue de la femme en pleurs, et les pelouses où Ana et moi avions joué ensemble petites. Eschen et Hinter der Wald, la forêt, le verger et au-delà. En dépit de notre nombre, nous avancions presque en silence, et j'entendais la Graubach de l'autre côté des arbres, le bouillonnement de l'eau qui glissait sur les rochers. Bientôt nous l'avons rejointe. Nous avons franchi la digue, et une fois au bord de la rivière je me suis retournée vers eux. Iris s'était frayé un chemin jusqu'à l'avant. Elle se trouvait à quelques centimètres de moi.

« Iris, l'ai-je suppliée, s'il te plaît. »

Je me suis jetée sur elle. J'ai tiré sur ses vêtements et sur sa tresse, j'ai noué mes bras autour de son cou, respiré son odeur. Je voulais m'accrocher à elle jusqu'à ce qu'on m'en arrache, refuser de partir, refuser jusqu'à ce qu'il ne reste plus rien de moi. Mais mes pieds commençaient à déraper sur la rive boueuse. Je savais ce qui allait arriver, et je ne pouvais laisser une chose pareille se produire, je ne pouvais pas laisser Iris en porter le poids, même si elle ne découvrirait peut-être jamais ce qu'elle avait fait.

Je l'ai lâchée. J'ai reculé d'un pas et nous nous sommes dévisagées.

« Je t'aime », ai-je murmuré.

L'espace d'un instant, elle a semblé entendre ces mots, peut-être même les ressentir. Mais elle a rapidement retrouvé sa contenance.

« Vous ne nous comprendrez jamais. Pas même si vous viviez parmi nous pendant un siècle. »

Alors une fois encore, j'ai tourné les talons et j'ai fui mon enfant. Je ne me suis pas arrêtée de courir avant d'avoir atteint la route de ravitaillement et de voir le bourg disparaître.

# V

Je suis retournée chez M. Phillips.

« Quel plaisir de vous revoir, entrez, je vous prie », a dit Judith quand elle m'a ouvert la porte.

Son déplaisir était flagrant, mais elle l'a dissimulé de façon admirable, et j'ai pensé que M. Phillips avait dû la choisir parce que, comme lui, elle était une vraie professionnelle. Elle m'a conduite dans le salon.

« M. Phillips va vous rejoindre dans une minute. Il termine ses pansements. Mettez-vous à l'aise. »

Je me suis assise sur la même bergère de damas, et Judith est revenue peu après avec le plateau laqué, le thé et les sablés, qu'elle a déposés sur la table sans un mot, avant de se retirer dans la cuisine. Quelques minutes plus tard, M. Phillips est apparu sur le seuil du salon. Il avait beaucoup changé depuis la dernière fois, même si elle ne remontait qu'à quelques semaines. Il est entré avec une canne, simple tige noire, et il a traversé la pièce d'un pas raide. Quand il a vu que j'ouvrais la bouche pour parler, il a levé la main et chassé mon inquiétude.

« Une simple chute. Rien de grave. C'est juste que j'ai la peau aussi fine que des ailes d'insectes maintenant. Elle met du temps à guérir. »

Il s'est assis péniblement sur le canapé puis a tourné son attention vers le plateau apporté par Judith, il s'est servi du thé, un tourbillon de lait, il a ajouté deux morceaux de sucre avec la pince en argent, les a remués avec la petite cuillère en argent jusqu'à ce qu'ils fondent complètement. Il a avalé une gorgée, reposé la tasse et croisé les mains sur ses cuisses.

« Bon, alors, comment s'est passée ta visite, Vera ?

— Ruth l'étrangère, ai-je dit. C'était ma mère. »

Il a mordu dans un sablé, mastiqué d'un air songeur, hoché la tête.

Je nous ai revues, Ruth et moi, ensemble chez Rapide Photo, seul le vieux comptoir nous séparait. Sa façon de tendre la main et d'effleurer le bout de mes doigts avec les siens lorsqu'elle payait sa pellicule, et moi qui croyais qu'elle apprenait simplement à être comme nous. Elle était juste là. Je l'avais touchée. Et je n'avais pas pu le comprendre. Je n'avais vu qu'une étrangère.

« Je l'ai poussée dans l'eau.

— Ne sois pas trop dure avec toi. Tu as fait ce que tu étais censée faire. Et puis tu ne l'as pas entièrement rejetée. Tu as gardé la photo, après tout.

— Vous vous souvenez d'elle. Je ne parle pas de l'époque où elle était ici. Avant son départ, je veux dire. Je ne me souviens pas d'elle, mais vous sans doute. »

Il n'a pas répondu tout de suite, et j'ai pensé qu'il allait encore prétendre que c'était un autre sujet dont il ne pouvait parler. Un sourire s'est soudain dessiné sur ses lèvres, vague et distant, comme s'il venait de retrouver un vieux souvenir enfoui.

« Elle t'autorisait à mettre un peu de son rouge à lèvres les jours de livraison. Tu embrassais ta poupée pour qu'elle en ait, elle aussi.

— Walina. »

J'ai pensé à Iris, avec qui je faisais la même chose les jours de livraison, et je me suis demandé si une part de moi à laquelle je n'avais pas accès se rappelait ma mère, elle. J'ai songé que ce souvenir était peut-être suffisant, que je n'avais peut-être besoin de rien d'autre et, l'espace d'un instant je n'ai éprouvé qu'une gratitude pure à l'encontre de M. Phillips qui me l'avait offert.

Il a avalé une autre gorgée de son thé laiteux et trop sucré.

« Vous saviez ce qui m'arriverait là-bas. Vous saviez qu'ils me prendraient pour une étrangère. Qu'ils se retourneraient contre moi.

— Tu ne peux pas dire que je n'ai pas essayé de te dissuader d'y retourner », a-t-il rétorqué d'un ton égal.

Il a pris un autre sablé sur le plateau et a planté ses dents dedans.

« Ce n'est pas vrai. Vous vouliez que j'y aille. Vous m'avez fait croire que vous saviez des choses terribles sur Iris et que vous ne pouviez pas me les dire. Vous m'avez piégée. »

Il a haussé les épaules.

« Chaque génération a besoin d'une étrangère. »

Je nous ai vues alors, mères et filles qui se succédaient, insaisissables les unes pour les autres. Nous étions les étrangères. Nous fuyions pour que notre amour pour nos filles ne disparaisse pas de cette terre et nous revenions pour les sauver, mais nous n'en avions pas le pouvoir, notre retour ne servait qu'à démontrer aux habitants du bourg qu'une étrangère n'était pas digne de confiance, qu'il n'y avait rien pour eux ailleurs, il servait à leur rappeler, s'ils commençaient à en douter, la beauté et la nécessité de leurs existences dans ce lieu. Et nous n'avions d'autre choix que d'abandonner nos filles en leur laissant des traces de nous-mêmes dans l'espoir fragile qu'un jour, peut-être, elles viendraient nous trouver.

« Vous contribuez à maintenir la situation, ai-je fini par lâcher. Vous la rendez possible.

— Tu me flattes. Je suis juste chargé de l'approvisionnement.

— Vous pourriez tout arrêter. Si vous cessiez d'y aller, si vous ne leur apportiez pas ce dont ils ont besoin pour survivre, ils seraient obligés de descendre de la montagne.

— C'est ce que tu voudrais ? »

Je suis restée silencieuse. Un sourire de satisfaction a incurvé les lèvres de M. Phillips, parce qu'il le voyait bien : en dépit de tout, je ne pouvais pas me résoudre à souhaiter la disparition du bourg.

« De toute façon, ça ne changerait rien, a-t-il repris en roulant les poignets de son pull. Ils ne descendraient jamais de la montagne. Ils trouveraient un autre moyen. Tu t'es bien rendu compte maintenant que c'était irréversible, non ? »

J'ai pensé aux femmes solitaires. Peut-être qu'un jour les graines que l'une d'elles semait finiraient par pousser et tout étouffer, les rues, les maisons et les champs. Peut-être qu'une sécheresse s'abattrait sur le bourg et que l'un des mégots fumants déclencherait un incendie qui réduirait tout en cendres. À moins qu'une pluie torrentielle sans précédent fasse déborder la rivière et que la digue cède, à l'endroit où la femme l'avait creusée, que le bourg soit emporté. Mais je n'y croyais pas.

« Il n'empêche que vous le rendez possible. Vous jouez un rôle dans tout ça.

— Et toi, tu as joué le tien. Je ne garderai pas le mien très longtemps encore, je le crains. »

Il a désigné d'un geste sa jambe, sa faiblesse générale.

« Mon successeur est déjà prêt depuis un moment, et je dois admettre que j'ai du mal à lui céder ma place, a-t-il ajouté en gloussant. Plus je vieillis, plus je m'interroge. Le bourg existe-t-il parce que nous en avons besoin ? Je parle de nous tous, ailleurs.

— C'est une jolie idée.

— Et peut-être pas si idiote. Pas si idiote... »

Il a bu la fin de son thé, mangé le dernier sablé sur le plateau.

« Et maintenant, Vera, que vas-tu faire ? »

La saison a à peine débuté. L'air est toujours vif, l'océan plat et gris. Il y a peu, en marchant sur la promenade, j'ai regardé la neige tomber sur la mer. Les hôtels ont organisé leur session de recrutement la semaine dernière, et à la sortie du salon les filles sont venues me voir pour se loger.

Il y a près de dix ans à présent que Miss Ben a fait son attaque et que j'ai repris la pension ; je continue à lui rendre visite le premier dimanche de chaque mois dans la maison de retraite où elle vit, à une heure dans les terres. Toutes ces filles pleines d'espoir, qui descendent du train avec des rêves d'avenir si bien soignés. Je suis Miss Vera pour elles, et elles me reprochent mes règles alors même qu'elles m'adorent. Elles m'aiment sans comprendre que ce sont leurs propres mères qu'elles aiment et qu'elles cherchent à atteindre à travers moi.

Quand j'ai repris la pension, au début, les filles n'avaient que quelques années de plus qu'Iris, puis pendant quelques saisons elles ont eu le même âge qu'elle et maintenant elles sont beaucoup plus jeunes qu'elle, ou elle est beaucoup plus âgée qu'elles, à supposer qu'elle *soit* encore.

Pendant longtemps, à la suite de mon retour sur la côte, rien n'avait d'importance à mes yeux et j'étais persuadée que ça ne changerait pas. Mais la vie poursuit son long cours et, une fois de plus, la direction qu'a prise la mienne m'a surprise. J'ai eu des objectifs et des plaisirs, j'ai connu de vraies périodes d'occupation et de quasi-bonheur.

Récemment, en dehors de la haute saison, j'enseigne la photographie au centre d'animation local. Il a été créé pour répondre à l'arrivée, dans les villes plus ou moins grandes de la côte, de réfugiés fuyant une guerre de l'autre côté de l'océan, dans un endroit que j'ai visité à l'époque où j'ai voyagé, après mon départ d'ici. Lorsque mes élèves me parlent de leur ville, ils en reviennent toujours à la lumière, cette fameuse lumière éblouissante qui n'a pas son égale. Ils me confessent qu'elle leur inspire une nostalgie presque insoutenable. Une lumière transparente qui rend les paysages délicieusement précis, qui permet de discerner les détails de reliefs lointains qui devraient être flous. Cette clarté ne peut pas s'expliquer entièrement par le faible taux d'humidité de la ville ou sa topographie ; elle tient du mystère.

La guerre a été brève parce qu'elle était trop terrible pour durer. Une guerre civile, qui opposait les fermiers et les commerçants, livrée à coups de couteau de cuisine et ayant donné lieu aux atrocités les plus triviales. Quand elle a commencé, tout le monde a dit combien c'était terrible qu'un endroit aussi beau soit détruit, se détruise lui-même ; elle était tragique et incompréhensible, cette guerre au sein de la population d'un lieu pareil, comme si la beauté de la ville aurait dû empêcher de tels actes.

Les gens pensaient autrefois que la lumière particulière de cette cité était due à la façon dont les bâtiments en calcaire réfléchissaient le soleil. À présent que nombre d'entre eux ont été détruits, rendus inhabitables par le conflit et rasés peu après, que des constructions en béton leur succèdent, mes étudiants me disent que malgré tout, à en croire leurs proches restés sur place et qu'ils ne reverront peut-être jamais, la lumière, la ville sont toujours aussi belles. J'ai le sentiment que quoi qu'on détruise et qu'on reconstruise là-bas, cet endroit sera toujours beau, des choses terribles s'y produiront toujours.

Mes élèves ne parlent pas des horreurs dont ils ont été témoins, ni des horreurs que, j'en suis persuadée, certains d'entre eux ont commises. Ils n'en ont pas besoin. C'est contenu dans leurs photos. Ils peuvent prendre la tour de l'horloge ici, l'écume des vagues sur les falaises, les fêtards de Wight Street. Ça n'a pas d'importance. Chaque photo est une photo de leur ville. Chaque fois, ils cherchent à y retourner, à retrouver leur ville fantôme derrière cette ville côtière, leur *moi* fantôme.

Mes élèves, mes pensionnaires… J'ai l'impression qu'ils viennent tous d'un lieu qu'ils ne quitteront jamais complètement, un lieu qu'ils haïssent et qu'ils aiment tout autant, un lieu que les gens d'autre part ne pourront jamais comprendre ; ils me trouvent ici, et je crois que je leur suis utile, même si je sais qu'ici ils n'iront que de déception en déception.

Parfois, je réussis à passer des jours entiers sans penser au bourg. J'arrive presque à me convaincre que je n'ai pas connu de vie avant celle-ci. Puis un événement survient. Récemment, alors que je marchais dans les petites rues à l'aube pour faire le vide dans mon esprit, j'ai vu une vieille femme sortir de chez elle avec une blouse en dentelle et une jupe assortie, les cheveux bouclés, de grosses traces de fard sur les joues, et je n'ai pas réussi à identifier ou nommer le souvenir qu'elle a réveillé. Je croise une femme sur la promenade qui se balance avec son bébé dans les bras, et je nous vois rassemblées sur une pelouse ces matins-là, et je suis saisie par l'impression que ce n'est rien d'autre que l'image résiduelle de ce que ça faisait d'être là-bas, d'être nous. J'entends de la musique s'échapper par une fenêtre ouverte et soudain je sens l'odeur de l'humidité, je la perçois dans mes cheveux. Je vois des fougères pousser entre les pavés, des toiles d'araignées jaillir sous les corniches, brillantes de rosée.

J'imagine qu'à ma mort, si on m'ouvre, on trouvera, sur mes os, de la mousse et des vrilles et, à l'intérieur de la cathédrale de ma cage thoracique, notre bourg, dans le moindre détail, Hauptstrasse à la place de ma colonne vertébrale, notre maison dans Hinter der Wald, l'Alpina et la Graubach et le verger. Peut-être ai-je toujours porté ceci en moi : un autre part différent, qui n'est ni au-dessus du reste du monde, ni en dessous, mais dedans. Dans ce lieu nous sommes toutes ensemble et nous l'avons toujours été, Ana et Teresa, Ruth, Iris et moi, à l'abri du monde et de nous-mêmes, et dans ce lieu, enfin, nous avons tout ce dont nous avons besoin.

Je ne quitterai jamais la côte. J'attendrai Iris jusqu'à devenir un souffle d'air.

# Remerciements

Je tiens à exprimer ma plus profonde gratitude à mon éditrice, Deb Futter, qui a parfaitement compris ce roman quand il était encore sans queue ni tête et qui a su lui laisser le temps de s'ordonner. Je te suis si reconnaissante pour ta gentillesse, ta patience et tes remarques brillantes. Merci à l'équipe de champions de ma maison d'édition, Celadon, parmi lesquels Rachel Chou, Christine Mykityshyn, Anne Twomey, Randi Kramer, Jennifer Jackson, Jaime Noven, Anna Belle Hindenlang, Rebecca Ritchey, Heather Orlando-Jerabek, Audine Crosse, Sandra Moore et Erin Cahill. Je n'oublie pas non plus Frances Sayers, Adriana Coada, Michelle McMillian et Emily Walters des services éditoriaux, Shelly Perron, incroyable correctrice, et Callum Plews, avec lequel j'ai eu la chance de collaborer à nouveau pour la réalisation du livre audio.

Merci à mon agent, Henry Dunow, pour son soutien inébranlable. Je suis tellement vernie de t'avoir comme défenseur depuis près de dix ans. Merci à Arielle Datz pour tout ce qu'elle fait pour mes livres. Et un million de mercis à Sylvie Rabineau et Lauren Szurgot, qui œuvrent à réaliser mes rêves.

Je suis aussi reconnaissante à Greg Jackson, Clare Beams et Ali Benjamin pour leurs lectures généreuses et perspicaces de différents brouillons de ce roman. Sans oublier Amanda Dennis, Eva Hagberg, Juhea Kim, Rachel Lyon, Kate McQuade, Dina Nayeri et Keija Parssinen pour leur amitié et leur lecture des premières pages du roman.

Je remercie Roberta Sweet de s'être occupée avec autant de tendresse de notre nouveau-né pendant que je cravachais, cravachais, cravachais pour terminer ce roman.

Merci à ma famille pour son amour et son soutien, et plus particulièrement à ma mère : chaque jour j'ai une vision un peu plus précise de tout ce que tu as fait pour moi, et continues à faire.

Emerson, je t'aime à l'infini plus un. Johanna, bienvenue dans ce monde, ma douce enfant. Nous sommes si heureux que tu nous aies rejoints.

Merci à mon mari, Mason, qui est mon premier lecteur et le plus sagace, qui croit en moi, et en ce livre, de tout son être, et qui a déplacé des montagnes pour me laisser le temps de le terminer pendant la pandémie, avec un enfant en bas âge à la maison et un autre en route. Notre couple, et la famille que nous avons bâtie ensemble, sont les grandes joies de mon existence.

## Dernières parutions

**Sarah Alderson**
*Week-end entre filles*

**M.J. Arlidge**
*Quand le chat n'est pas là...*

**Catherine Bardon**
*Une femme debout*

**Harold Cobert**
*Le Rouge et le Blanc*

**Frédéric Couderc**
*Hors d'atteinte*

**Jonathan Dee**
*Sugar Street*

**Laura El Makki**
*Combien de lunes*

**Lou Eve**
*Sous les strates*

**Dominique Fouchard**
*La Foire aux fiancés*

**David Gibbins**
*L'Héritage d'Atlantis*

**Emilia Hart**
*La Maison aux sortilèges*

**Elin Hilderbrand**
*L'Hôtel Nantucket*

**Victoria Hislop**
*La Statuette*

**Honorée Fanonne Jeffers**
*Les Chants d'amour de Wood Place*

**Rebecca Makkai**
*J'ai quelques questions à vous poser*

**Charlotte Mendelson**
*Accrochages*

**Lydia Millet**
*De l'espoir et autres créatures ailées*

**Grégory Nicolas**
*Mes sœurs, n'aimez pas les marins*

**Heather O'Neill**
*Perdre la tête*

**Daphne Palasi Andreades**
*Les Filles comme nous*

**Valérie Paturaud**
*La Cuisinière des Kennedy*

**Roland Perez**
*Ma mère, Dieu et Litzie*

**Catherine Steadman**
*Emily a disparu*

**Emma Straub**
*Demain, même heure*

**Akli Tadjer**
*De ruines et de gloire*

**Rosa Ventrella**
*Les Enfants de Haretz*

**Alice Winn**
*Les Ardents*

Pour plus d'information :

#lisez!
engagé
www.lisez.com
Imprimé sur du papier issu de forêts gérées durablement.

*Achevé d'imprimer par*
*Normandie Roto Impression s.a.s.*
*N° d'impression : 2401691*
*Imprimé en France*